LETTURE PER LA SCUOLA

Collana diretta da Aldo De Matteis

Patrizia Vitagliano Brunella Conte

Amici per sempre

Il sentimento dell'amicizia
in tanti racconti dall'antichità a oggi

Marco Derva

Ristampe

7 6 5 4 3

2005 2004 2003 2002 2001

Ideazione e piano dell'opera: Aldo De Matteis

Stampa: Arti Grafiche Italo Cernia s.r.l. - Casoria (NA)

Gilgamesh ed Enkidu: due amici di quasi cinquemila anni fa

Gli dèi crearono Gilgamesh con un corpo perfetto; il sole glorioso Shamash gli donò la bellezza, il dio della tempesta Adad il coraggio; egli era bello e terribile come un gran toro selvaggio, per due terzi dio e per un terzo uomo.[1]

Gilgamesh era re della città di Uruk e spadroneggiava sul suo popolo con grande arroganza. Per questo gli uomini di Uruk mormoravano contro di lui, e gli dèi, udite le loro lamentele, si rivolsero ad Aruru, la dea della creazione:

– Tu che l'hai creato, Aruru, crea ora uno che sia simile a lui, che gli assomigli quanto il suo riflesso; un altro lui, con un cuore tempestoso come il suo, così che essi lottino tra loro e lascino Uruk in pace.

La dea, concepita nella sua mente un'immagine, immerse le mani nell'acqua, ne estrasse un pizzico di argilla e lo lasciò cadere nella landa deserta: fu così creato il nobile Enkidu.

Il suo corpo era selvaggio, i suoi capelli lunghi; egli non conosceva gli uomini, né il lavoro dei campi. Pascolava sulle colline con le gazzelle, si appostava presso l'acqua con gli animali selvatici.

Un giorno un cacciatore, vedendolo, ammutolì per il terrore e, tornato a casa, disse a suo padre: – Padre, c'è un

1. La storia che raccontiamo è tratta dall'epopea di Gilgamesh, celebre re di Uruk in Mesopotamia. Le sue imprese sono narrate in un ciclo di poemi scritti più di quattromila anni fa in lingua sumera, antico-babilonese e ittita.

uomo diverso da qualunque altro che è sceso dalle colline e vaga con le bestie selvatiche, nutrendosi di erba. Egli riempie le fosse che scavo e distrugge le mie trappole: così aiuta le bestie a fuggire.

– Figlio mio – disse il padre – a Uruk vive Gilgamesh, che è potente come un astro del firmamento. Va' a cercarlo e chiedigli una bella ragazza del tempio dell'amore. Quando quest'uomo selvaggio la amerà, le bestie lo respingeranno.

Il cacciatore andò a Uruk e si rivolse a Gilgamesh, che lo accontentò.

Dopo tre giorni di viaggio il cacciatore e la ragazza giunsero alla pozza d'acqua dove Enkidu era solito abbeverarsi.

Quando l'uomo selvaggio delle colline scese a bere, vide la donna, le si avvicinò e trovò così piacevole la sua compagnia che rimase con lei per alcuni giorni. Poi tornò dalle bestie selvatiche; ma queste, quando lo videro, scapparono via. Enkidu non riuscì a rincorrerle perché ormai era diverso da loro: era diventato un uomo. Così tornò dalla donna, che gli disse:

– Ora sei saggio, Enkidu. Ora sei diventato un uomo. Perché vuoi scorrazzare sulle colline con le bestie? Vieni con me a Uruk dalle forti mura, dove vive Gilgamesh, il re che spadroneggia sugli uomini come un toro selvaggio.

– Io lo sfiderò – disse Enkidu, lieto di aver trovato un suo pari – e gli dirò che sono venuto a mutare l'ordine antico.

– Prima che tu lasci le lande deserte, Gilgamesh nei suoi sogni saprà del tuo arrivo – affermò la donna.

Non molto tempo dopo, infatti, Gilgamesh raccontò un sogno a sua madre, la dea Ninsun:

– Madre, ho sognato che camminavo nella notte sotto le stelle del firmamento e una di esse è caduta giù dal cielo. Non sono riuscito a sollevarla perché era troppo pesante. Tutto il popolo di Uruk è venuto a vederla, e io ho provato per essa un'attrazione forte come l'amore. Mi hanno aiutato e infine l'ho sollevata; l'ho portata a te, e tu hai detto che era mio fratello.

– Quella stella – disse la saggia Ninsun – è il compagno forte, colui che aiuta l'amico nel momento del bisogno. È il più potente degli esseri selvatici, è stato allevato dalle aspre colline. Quando lo vedrai sarai lieto e lui non ti abbandonerà mai. Questo è il significato del sogno.

Intanto Enkidu viveva con i pastori, catturando per loro lupi e leoni perché potessero vivere tranquilli. Un giorno vide avvicinarsi un uomo e chiese alla sua donna di condurlo da lui.

– Gilgamesh, il nostro re, si comporta da tiranno – raccontò l'uomo. – Egli compie a Uruk cose strane e terribili.

Enkidu impallidì. – Andrò a Uruk e lo sfiderò – disse.

A Uruk, nel grande mercato, il popolo si accalcava intorno all'uomo selvaggio, paragonandolo con Gilgamesh:

– È più alto.

– Ha anche un'ossatura più grossa.

– Questo eroe è bello come un dio ed è sicuramente pari a Gilgamesh.

Una sera Enkidu, avendo sentito che Gilgamesh voleva rubare la moglie a un suo suddito, andò ad aspettarlo presso la casa dove questi abitava. Quando Gilgamesh arrivò,

Enkidu si parò davanti alla porta per impedirgli di entrare. I due, allora, cominciarono a lottare afferrandosi l'un l'altro come tori. Lo scontro fu talmente violento, che gli stipiti della porta si ruppero e i muri della casa tremarono. Infine Gilgamesh rovesciò a terra Enkidu, che gli disse:

– Al mondo non c'è un altro come te. Enlil, padre degli dèi, ti ha concesso la sovranità perché tu sei il più forte di tutti gli uomini.

Così, Gilgamesh ed Enkidu si abbracciarono, e da allora furono amici inseparabili.

Un giorno Enkidu sospirava con gli occhi pieni di lacrime.

– Amico mio – disse Gilgamesh, incontrando il suo sguardo – perché sospiri così amaramente?

– Mi sento triste, oppresso dall'inerzia – rispose Enkidu.

Fu allora che Gilgamesh rivolse i suoi pensieri alla Terra dei Cedri.[2] Disse perciò a Enkidu: – Andremo nel paese dove si abbatte il cedro e nella foresta, dove nessun uomo è mai stato, cercheremo il feroce gigante Humbaba per distruggerlo.

Ma Enkidu sospirò e disse: – Quando scorrazzavo con gli animali selvatici ho scoperto che quella foresta si estende per diecimila leghe in tutte le direzioni. Enlil ha incaricato Humbaba di difenderla. Egli è un terribile guardiano: non dorme mai. Il suo ruggito assomiglia all'infuriare della tempesta, il suo alito è di fuoco, le sue fauci sono la morte.

Il re di Uruk rispose: – Soltanto gli dèi vivono per sempre, gli uomini hanno i giorni contati; le nostre vite

---

2. *Terra dei Cedri*: probabilmente il Libano.

sono un soffio di vento. Ma se cadrò lascerò ai posteri un nome duraturo.

Gilgamesh informò del suo proposito Shamash, il dio sole a cui apparteneva la Terra del Cedro, promettendogli offerte gloriose se lo avesse aiutato nell'impresa. Shamash gli diede come alleati i grandi venti, il Vento del Nord, il turbine e la tempesta, la bufera e il vento ardente, e fece forgiare armi possenti per i due amici.

Gilgamesh volle poi chiedere consiglio a sua madre Ninsun e le chiese di pregare Shamash per lui. Ninsun indossò un bell'abito e dei bei gioielli e salì sul tetto del palazzo. Lì bruciò dell'incenso e, mentre il fumo saliva, pregò:

– O Shamash, perché hai dato a mio figlio questo cuore irrequieto? Tu l'hai indotto a partire, a percorrere una via ignota e a combattere una strana battaglia. Fino al suo ritorno, ti prego, proteggilo.

Poi Ninsun spense l'incenso e chiamò a sé Enkidu, dicendogli:

– Tu sarai l'altro mio figlio, forte Enkidu, come un trovatello che si porta al tempio. Ti affido Gilgamesh. Riportamelo indietro salvo.

Tutto il popolo circondò i due eroi che partivano, splendenti nelle loro armi.

Dopo aver attraversato sette montagne, si addentrarono nella foresta. Contemplarono la montagna dei cedri, dimora degli dèi, davanti alla quale si ergeva in tutta la sua mole il grande cedro.

Quando Gilgamesh prese la scure e abbatté il cedro, Humbaba, udendo il rumore da lontano, si infuriò e gridò:
– Chi è colui che ha violato i miei boschi e tagliato il mio cedro?

Poi, uscito dalla solida casa di cedro, si volse pieno di minaccia ed emise un terribile urlo, fissando su Gilgamesh il suo sguardo mortale. Allora Gilgamesh rivolse una preghiera a Shamash, che gli inviò tutti i grandi venti. Essi vennero ardenti, ghiacciati, furiosi e fulminei, si scatenarono contro Humbaba e si abbatterono sui suoi occhi.

– Ora entrerò nella tua casa! – gridò Gilgamesh.

Abbatté un cedro e Humbaba lanciò fiamme contro di lui, ma Gilgamesh continuò ad avanzare con Enkidu, abbattendo sette cedri. Ogni volta Humbaba scatenò contro di loro il suo alito di fuoco, ma alla fine essi raggiunsero la sua tana.

Allora Humbaba si avvicinò come un toro preso al laccio e con le lacrime agli occhi disse: – Ascoltami, Gilgamesh. Non ho mai conosciuto madre né padre: è stato il monte ad allevarmi e il dio Enlil mi ha fatto custode della foresta. Lasciami andare libero e io sarò il tuo servo, e tutti gli alberi della foresta saranno tuoi. Li abbatterò e ti costruirò un palazzo.

Lo prese per mano e lo condusse alla propria casa; allora il cuore di Gilgamesh si commosse: – O Enkidu – disse – cosa debbo fare del nostro prigioniero? Posso lasciarlo libero?

– Il più forte degli uomini sarà preda del fato, se non ha giudizio – rispose Enkidu. – Se lo lascerai libero, tu, amico mio, non tornerai mai alla tua città. Egli ti sbarrerà la via della montagna e renderà i sentieri inaccessibili.

Udite le parole del compagno, Gilgamesh estrasse la spada dalla cintura e sferrò a Humbaba un colpo nel collo; Enkidu sferrò il secondo colpo. Al terzo Humbaba cadde.

Vi fu allora un gran subbuglio, poiché colui che avevano ucciso era il custode della foresta. I cedri furono attraversati da un fremito e tutte le montagne e le colline tremarono.

Enlil, quando seppe della morte di Humbaba, si infuriò con loro e li maledisse:

– Perché avete fatto questo? D'ora in poi vi sia il fuoco sui vostri volti: che esso divori il pane che mangiate, che beva là dove voi bevete!

Tornato al suo palazzo, Gilgamesh lavò i lunghi capelli e li fece ricadere indietro sulle spalle; indossò poi abiti nuovi e cinse le vesti regali e la corona. La dea Ishtar, che vide la sua bellezza, gli disse: – Fa' che io sia la tua sposa. Preparerò per te un cocchio di lapislazzuli[3] e d'oro e come muli da tiro avrai i dèmoni possenti della tempesta. Re, sovrani e principi si inchineranno davanti a te.

– E quali doni potrei darti in cambio? – obiettò Gilgamesh. – Quali unguenti e vesti per il tuo corpo? E poi, amasti il colombo dalle piume multicolori, eppure lo colpisti spezzandogli l'ala. Amasti il leone e gli scavasti sette fosse. Amasti il pastore del gregge e lo trasformasti in lupo. Io sarei trattato allo stesso modo.

Udite queste parole Ishtar, in preda a un'ira amara, volò nell'alto dei cieli e pianse davanti a suo padre Anu, dio del firmamento.

– Padre mio – disse – dammi il Toro del Cielo per distruggere Gilgamesh che ha osato insultarmi, altrimenti sfonderò le porte dell'inferno e le genti di sopra si mescoleranno con quelle degli abissi. Porterò su i morti a mangiare il cibo dei vivi, e le loro schiere saranno certo molto numerose.

– Se faccio ciò che desideri, vi saranno per Uruk sette anni di terribile siccità. Hai messo da parte abbastanza grano per il popolo ed erba per il bestiame?

---

3. *lapislazzuli*: pietra ornamentale di colore turchino violaceo.

– Sì, padre. Abbastanza per sette anni.

Anu diede allora a Ishtar il Toro del Cielo da condurre a Uruk.

Giunto presso le porte della città, il Toro sbuffò per la prima volta: nella terra si aprirono crepe profonde e cento giovani vi caddero dentro e morirono; quando sbuffò per la seconda volta, ve ne caddero duecento.

Allora i due inseparabili amici corsero ad affrontare la terribile bestia. Quando questo sbuffò per la terza volta e si aprirono altre fenditure, Enkidu si piegò in due, ma si riprese subito e balzò sul Toro, afferrandolo per le corna. Poi gridò a Gilgamesh: – Amico mio, non ci siamo forse vantati che avremmo lasciato ai posteri un nome duraturo? Colpiscilo, dunque!

Gilgamesh conficcò la spada tra la nuca e le corna del Toro e lo uccise. I due amici offrirono poi il suo cuore a Shamash. Ma Ishtar, salita sulla grande muraglia di Uruk, balzò sulla torre e lanciò contro di loro una terribile maledizione.

Gilgamesh appese al muro le immense corna del Toro del Cielo, ricoperte di lapislazzuli, e ci furono festeggiamenti e gioia nel palazzo fino a sera.

Il giorno successivo Enkidu, appena sveglio, disse a Gilgamesh:

– Fratello mio, ho fatto un sogno orribile. Ho sognato che Anu diceva agli dèi riuniti in consiglio: “Poiché hanno ucciso Humbaba e il Toro del Cielo, uno dei due dovrà morire”. Shamash gli ha risposto: “Allora non potrà che morire Enkidu, che in entrambi i casi si è dimostrato più spietato e superbo”.

– Mi sei così caro, fratello mio, mi sei così caro – continuò Enkidu, piangendo. – Eppure mi porteranno via da te. Dovrò sedermi alla soglia dei morti e non ti rivedrò più.

Poi Enkidu giacque gravemente ammalato, maledicendo tutto e tutti:

– Ho sognato che i cieli urlavano e la terra strepitava, e io ero di fronte a un essere orrendo, con il volto di un vampiro, le zampe di leone, le mani come gli artigli di un'aquila. Si è gettato su di me, ha afferrato i miei capelli con gli artigli e mi ha stretto tanto che io soffocavo. Poi mi ha trasformato e le mie braccia si sono ricoperte di piume. Mi ha condotto al palazzo di Irkalla, Regina delle Tenebre, nella casa da cui nessuno è mai tornato e i cui abitanti siedono nell'oscurità. Polvere è il loro cibo, non vedono mai alcuna luce. Sono entrato nella casa e ho visto i re della terra, le loro corone abbandonate per sempre. Accanto alla Regina degli Inferi c'era Belitseri, scriba degli dèi, colei che tiene il libro dei morti. Reggeva una tavoletta e la leggeva. Ha sollevato il capo; mi ha visto e ha detto: "Chi ha portato qui costui?". A questo punto mi sono svegliato con il cuore che batteva forte.

Gilgamesh pianse su di lui. Alle prime luci dell'alba disse ai consiglieri di Uruk:

– Piango il mio amico, che ho amato più di un fratello. Egli è stato per me come la scure al mio fianco, la spada nella mia cintura, lo scudo davanti a me, il mio ornamento più bello. Un Fato malvagio me lo ha rubato. Tutte le creature selvatiche della pianura e dei pascoli lo piangono con me, e così tutti i sentieri che insieme abbiamo percorso, il fiume lungo il quale abbiamo camminato e il caro Eufrate dove abbiamo attinto acqua per le nostre fiasche. Che cos'è questo sonno che ora ti avvince, Enkidu? Sei perso nell'oscurità e non puoi più sentirmi.

Toccò il suo cuore, ma non batteva più. Così Gilgamesh stese un velo sul suo amico, poi si scatenò come una leonessa derubata dei cuccioli, avanti e indietro attorno al letto, strappandosi i capelli e le splendide vesti.

All'alba gridò: – Ti facevo giacere su un letto regale, i principi della terra ti baciavano i piedi. Farò in modo che tutto il popolo di Uruk pianga su di te ed elevi per te la nenia dei morti. E quando sarai nella terra mi farò crescere lunghi capelli e vagherò per le lande selvagge indossando la pelle di un leone.

Gilgamesh pianse Enkidu per sette giorni e sette notti, ma infine lo lasciò alla terra perché gli Anunnaku, i giudici, lo avevano ghermito. Diffuse poi un proclama per tutto il mondo, chiamò i battitori di rame, gli orefici, gli intagliatori di pietre e ordinò di costruire una statua di Enkidu con oro e lapislazzuli. Su una tavola di legno pregiato furono poste, come offerte per il Sole, una coppa di corniola[4] piena di miele e una coppa di lapislazzuli piena di burro.

Infine il re se ne andò via. Con la disperazione nel cuore cominciò a vagare per le lande e le pianure piangendo la sorte del suo sventurato amico.

Adattamento e riduzione da *L'epopea di Gilgameš*
a cura di N.K. Sandars, traduzione italiana di Alessandro Passi,
Adelphi Edizioni

4. *corniola*: pietra ornamentale di colore rosso.

SCHEDA OPERATIVA

Lavoriamo sul testo

1. *Completa il testo che segue, inserendo al posto dei puntini le parole sotto elencate:*

consiglio, amici, lasciare, arrogante, Ishtar, punire, foresta, Uruk, Enkidu, eroi, animali, disperato.

Gilgamesh, re della città di ...., in Mesopotamia, era forte e bello come un dio, ma molto .... Gli dèi vollero perciò contrapporgli un altro eroe, ..., un uomo selvaggio che viveva con gli .... Dopo essersi scontrati, però, i due divennero .... inseparabili. Sconfissero insieme Humbaba, il terribile guardiano della ...., che Gilgamesh uccise proprio per .... di Enkidu. I due .... uccisero poi anche il Toro del Cielo, mandato dalla dea .... per distruggere Gilgamesh. Gli dèi decisero allora, per .... la loro protervia, che uno dei due sarebbe morto. Enkidu si ammalò e morì e Gilgamesh, ..., decise di .... Uruk.

2. *Il testo può essere suddiviso in vari episodi (o macrosequenze). Individuali, come nell'esempio, indicando i righi iniziali e finali di ciascuno di essi.*

	RIGHI
– Creazione di Gilgamesh e di Enkidu.	*1 – 21*
– Incontro-scontro tra i due eroi.	....
– Avventura nella Terra dei Cedri.	....
– Ishtar e il Toro del Cielo.	....
– Malattia e morte di Enkidu.	....
– Dolore e partenza di Gilgamesh.	....

I personaggi

1. *Attribuisci a ciascuno dei due eroi, Gilgamesh ed Enkidu, gli aggettivi che ti sembrano più adatti a descriverli, scegliendoli tra quelli qui elencati:*

coraggioso, forte, umile, modesto, superbo, arrogante, possente, bello, mite, selvaggio, esile, prepotente, saggio, docile, ambizioso, altèro, presuntuoso, aggressivo, audace, valoroso, gracile.

GILGAMESH ARROGANTE - BELLO - FORTE - AUDACE

ENKIDU CORAGGIOSO - SELVAGGIO - AGGRESSIVO - VALOROSO

2. *Oltre ai due protagonisti, appaiono nel racconto altri personaggi. Alcuni di essi aiutano i due eroi, mentre altri li contrastano.*
Indica accanto ai nomi dei personaggi se essi hanno il ruolo di aiutanti *(A) o di* oppositori *(O):*

DIO SHAMASH	(A)	HUMBABA	(O)
CACCIATORE	(O)	DEA ISHTAR	(O)
RAGAZZA	(A)	DIO ENLIL	(A)
DEA NINSUN	(A)	TORO DEL CIELO	(O)

L'ambiente e il tempo

1. *Nel sogno di Enkidu appare Belitseri, scriba degli dèi, che legge una tavoletta. I Sumeri, gli Assiro-Babilonesi e altri popoli antichi scrivevano su tavolette d'argilla, utilizzando la scrittura cuneiforme, detta così perché è formata da segni di forma triangolare (cunei).*
Elenchiamo altri tipi di scrittura, alcuni molto antichi,

altri ancora in uso presso civiltà diverse dalla nostra. Cercane sul vocabolario la definizione:

scrittura PITTOGRAFICA: ....

scrittura IDEOGRAFICA: ....

scrittura GEROGLIFICA: ....

2. *Mesopotamia significa "terra tra i fiumi". Nel racconto è nominato uno dei due grandi fiumi di questa terra, l'Eufrate. L'altro fiume era il Tigri.*
Quale o quali stati troviamo oggi nel territorio dell'antica Mesopotamia? Per rispondere, puoi consultare l'atlante geografico, quello storico o anche un'enciclopedia.

....

Spunti per la riflessione e per la produzione

1. *La descrizione del regno dei morti, che troviamo nel sogno di Enkidu, assomiglia ad alcune situazioni tipiche dei film dell'orrore, popolati di zombi e di vampiri. Ne hai certamente visto almeno uno. Raccontane la trama.*

2. *Racconta un sogno che ti ha particolarmente spaventato.*

3. *Quale dei due protagonisti ti è risultato più simpatico? Perché?*

4. *Enkidu assomiglia a Gilgamesh "quanto il suo riflesso" e ha "un cuore tempestoso come il suo". Spesso negli amici cerchiamo qualità che li rendono simili a noi. Che cosa cerchi, di solito, in un amico?*

5. *Inventa un diverso finale della storia che preveda la morte di Gilgamesh e non quella di Enkidu oppure un lieto fine per entrambi.*

Achille e Patroclo: la vendetta di un eroe

Patroclo sedeva in silenzio ad ascoltare Achille, che sulla cetra d'argento cantava le gesta di antichi eroi, quando vide avanzare verso la tenda Ulisse, Aiace e il vecchio Fenice.

Achille sussultò, stupito, e si alzò per accogliere gli ospiti. Si rivolse poi al suo amico: – Patroclo, porta delle coppe e del vino, perché i miei migliori amici sono ora tutti sotto questo tetto.

Intanto egli stesso sistemò sullo spiedo carne di pecora e di capra insieme a una spalla di maiale. Patroclo distribuì sul desco il pane e tutti insieme, dopo aver offerto agli dèi i bocconi migliori, cominciarono a mangiare.

Quando furono sazi, Ulisse sollevò il calice in onore di Achille:

– Abbiamo trovato qui ottimo cibo – disse. – Ma come possiamo mangiare con piacere, se tutto il nostro esercito è in pericolo? Tra poco Ettore, con l'aiuto di Zeus, piomberà su di noi come un fulmine e ci distruggerà insieme con le nostre navi. Ma se tu deponi la tua ira e torni a combattere, con la tua presenza allontanerai da noi la rovina. Frena il

1. La storia di Achille e di Patroclo è tratta dall'*Iliade*, che narra alcuni episodi della guerra di Troia – realmente combattuta verso il XIII sec. a.C. da Greci e Troiani – trasformando le vicende storiche in leggende e gesta di eroi straordinari.
I Greci (chiamati sempre Achei nell'Iliade) sono in una situazione disperata perché Achille, il loro guerriero più valoroso, si rifiuta di combattere: è stato infatti offeso da Agamennone, uno dei maggiori condottieri achei, che gli ha rapito la schiava Briseide, a lui molto cara.

tuo cuore superbo, Achille: Agamennone, riconosciuto il suo torto, vuole risarcirti con ricchi doni e restituirti Briseide. Poni fine al tuo sdegno.

– No – rispose Achille. – Ho sempre ceduto ad Agamennone le parti migliori del bottino di guerra, e invece lui mi ha tolto il mio premio più grande: tiene con sé la donna del mio cuore e ne gioisce. È questa la ricompensa per tutte le volte che ho combattuto e vinto? Ebbene, non combatterò più. Perché dovrei affrontare Ettore? Perché un vile come Agamennone possa gloriarsi delle imprese altrui? Non tornerò a combattere. Domani partirò.

Achille, però, non partì. E, pur avendo giurato di restare in disparte, lontano dalla battaglia, rimase ritto sulla poppa della sua nave a osservare la rovinosa fuga degli Achei.

All'improvviso chiamò Patroclo per chiedergli notizie.

– Chi è quel ferito che Nestore sta allontanando dalla mischia? Sembra Macaone...

– Vado a domandarglielo – rispose Patroclo. Poco dopo entrò nella tenda del vecchio Nestore: – Achille è ansioso di sapere chi è il ferito che hai portato via, verso le navi...

– Credi che Macaone sia l'unico dei nostri a essere ferito? – lo interruppe Nestore, avanzando verso di lui. – Non sai quanti nostri prodi guerrieri giacciono inermi presso le navi? E che cosa aspetta Achille a venir fuori dalla sua tenda? Che gli Achei siano tutti sterminati? Che Ettore incendi tutta la nostra flotta?

Patroclo taceva, colpito dalle parole del vecchio.

– Se proprio non vuole muoversi dalla sua tenda, se è tanto ostinato – continuò Nestore – che almeno dia a te le sue armi; così i Troiani, vedendoti, ti crederanno Achille, si spaventeranno e si ritireranno nella loro città...

Patroclo corse lungo il lido per tornare da Achille. Che

cosa dire al suo amico? Nestore aveva ragione, i dolori si aggiungevano ai dolori, le sconfitte alle sconfitte: bisognava che Achille desistesse dal suo risentimento. Il discorso del vecchio Nestore lo aveva così profondamente turbato che entrò piangendo nella tenda di Achille.

– Che c'è, Patroclo? Mi porti brutte notizie? Dividi con me il tuo dolore.

– Tu che sei il più forte di tutti gli Achei, non sdegnarti del mio pianto. Tutti i nostri migliori guerrieri giacciono feriti nelle navi: i medici si affaticano intorno a loro con molte erbe. E tu, invece, non cedi. Non hai nessuna pietà! Non mi sembri figlio di Peleo e di Teti, ma del nero mare o di una rupe, e il tuo cuore è di pietra.

Si fermò per qualche secondo; poi, in tono più pacato, proseguì:

– Se ti turba una profezia dolorosa[2]... manda me, ora, subito. Lascia che sia io, con indosso le tue armi, a guidare i Mirmidoni,[3] a presentarmi al nemico per ingannarlo e per fargli credere che tu sia tornato: così i Troiani si ritireranno, e i nostri avranno finalmente un po' di respiro...

– Che cosa dici, Patroclo? Non mi preoccupano predizioni nefaste... Piuttosto, ho dentro di me un fiero dolore, perché il rapimento di Briseide è stato per me un gesto troppo umiliante. Però io non volevo restare per sempre in collera: ho giurato che avrei deposto la mia ira se fosse giunto alle mie navi l'ululato di guerra. Prendi pure le mie armi e guida tu i Mirmidoni ma, ti prego, non lasciarti trascinare dall'ardore della battaglia: torna qui da me appena avrai salvato le navi.

Quando Patroclo uscì dalla tenda, Achille trasse dal

---

2. Patroclo si riferisce alla profezia, nota ad Achille, che prevedeva la sua morte in guerra.
3. *Mirmidoni*: popolo della Tessaglia, di cui era re Achille.

forziere una grande coppa che usava solo per libare a Zeus, la sollevò e così pregò:

– Padre degli dèi e degli uomini, che hai posto il tuo trono fra i tuoni, fa' che Patroclo allontani i Troiani dalle navi e che ritorni qui da me incolume.

Quando il fuoco cominciò a divorare una delle navi, Patroclo si vestì di bronzo lucente. Indossò i gambali di metallo, la corazza con ornamenti a forma di stella, l'elmo ornato di crini di cavallo; si armò della spada con borchie d'argento, del grande scudo e di due lance (ma non di quella che solo Achille poteva maneggiare). Prese, infine, anche i cavalli di Achille, che volavano come il vento.

E quando il cocchio di Achille avanzò veloce, con Patroclo sfolgorante nelle armi dell'amico, i Troiani abbandonarono spaventati le navi achee mentre invano Ettore cercava di trattenerli. I Greci, rincuorati, incalzarono i loro nemici e ne fecero un atroce massacro.

Ettore e Patroclo furono infine di fronte: combattevano come due leoni, e ad essi si unirono le loro schiere, che si scontrarono ferocemente.

Improvvisamente il dio Apollo, che proteggeva i Troiani, avanzò nella mischia; Patroclo, nel gran tumulto, non lo vide perché gli veniva incontro velato di fitta nebbia. Apollo lo colpì e gli fece cadere dal capo l'elmo, che ruzzolò tra le zampe dei cavalli. Mai prima di allora l'elmo di Achille era stato imbrattato dalla polvere.

Tra le mani di Patroclo la lancia si ruppe, benché fosse di legno massiccio. Gli cadde lo scudo, che lo copriva interamente; poi Apollo gli slacciò la corazza.

Sbalordito, Patroclo si arrestò, e il troiano Euforbo ne approfittò per colpirlo alle spalle. Allora la lancia di Ettore attraversò da parte a parte il corpo di Patroclo, che cadde, gettando grande sconforto tra gli Achei.

– Pensavi di distruggere la nostra città? – gli gridò Ettore. – Pensavi di rendere schiave le nostre donne? Io terrò lontana dai miei la sconfitta, mentre tu resterai qui e gli avvoltoi ti divoreranno. Che cosa ti aveva ordinato Achille? Di non tornare senza avermi ucciso?

Patroclo, morente, gli rispose con fierezza:

– Hai vinto solo grazie all'aiuto di Apollo. Se mi avessero aggredito anche venti uomini come te, li avrei sconfitti con la mia lancia. Mi ha ucciso il destino per mano di Apollo, e mi ha colpito Euforbo. Tu vieni qui solo per terzo a spogliarmi delle mie armi. Ma ascolta quello che ti dico: tu morirai per mano di Achille.

Poi spirò. La sua anima scese nell'Ade, piangendo la sua sorte infelice e la giovinezza che fuggiva via.

– Chi sa... – disse Ettore, rivolgendosi al nemico già morto – chi sa che non sia invece io a uccidere Achille...

Poggiò poi con forza un piede sul corpo dell'Acheo per estrarne l'asta e lo spinse lontano.

Intanto, solo, accanto alle navi, Achille era in preda a tristi presagi: ricordava infatti un'oscura predizione di sua madre e temeva per la vita di Patroclo.

Ed ecco arrivare Antiloco, figlio di Nestore, che piangendo disse:

– Ahimè, figlio di Peleo, che triste messaggio ascolterai dalle mie labbra! È accaduto qualcosa che non doveva accadere... Patroclo è morto, e intorno al suo corpo ci si batte ancora... È nudo, perché le armi gliele ha prese Ettore.

Come una nuvola nera il dolore sommerse Achille: egli prese la cenere dal focolare e se ne cosparse il capo, imbrattando il bel viso e la veste profumata. Si gettò poi a terra nella polvere, gemendo muto. Antiloco, piangendo sommessamente, gli teneva le mani, temendo che nel suo cieco dolore l'eroe potesse togliersi la vita.

Dal profondo del mare Teti udì il pianto del figlio e accorse con tutte le altre ninfe. Il mare si aprì al loro passaggio, fino al lido dove le navi allineate facevano corona intorno ad Achille. Con un grido Teti strinse al seno la testa del figlio:

– Perché piangi, figlio? Perché soffri? Zeus ha operato in tuo favore: gli Achei sono stati costretti a rifugiarsi sulle navi, oppressi dalla sciagura e desiderosi di riaverti al loro fianco.

– È vero, madre; ma che piacere posso averne, se il mio caro amico è morto? Io lo amavo al di sopra di tutti i miei compagni, lo amavo come amo me stesso. E l'ho perduto. Ettore l'ha spogliato delle armi, quelle splendide armi che gli dèi regalarono a mio padre Peleo nel giorno delle nozze. Il mio dolore è così forte che non mi consente più di sopportare né la vita, né la presenza di altri uomini, se prima Ettore non cadrà trafitto dalla mia lancia.

– Non dirlo! Non dirlo, figlio... – gridò Teti, piangendo – perché così tu affretti la tua morte... Devo rivelartelo, ormai... dopo la morte di Ettore, si compirà il tuo destino.

– Allora morrò... ma prima voglio vendetta. Andrò in cerca di Ettore per ucciderlo.

Achille pianse a lungo sul corpo di Patroclo, che fu lavato, unto e cosparso di balsami.

Poi, con le nuove armi forgiate per lui dal dio Efesto, montò sul cocchio e tornò a combattere, deciso a vendicare il suo amico.

Dall'alto di una torre Priamo, il vecchio re di Troia, vedendo che i suoi uomini fuggivano davanti ad Achille, ordinò di aprire le porte della città. I Troiani si precipitarono dentro le mura come cervi in fuga, inseguiti dagli Achei.

Solo Ettore, come incatenato dal destino, rimase fuori, nonostante le grida e i richiami di suo padre Priamo, che lo esortava, disperato, a rientrare nella città e a salvarsi la vita. Anche Ecuba, sua madre, accorgendosi che Ettore stava per scontrarsi con Achille, lo supplicò piangendo di fuggire.

Ma Ettore aveva un unico desiderio: quello di combattere contro il suo nemico; perciò lo attese fermo al suo posto. All'apparire di Achille ebbe però un attimo di terrore, come se davanti a lui ci fosse stato non un uomo, ma un dio, e fuggì.

Per tre volte i due nemici corsero intorno alle mura di Troia. Infine Atena si avvicinò ad Achille e gli disse:

– Fermati, riprendi fiato. Convincerò Ettore a combattere.

Achille si appoggiò alla lancia per riposarsi, mentre la dea, assunte le sembianze di Deifobo, fratello di Ettore, si avvicinò all'eroe troiano.

– Fermati, fratello – gli disse – e insieme respingeremo Achille.

– Tu sei sempre stato il più caro dei miei fratelli – disse Ettore – e ora lo sei anche di più, perché tu solo hai osato uscire dalla città per venirmi in aiuto.

– Combattiamo, dunque. E che non siano risparmiati i colpi di lancia.

I due eroi si trovarono così l'uno di fronte all'altro e il coraggioso Ettore disse:

– Non fuggo più, figlio di Peleo. Sono pronto a morire o a toglierti la vita. Ma se gli dèi mi saranno favorevoli io non sarò spietato con il tuo cadavere: renderò il tuo corpo agli Achei, dopo aver preso le tue armi divine.

– Niente patti tra noi, nemico odioso – rispose torvo Achille. – Nessun patto tra l'uomo e il leone, tra il lupo e l'agnello. Tra noi due non voglio giuramenti, né amicizia. Bada solo a richiamare tutta la tua audacia, perché ora la mia lancia ti trafiggerà e tu pagherai per le vite dei miei cari amici che hai ucciso.

Così dicendo, scagliò la lancia; ma Ettore, che aveva previsto il tiro, si piegò, schivandolo. Invisibile, Atena riportò l'arma ad Achille.

– Hai fallito il colpo – gli gridò Ettore. – Tu sembri un dio e speri di atterrirmi con vane parole. Ora, però, bada anche tu a evitare la mia lancia!

Ma la sua asta colpì soltanto lo scudo di Achille; e, quando Ettore si rivolse a Deifobo per chiedergli un'altra lancia, si accorse di essere stato ingannato: suo fratello non era accanto a lui. Comprese in quel momento che gli dèi avevano decretato la sua morte e decise che non sarebbe caduto da vile. Brandita la spada, si gettò su Achille, che, armato di lancia, studiava i gesti del troiano per colpirlo a morte.

L'unico punto che la corazza lasciava scoperto era la gola, e lì Achille diresse con furore il suo colpo. Ettore cadde ferito nella sabbia, e altero su di lui Achille esclamò:

– Ti sei creduto in salvo, dopo aver spogliato Patroclo delle armi. Ma io ho vendicato il mio amico. E cani e corvi strazieranno il tuo corpo, mentre Patroclo avrà una tomba superba.

– Ti scongiuro – implorò l'eroe mentre moriva – rendi il mio corpo ai miei genitori in cambio dell'oro che certo ti daranno, affinché io abbia i dovuti onori funebri e trovi la pace nell'Ade.

– Non supplicarmi, miserabile – rispose Achille. – Nessuno ti sottrarrà alle belve: io non ti restituirò ai Troiani neppure in cambio di mille tesori.

– Sapevo che le mie preghiere sarebbero state inutili – disse Ettore. – Hai il cuore di ferro. Ma sta' attento, perché qualche dio ti punirà per questo. – Così dicendo, spirò, e la sua anima volò giù nell'abisso, piangendo il suo destino e la perduta giovinezza.

– Muori – esclamò Achille – perché anch'io, dopo averti ucciso, accetterò di buon grado la mia morte, quando piacerà agli dèi.

Svelse dal corpo di Ettore la lancia e lo spogliò delle armi insanguinate. Poi con una cinghia di pelle di bue legò il corpo del suo nemico al cocchio; trascinò così barbaramente il cadavere di Ettore, con il bel capo nella polvere, verso il mare.

All'atroce spettacolo Ecuba cominciò a gridare e a stento i Troiani trattennero Priamo che, sconvolto dal dolore, voleva lanciarsi fuori delle porte. E Andromaca, moglie di Ettore, che udì le grida, tremò e corse fuori della reggia come una forsennata. E, quando riconobbe Ettore nel cadavere crudelmente trascinato verso le navi achee, la vista le si oscurò e svenne.

Achille scaraventò con disprezzo il corpo di Ettore accanto al letto su cui giaceva Patroclo. Poi, stanco per il combattimento, si addormentò sulla riva del mare.

In sogno gli apparve il suo amico. Era molto infelice: non poteva varcare lo Stige[4] senza le dovute onoranze funebri.

– Tu mi curavi da vivo e mi trascuri da morto – lo rimproverò. – Solo con le fiamme del rogo avrò pace e potrò oltrepassare le porte del Buio.

– Farò ciò che desideri, amico mio – gli promise Achille e, ormai sveglio, tese le braccia verso di lui.

Ma l'ombra di Patroclo svanì sotto terra con uno strido,[5] dileguandosi come fumo.

Trasposizione in prosa e adattamento dall'*Iliade* di Omero

---

4. *Stige*: fiume che bisognava attraversare per entrare nel regno dei morti.
5. *strido*: suono acuto, grido.

SCHEDA OPERATIVA

Lavoriamo sul testo

1. *Ricostruisci la trama del racconto completando i seguenti periodi:*

– Gli Achei inviano un'ambasceria ad Achille *per convincerlo a tornare in battaglia.*

– Achille accoglie in modo benevolo gli ambasciatori perché ERANO I SUOI MIGLIORI AMICI

– Ulisse dice ad Achille DI DEPORRE LA SUA IRA E DI TORNARE A COMBATTERE

– Ma Achille DISSE DI NO

– Poiché i Greci sono in gravi difficoltà, Patroclo chiede ad Achille DA INDOSSARE LA SUA ARMATURA

– Patroclo respinge i Troiani dalle navi, ma VIENE UCCISO DA ETTORE

– Achille, desideroso di vendicare la morte dell'amico RITORNA IN BATTAGLIA

– Ettore, morendo, prega Achille di DARE IL SUO CORPO AI SUOI GENITORI

– Ma Achille DICE DI NO

– Patroclo, apparso in sogno ad Achille, è molto addolorato perché NON PUO' VARCARE LO STIGE PERCHE' NON GLI SONO STATI FATTI I FUNERALI

– Quando Achille cerca di abbracciarlo L'OMBRA DI PATROCLO SVANISCE

2. *Il testo è ricco di similitudini o paragoni:*
I cavalli di Achille *volano come il vento*
Il dolore di Achille è *come una nuvola nera*
L'ombra di Patroclo si dilegua *come fumo.*
Prova anche tu a stabilire dei paragoni:

Una persona può essere:

timida come	forte come ROCCIA
vile come	coraggiosa come LEONE
agile come LEPRE	vivace come ....
lenta come LUMACA	mite come CONIGLIO

3. *Nelle seguenti frasi, presenti nel testo, sostituisci le parole in corsivo con un sinonimo.*

a) Molti dei più *prodi* (CORAGGIOSI) guerrieri giacevano feriti nelle navi.
b) Achille era in preda a tristi *presagi* (PENSIERI).
c) Priamo *esortava* (INCITAVA) Ettore a rientrare nella città.
d) Patroclo non poteva *varcare* (SUPERARE) lo Stige.
e) Bada solo a richiamare tutta la tua *audacia* (VALORE).

I personaggi

1. *Quali sentimenti provano, nel corso della storia, i seguenti personaggi? Attribuisci a ciascuno di essi quelli che ti sembrano più adeguati, scegliendoli tra i seguenti:* paura, rabbia, umiliazione, dolore, desiderio di vendetta, preoccupazione, orgoglio, superbia, disperazione, tristezza.

ACHILLE ....
ETTORE ....
PATROCLO ....
PRIAMO ....
ECUBA ....
TETI ....

L'ambiente e il tempo

1. *Nel testo viene fornita una dettagliata descrizione delle armi di Achille indossate da Patroclo. È una tipica armatura dell'età del bronzo, i cui elementi sono quelli sotto elencati. Aiutandoti eventualmente con il vocabolario, spiega a che cosa servivano:*

gambali PROT GAMBA ....
corazza " BUSTO ....
elmo " TESTA ....
scudo " ....
lancia TIRABILA ....
spada COMB. ....

Spunti per la riflessione e per la produzione

1. *Achille è un personaggio molto orgoglioso, tanto che il suo risentimento gli impedisce di tornare in battaglia. Solo il dolore e le parole di Patroclo lo convincono a cedergli le sue armi.*
Ti è mai capitato di ostinarti in merito a una decisione che avevi preso? Racconta questa tua esperienza, specificando:
- *In quale occasione è successo.*
- *Qual era la decisione.*
- *Quali erano i motivi della tua ostinazione.*
- *Se qualcuno ha cercato di farti cambiare idea.*
- *Racconta se hai infine desistito oppure no, e come si è concluso l'episodio.*

Eurialo e Niso, due amici inseparabili

Quella notte i Rutuli di guardia tutt'intorno all'accampamento troiano gozzovigliavano e facevano festa, sicuri di sferrare, il giorno dopo, un attacco vittorioso. Ma i Troiani, nel timore di essere assaliti, non riposavano: un gruppo di armati ispezionava le porte del campo.[1]

A guardia di una di esse c'era Niso, guerriero valoroso, molto abile con l'arco e con il giavellotto; con lui c'era il suo fedele compagno Eurialo, il giovinetto più bello, gentile e gaio tra quelli che avevano seguito Enea. C'era tra loro un grande e reciproco affetto: essi combattevano sempre insieme e, in quel momento, vegliavano insieme a difesa della stessa porta.

A un tratto Niso disse:

– Non so se è un dio a ispirarmi questo pensiero, ma il mio più ardente desiderio è quello di uscire dall'accampamento e di compiere un'impresa memorabile contro i nemici. Detesto starmene qui inerte. Vorrei tentare di raggiungere Enea per informarlo di quanto accade. L'occasione è favorevole: i Rutuli hanno lasciato spegnere quasi tutti i fuochi del campo e dormono ubriachi, sentendosi al sicuro. C'è un gran silenzio tutt'intorno. Vorrei approfittarne: sono

---

1. L'episodio è tratto dall'*Eneide*, poema epico scritto da Virgilio nel I secolo a.C. Il poema narra le vicende di Enea, eroe troiano che, sfuggito alla distruzione della sua città, naviga verso il Lazio, terra che il Fato gli ha destinato come nuova patria. Giunto nel Lazio dopo molte peripezie, Enea deve affrontare la guerra contro i Rutuli, guidati dal coraggioso re Turno.
La storia di Eurialo e Niso è un episodio di questa guerra.

sicuro di riuscire a trovare un sentiero che mi conduca alla reggia di Evandro.[2] Se ci sarà una ricompensa, sarà tutta per te, perché a me basta la gloria dell'impresa.

Eurialo, in un primo momento stupito per le parole dell'amico, si entusiasmò poi al pensiero di tanta gloria.

– Sono sorpreso, Niso! – esclamò. – Vuoi escludermi da un'impresa così importante? E dovrei lasciarti correre un simile rischio da solo? Non mi ha educato così mio padre Ofèlte, né mi sono mai comportato in modo da meritare questo diniego da te: ho seguito come te il duro destino di Enea, e anch'io ritengo che la vita sia degnamente spesa solo se viene data in cambio della gloria e dell'onore, cose che tu cerchi e che a me neghi.

– Non ho mai pensato simili cose di te, né tu sei tale da meritarlo. Intendevo andare da solo per altri motivi: se per un destino avverso io dovessi morire, vorrei che tu restassi in vita, sia perché sei più giovane e più degno di vivere, sia perché vorrei che qualcuno, con le armi o con l'oro, riscattasse il mio corpo e gli desse sepoltura; oppure, se questo non fosse possibile, mi rendesse almeno da lontano gli onori funebri. Inoltre non vorrei mai causare un tale dolore alla tua infelice madre che, sola tra tante altre, ha osato seguirti.

Ma Eurialo rispose:

– I tuoi pretesti sono vani, perché io sono già fermo nel mio proposito. Affrettiamoci, dunque.

Svegliati due compagni perché prendessero il loro posto, andarono alla ricerca di Ascanio. Il figlio di Enea accolse con entusiasmo la proposta dei due amici e affidò loro molti messaggi per suo padre, promettendo di premiarli con ricchi doni una volta compiuta l'impresa.

Usciti dal campo e varcato il fosso che lo circondava, i

---

2. *Evandro*: re di una città vicina presso il quale Enea si è recato a chiedere aiuto.

due si addentrarono cautamente nell'accampamento nemico. Vedevano qua e là i corpi prostrati dal sonno e dal vino; tra i carri giacevano in terra alla rinfusa guerrieri, armi e calici.

– Ora bisogna osare, Eurialo – disse Niso. – Dobbiamo cogliere l'occasione propizia. Tu fermati e guarda che non venga nessuno; io sgombrerò il passaggio e nello stesso tempo ucciderò quanti più nemici è possibile.

Così disse, e assalì Ramnete, che dormiva nella sua tenda sopra un mucchio di tappeti. Quest'uomo era molto caro al re Turno; era anch'egli re e inoltre era un indovino, ma non aveva saputo evitare il proprio infausto destino.

Uccise poi molti altri nemici, tra cui il giovane Serrano, bello di aspetto e gran giocatore, che quella notte avrebbe fatto meglio a protrarre il gioco fino all'alba, perché perdendo al gioco non avrebbe perso la vita.

In mezzo a loro Niso sembrava un leone affamato che in un ovile aggredisce con le unghie e con i denti il gregge inerme e lo divora ruggendo.

Non fu minore la strage compiuta da Eurialo, che con furia colpì molti nemici, sia oscuri che famosi. Tra questi ultimi c'era Reto, che era sveglio e assisteva alla scena tutto tremante, nascosto dietro una grande anfora. Eurialo gli si avventò sopra e gli immerse la spada nel petto, ritraendola insieme con la sua vita. L'anima gli uscì dal corpo color della porpora, mista di sangue e di vino.

Eurialo stava già rivolgendosi verso altri guerrieri rutuli, quando Niso, vedendo che si lasciava trascinare dal troppo ardore, lo richiamò:

– Basta – gli disse – perché ormai il sole sta sorgendo e la luce ci è nemica. Ci siamo ormai aperti la strada, spargendo molto sangue.

Eurialo allora prese come bottino i finimenti del cavallo di Ramnete e una cintura con borchie d'oro; indossò poi un lucido elmo e così i due amici se ne andarono vittoriosi.

Intanto dalla città di Laurento erano usciti trecento cavalieri comandati da Volscente, che doveva portare a Turno un messaggio del re Latino. Erano già vicini all'accampamento quando videro i due: la luce della Luna brillò sull'elmo dell'imprudente Eurialo e Volscente gridò:

– Chi siete? Dove andate?

I due amici non risposero, ma si affrettarono a fuggire, approfittando del bosco e della notte.

I cavalieri circondarono rapidamente il bosco. Era un'ampia macchia di scure elci e di pruni, con radi sentieri stretti e nascosti.

L'intrico dei rami, il peso del bottino e l'incertezza sulla strada da prendere impedivano Eurialo. Niso, più sciolto e più leggero, si spinse oltre senza accorgersi che il compagno era rimasto indietro.

Era ormai fuori della vista dei nemici, nei campi che poi furono chiamati Albani, quando si fermò ad aspettare il suo amico.

Non vedendolo arrivare, esclamò disperato:

– Infelice Eurialo, dove ti ho lasciato? Come posso ritrovarti in questo labirinto?

E subito tornò indietro. Dapprima si aggirò per la selva senza che gli giungesse alcun rumore. Poi udì le trombe e i cavalli e le grida degli inseguitori; infine scorse Eurialo che, circondato dai nemici come un leone dai cacciatori, si difendeva invano.

Che fare? Come salvare il suo amico?

Subito prese una freccia e, volto il viso alla luna, la invocò:

– Tu Diana, eterno lume della notte, regina dei boschi, da mio padre e da me hai sempre ricevuto ricche offerte dopo la caccia. Fa' che io possa gettare scompiglio nella schiera dei nemici e guida la mia mano.

E vibrò il suo dardo che, fendendo la notte, colpì uno dei

cavalieri. Stupiti e confusi, i Rutuli si guardarono l'un l'altro, e tutti insieme si guardarono intorno, temendo nuove insidie.

Niso allora, incoraggiato dal successo, prese la mira e vibrò con tutta la sua forza un altro dardo che, sibilando nell'aria, trapassò da parte a parte le tempie di Tago.

Volscente, infuriato, non comprendendo chi potesse aver colpito i suoi compagni e non potendo vendicarsi su nessuno, urlò a Eurialo:

– Tu pagherai per tutti e due! – e, stretta in pugno la spada, corse verso di lui.

Allora, sgomento e smarrito, Niso balzò fuori dal suo nascondiglio, gridando:

– Me, colpite me, uccidete me, Rutuli. Sono stato io, ho ordito io questo inganno. Volgete le armi contro di me, perché egli non ha potuto osare niente contro di voi. Ve lo giuro per questo cielo e per queste stelle, che hanno visto tutto: l'unico male che egli abbia commesso è stato quello di amare troppo il suo infelice amico.

Ma mentre parlava così, Volscente aveva già sferrato il colpo, trafiggendo il bianco petto di Eurialo. E già morendo egli cadeva, con le belle membra rigate di sangue e il collo reclinato, come un fiore purpureo quando è reciso dall'aratro o un papavero appesantito dalla rugiada che china la corolla verso terra.

Niso si slanciò in mezzo ai nemici, scagliandosi contro Volscente, cercando solo lui, mirando solo a lui. I cavalieri che gli stavano intorno cercavano di respingerlo, ma egli incalzò, ruotando velocemente la fulminea spada per farsi largo. Infine, raggiunto il suo nemico che gridava, gli immerse in gola la spada e spinse.

Poi, trafitto da cento lance, si lasciò cadere sul corpo esanime di Eurialo.

Trasposizione in prosa e adattamento dall'*Eneide* di Virgilio

SCHEDA OPERATIVA

Lavoriamo sul testo

1. *Completa i periodi segnando nel riquadro posto accanto alle frasi del gruppo A la lettera di quelle del gruppo B:*

Gruppo A

1) Mentre i Rutuli fanno festa, i Troiani vegliano perché... [e]
2) Niso desidera uscire dall'accampamento per... [ ]
3) Niso vorrebbe andare da solo, ma... [ ]
4) Dopo la strage nel campo nemico, i due amici si imbattono nei cavalieri di Volscente, che... [ ]
5) Niso fugge rapidamente, mentre... [ ]
6) Niso, vedendo l'amico in pericolo, invoca la luna affinché... [ ]
7) Volscente colpisce Eurialo, ma... [ ]

Gruppo B

a) ... Eurialo è deciso ad accompagnarlo.
b) ... circondano il bosco, decisi a catturarli.
c) ... guidi la sua mano e lo aiuti a disorientare i nemici.
d) ... informare Enea di ciò che sta accadendo.
e) ... temono di essere assaliti.
f) ... Niso riesce a raggiungerlo e a ucciderlo, prima di morire egli stesso.
g) ... Eurialo, appesantito dal bottino, resta indietro.

2. *Nel testo sono presenti vocaboli poco comuni. Aiutandoti con il senso delle frasi nelle quali sono inseriti, collega ciascuno di essi al significato che ti sembra più appropriato:*

prostrato	(rigo 54)	*arbusto selvatico spinoso*
ardore	(rigo 80)	*che è, o pare, morto*
pruno	(rigo 96)	*rosso vivo*

insidie	(rigo 122)	*impeto, entusiasmo*
purpureo	(rigo 142)	*trappole, agguati*
esanime	(rigo 152)	*reso fiacco, indebolito*

I personaggi

1. *a) Eurialo è più giovane di Niso e pertanto più impulsivo. In quali parti della storia si nota questo aspetto del suo carattere?* ....

....

b) Niso è invece più riflessivo. In quali momenti possiamo notarlo? ....

....

2. *Virgilio accenna ad alcuni personaggi che nella storia hanno un ruolo secondario: le vittime dei due amici. Sintetizza accanto a ciascuno le informazioni che ricaverai dal testo:*

RAMNETE ....
SERRANO ....
RETO ....

L'ambiente e il tempo

1. *Niso rivolge la sua preghiera alla dea Diana che, nella mitologia classica, rappresenta la luna. Aiutandoti eventualmente con un vocabolario, spiega che cosa rappresentano le divinità romane sotto elencate:*

Giove	Apollo ....
Nettuno	Eolo ....
Venere	Marte ....
Bacco	Vulcano ....

Spunti per la riflessione e per la produzione

1. *Niso, pur potendo salvarsi, sceglie di vendicare l'amico e di morire insieme con lui. Trovi giusta la sua decisione o pensi che, non potendo ormai sottrarre alla morte Eurialo, sarebbe stato meglio che si mettesse in salvo almeno lui?*

....

....

2. *Hai certamente letto un fatto di cronaca, un romanzo o un racconto, oppure hai visto un film nel quale un personaggio, mosso da amicizia o da amore, ha sacrificato la sua vita per salvare quella di un altro. Racconta questa storia.*

Morgante e Margutte, un gigante intero e un mezzo gigante

Morgante, giunto un giorno presso un crocicchio, vide venire di lontano un uomo che gli parve alquanto fosco in volto.[1]

Picchiò in terra il suo battaglio e si mise a sedere su un sasso finché l'altro non lo ebbe raggiunto. Allora Morgante lo squadrò da capo a piedi: gli parve un essere strano, orrido e brutto.

– Dimmi il tuo nome, viandante – lo apostrofò.

E l'altro rispose: – Il mio nome è Margutte, e volevo anch'io essere un gigante come te; tuttavia, quando giunsi a metà altezza, ci ripensai: infatti, come vedi, sono alto solo sette braccia.[2]

– Tu sei il benvenuto – disse Morgante. – Con te al mio fianco, mi sembrerà di avere accanto un fiaschetto, visto che sono due giorni che non bevo. Ma dimmi di più: sei cristiano o saraceno?

---

1. Morgante, il protagonista del poema scritto nel 1478 da Luigi Pulci, è un gigante che porta sempre con sé, come arma, il battaglio di una campana. Aveva un tempo due fratelli, Passamonte e Alabastro, assieme ai quali compiva azioni malvage. Orlando, venuto a sapere che i tre giganti minacciavano un'abbazia gettando massi e alberi dall'alto dei monti, affrontò i due fratelli di Morgante e li uccise. Morgante, che dormiva e non si era accorto del combattimento, e che aveva sognato Gesù Cristo, quando seppe della morte dei fratelli si convertì al cristianesimo e giurò di seguire dovunque il famoso paladino.
   Un giorno, mentre Morgante è alla ricerca di Orlando, incontra il mezzo gigante Margutte, un furfante esperto in ogni ribalderia, e diventa suo amico fino alla morte.
2. *braccia*: qui è usato come plurale (al femminile) di braccio, antica unità di misura equivalente a circa 60 cm.

– Per dirla in breve – rispose Margutte – io non credo né al nero né al bianco: credo nel cappone, sia lesso che arrostito, e qualche volta credo anche nella birra. Ma soprattutto ho fede nel buon vino, e credo che chi confida in esso sia salvo. Potresti pensare che io sia un eretico; in realtà sono solo uno che è difficile convincere. Sono nato in Turchia, dove mi dilettavo a suonare la chitarra per cantare di Troia, di Ettore e di Achille. Poi un giorno, durante una rissa in una moschea, commisi un delitto; allora mi munii di questa scimitarra e cominciai a girare il mondo.

Il "piccolo gigante" carezzò la sua scimitarra, si grattò dietro un orecchio e proseguì:

– Come compagni porto con me tutti i peccati che sono nell'inferno: ho settantasette peccati mortali che non mi abbandonano mai; pensa poi quanti ne ho di veniali! Se il mondo durasse in eterno, non credo che riuscirei a commettere tanti mali quanti ne ho già commessi nella mia vita. Sono un giocatore accanito e un baro; inoltre sono goloso e conosco tutti i segreti dei cibi e delle bevande. In chiesa entro per depredare la sacrestia, dove spesso trovo i calici. Ho spazzolato pollai e rubato bucati stesi ad asciugare; rubo sempre e non sto a considerare la proprietà degli oggetti, poiché tutto, all'origine, è di Dio. Prima di rubare di nascosto ero un brigante di strada e un assassino, ma poi, per starmene più tranquillo, ho smesso, perché era troppo facile essere scoperti. So falsificare, spergiurare, attaccar brighe; sono bugiardo, superbo e importuno. E dovunque io vada lascio il segno, come una lumaca; e cambio fede, amici, legge e pelle a seconda del luogo in cui capito, perché sono nato cattivo.

Chiacchierando, i due giunsero a un'osteria e chiesero da mangiare.

– C'è un bel cappone – rispose l'oste.

– Ma non è neanche un boccone! – protestò Margutte.

– Non vedi quant'è grosso il mio amico? Devi portarci altro cibo.

– Che mangi delle ghiande, allora – disse l'oste, seccato. – Come posso provvedere, ora che è sera?

Il suo tono superbo irritò Morgante, che cominciò a bastonarlo con il battaglio.

– Lascialo andare – disse Margutte. – Prima ho visto entrare un bufalo. Oste, prepara un bel fuoco, che lo arrostiamo.

Impaurito, l'oste accese subito il fuoco e il bufalo fu arrostito. Margutte prese un'asse molto lunga, vi pose vino, pane e carne e preparò fuori il desco per Morgante, che era troppo grosso per entrare nella casa.

Mangiarono e bevvero in abbondanza, ma Margutte, non ancora sazio, chiese all'oste del formaggio e della frutta.

L'oste portò una forma di cacio e un piccolo canestro di mele. Quando Margutte vide queste cose, disse: – Bestia, dovremo adoperare ancora il battaglio, se non troverai altro da mangiare. E porta anche del vino per il mio amico gigante, se non vuoi che ti raddrizzi le ossa. Cercherò io per la tua casa come un topolino, e ti farò vedere se non troverò altra roba!

Cominciò allora a rompere e a schiodare le casse e i vasi, non lasciò intatta neppure una pentola; radunò così una massa di cacio e di frutta, che portò poi a Morgante in un grande sacco. Cominciarono allora a mangiare a crepapelle.

L'oste e i servi erano impauriti e tutti intenti a servirli; intanto l'oste pensava che sarebbe stato meglio non ospitare mai più briganti simili, che avevano mangiato in una sera più di quanto tutto il paese non avrebbe potuto mangiare in un mese intero.

Dopo l'abbondante cena, Morgante disse:

– Ce ne andiamo a dormire e domani ti pagheremo tutto.

L'oste rispose che pagasse come voleva, perché in realtà non vedeva l'ora che i due giganti se ne andassero.

Morgante si cercò un pagliaio e vi si distese come un elefante, ma Margutte disse che voleva dormire al coperto. Chiese poi ancora un po' di vino e, mentre beveva, assicurava all'oste che Morgante, per la verità, mangiava molto, ma era anche altrettanto generoso nel pagare.

– Non conosci la strada per Bambillona? – chiese poi all'oste.

– Per più di trenta miglia qui intorno non c'è nessun centro abitato – rispose l'oste. E allora il furbo Margutte disse subito: – Ho visto che hai nella stalla una cammella. Forse non l'hai ancora domata, perché non ho visto nessuna sella in giro.

– Ce l'ho nascosta nella mia camera sotto il cuscino – spiegò l'oste – perché, sai, qui vanno e vengono tanti forestieri...

Margutte chiese allora di vedere la sella e l'ingenuo oste gliela portò.

– Ammiro molto il tuo ingegno – disse Margutte. – Questo sarà il mio guanciale. Dormirò qui, su quest'asse di legno, visto che certo non hai un letto che mi contenga. Ora vorrei sapere come sei chiamato.

– Mi chiamano il Dormi.

– Bene, allora fa' come dice il tuo nome – disse Margutte. – Va' a dormire. Hai dei figli?

– Siamo soli, mia moglie e io.

– E... un'altra cosa... potresti cambiarmi qualche soldo da spendere lungo la strada?

– In quattro mesi ho guadagnato solo venti ducati, che sono chiusi lì, in quella cassetta.

– Con noi guadagnerai in una sola volta molto di più. Ma tu tieni i soldi qui? E se li rubassero?

– Non sono mai stati toccati.

"Vedrai questa volta!" pensò Margutte. E proseguì: – Poiché tu mi sembri una persona discreta e benevola, voglio dirti come mi chiamo io: mi chiamo il Graffigna, e ti chiedo un piacere, in cambio di qualche moneta: poiché ho un po' di tigna[3], che nascondo sotto il cappello, ti dispiacerebbe darmi del burro?

– Non voglio niente in cambio: ti darò ciò che chiedi con la massima cortesia.

– E... ho un po' di vergogna a dirlo... poiché di notte io dormo vestito, dato che ho il vizio di camminare nel sonno, vorrei delle corde, con le quali mi legherò a quest'asse. Chiudi bene la porta della tua stanza, mi raccomando, per evitare che io possa farti del male. E se per caso io riuscissi a sciogliermi e tu sentissi che mi muovo, non uscire.

– Me ne starò immobile. E così dirò anche ai miei servi.

Margutte finse di legarsi stretto, ma poi, quando udì che tutti dormivano, cominciò ad arraffare tutto ciò che trovava in giro, aprendo casse e porte dopo averne unto col burro i chiavistelli. Quando ebbe caricato il bottino ben legato sulla cammella, appiccò il fuoco a un mucchio di paglia e andò a svegliare Morgante.

Mentre i due amici fuggivano, la locanda cominciò a bruciare.

Prima che il Dormi si accorgesse del danno, il fuoco si era già diffuso dappertutto. A stento l'oste e sua moglie si salvarono. E neppure per un momento il Dormi sospettò di essere stato ingannato.

Dopo aver camminato a lungo in un bosco, Morgante e Margutte, stanchi, si fermarono presso una fonte.

Appena Margutte si fu addormentato, Morgante gli

3. *tigna*: malattia della pelle che produce arrossamento e desquamazione.

sfilò gli stivali e andò a nasconderli. Poi lo svegliò e disse: – Indovina dove sono i tuoi stivali. Sono proprio qui vicino.

Margutte, borbottando, cercava invano i suoi stivali, e Morgante rideva nel vederlo così arrabbiato.

Infine Margutte li vide: li aveva indossati una bertuccia, che se li infilava e poi se li toglieva in un modo talmente buffo, che al mezzo gigante scappò da ridere. Rise e rise ancora, tanto che gli occhi parvero schizzargli dalla testa; rise tanto che si sentiva il petto oppresso; e più guardava la scimmia, più rideva, finché non ce la fece più e scoppiò per le risa.

Il rumore che fece fu forte come quello di una bombarda. Nell'udirlo, Morgante accorse e guardò il suo amico.

Allora si addolorò moltissimo e si pentì di avergli fatto quello scherzo, perché nel vedere la scimmia capì che egli era morto per le risa.

Pianse, e ogni sua impresa futura gli sembrò brutta e inutile.

Scavò poi con il battaglio una fossa e seppellì Margutte in una grotta per sottrarre il suo corpo alle belve. E su un sasso scrisse:

"*Qui giace il caro amico mio Margutte*
che nella vita le ha provate tutte.
Avvenne poi che un giorno per le risa
l'anima sua dal corpo fu divisa"

Trasposizione in prosa e adattamento da *Il Morgante* di Luigi Pulci

SCHEDA OPERATIVA

Lavoriamo sul testo

1. *Margutte è un briccone matricolato. Fingendo di chiacchierare amabilmente con l'oste, egli vuole in realtà cercare di derubarlo. Ogni sua domanda nasconde una motivazione molto diversa da quella apparente. Completa lo schema.*

MARGUTTE CHIEDE ALL'OSTE:	IN APPARENZA PERCHÉ...	IN REALTÀ PERCHÉ...
a) la sella	*vuole usarla come cuscino*	*vuole trasportare il bottino sulla cammella.*
b) se ha dei figli		
c) di cambiargli dei soldi		
d) di dargli del burro		
e) di dargli delle corde		
f) di non uscire dalla sua stanza durante la notte		

2. *Inserisci al posto dei puntini i verbi adeguati, coniugandoli nei modi e nei tempi opportuni. Sostituisci poi alle voci verbali i sostantivi corrispondenti, con i quali formerai dei brevi titoli:*

Es.: 1) Quando Morgante ...*incontra*............ Margutte, lo trova molto brutto e strano.

TITOLO: ...*L'incontro tra Morgante e Margutte*..................

2) Margutte .... se stesso come un essere cattivo, un ladro e un peccatore accanito.

TITOLO: ....

3) All'osteria del Dormi, dopo un'abbondante cena, Margutte comincia a .... con l'oste.

TITOLO: ....

4) Margutte .... all'oste che Morgante lo pagherà generosamente.

TITOLO: ....

5) Margutte .... all'oste di restare nella sua stanza durante la notte.

TITOLO: ....

6) Quando Morgante capisce che il suo amico .... dal ridere, si pente di avergli fatto quel brutto scherzo.

TITOLO: ....

3. *Benché al povero Margutte sia accaduto davvero, l'espressione "morire dal ridere" è un'***iperbole***, cioè un'espressione usata per esagerare, per eccesso o per difetto, un concetto. Spiega il significato di ciascuna delle seguenti iperboli:*

Es.: *Versò un mare di lacrime* ....*pianse molto*..................

– Non lo vedo *da un secolo* ....

– Gliel'avrò detto *un milione di volte* ....

– Questa musica *mi fa impazzire* ....

– *In un secondo* vado e torno ....

– È capace *di spaccare un capello in quattro* ....

– Non gli ho *torto un capello* ....

– È lontano *anni luce* dal mio modo di pensare ....

– Le zanzare *mi mangiano vivo* ....

– Morgante e Margutte mangiarono *a crepapelle* ....

I personaggi

1. *Il soprannome dell'oste e quello che Margutte attribuisce a se stesso rivelano alcuni dati caratteriali dei due personaggi. Che cosa indicano i due soprannomi?*

DORMI ....

GRAFFIGNA ....

2. *Ricava dal testo e dalle note le principali caratteristiche dei personaggi e trascrivile accanto ai loro nomi:*

MORGANTE ....

MARGUTTE ....

OSTE ....

Spunti per la riflessione e per la produzione

1. *Morgante si pente di aver fatto all'amico uno scherzo che è finito male. Ti sei mai pentito di un'azione che, anche se da te compiuta in buona fede, ha avuto conseguenze spiacevoli? Racconta questo episodio tenendo conto delle seguenti indicazioni:*

– In quale occasione è avvenuto ciò che stai per raccontare?
– Qual era l'azione da te compiuta?
– Quali motivi ti hanno spinto a compierla?
– Quali ne sono state le conseguenze?
– Quali sono state, in seguito, le tue riflessioni?

Cloridano e Medoro: un'impresa disperata

Nel campo dei Mori non si udivano che gemiti e lamenti: alcuni soffrivano per le ferite riportate in battaglia, altri piangevano gli amici morti che giacevano abbandonati sul campo. Tra i Mori c'erano due giovani legati da grande affetto: Cloridano e Medoro.[1]

Tanto nella buona quanto nella cattiva sorte essi avevano sempre amato il loro re Dardinello, che avevano anche seguito in Francia.

Cloridano era stato un cacciatore e aveva una figura slanciata e, al tempo stesso, robusta. Medoro aveva le guance rosee proprie della giovinezza, un viso bello e gaio, occhi neri, capelli biondi e ricciuti: era talmente bello da sembrare un angelo.

A mezzanotte i due amici sorvegliavano l'accampamento. Medoro in ogni suo discorso non poteva fare a meno di ricordare il suo signore, Dardinello d'Almonte, e di addolorarsi al pensiero che sarebbe rimasto privo di un'onorevole sepoltura. Disse allora a Cloridano:

– Non so dirti quanto mi dispiaccia che egli sia là sul

---

1. L'episodio è tratto dall'*Orlando Furioso*, un poema cavalleresco che narra le imprese e la pazzia di Orlando, paladino di Carlo Magno, e le avventure di molti altri cavalieri. Il poema è stato scritto nel XVI secolo, ma è ambientato nell'VIII, periodo in cui il re Carlo e i suoi cavalieri erano impegnati nella difesa della Francia, invasa dai Mori o Saraceni.
La furiosa battaglia intorno a Parigi sta volgendosi a favore dei cristiani, anche perché il paladino Rinaldo ha ucciso uno dei migliori guerrieri saraceni, il re Dardinello. I Mori si ritirano, lasciando insepolti sul campo i loro morti, tra i quali c'è anche Dardinello.

terreno, preda di lupi e di corvi. Il mio re è stato tanto generoso con me, che se pure sacrificassi la mia vita per rendergli onore, non sarei sciolto dagli obblighi immensi che ho verso di lui. Andrò a cercare il suo corpo perché non resti insepolto, e forse Dio mi consentirà di raggiungere di nascosto l'accampamento di re Carlo. Tu resterai qui perché, se io dovessi morire, potrai almeno raccontare la mia impresa e svelare le mie buone intenzioni.

Cloridano si stupì che un ragazzo avesse tanto coraggio, tanto amore e tanta fedeltà; cercò di dissuaderlo, ma invano, perché il dolore di Medoro era troppo intenso e il giovinetto era già deciso a seppellire il suo signore o a morire.

Poiché non riusciva a distoglierlo dal suo proposito, Cloridano disse:

– Verrò con te, voglio compiere anche io imprese tanto memorabili, anche io desidero una morte gloriosa. Del resto, che cosa potrebbe più farmi piacere, se io restassi senza di te? È meglio morire con te con le armi in pugno, piuttosto che morire poi di dolore se dovessi perderti.

Si fecero sostituire, allora, dalle sentinelle del turno successivo e si misero in cammino.

Dopo aver oltrepassato fosse e steccati, giunsero nell'accampamento dei cristiani. I fuochi erano spenti e tutti dormivano perché, dopo la vittoria del giorno precedente, si preoccupavano poco dei Saraceni. Giacevano tra le armi e i carri, storditi dal vino o immersi nel sonno.

Cloridano si fermò ed esclamò: – Non bisogna mai perdere le buone occasioni. E poi, non dovrei vendicarmi di chi ha trafitto il mio signore? Tu sta' di guardia, mentre io ti farò strada tra i nemici.

Dopo queste parole, tacque ed entrò nella tenda dove dormiva il dotto Alfeo, medico e mago alla corte di re Carlo; egli era un esperto astrologo, ma quella volta la sua scienza non gli era stata certo di aiuto: aveva predetto a se stesso che sarebbe morto in età avanzata tra le braccia di sua moglie. Invece Cloridano gli trafisse la gola; uccise poi altri quattro uomini, che non ebbero il tempo di dire una parola e, dopo questi, colpì Palidone da Moncalieri, che dormiva tranquillo in mezzo a due cavalli.

Giunse infine accanto al povero Grillo, che giaceva col capo appoggiato al barile: lo aveva vuotato e aveva creduto di godersi placidamente un buon sonno. Anche a lui Cloridano riservò la stessa sorte.

Uccise poi un greco e un tedesco, che avevano passato la notte a bere e a giocare a dadi, e che avrebbero invece fatto bene a vegliare e a giocare fino all'alba, così non sarebbero stati sorpresi dai nemici. Ma il destino non avrebbe potere sugli uomini, se ciascuno conoscesse il proprio futuro.

Come un leone affamato in una stalla uccide e divora il debole gregge ormai in sua balìa, così il crudele guerriero pagano uccise nel sonno i cristiani; e la spada di Medoro non fu da meno.

Erano ormai vicini ai padiglioni che i paladini avevano eretto intorno a quello di Carlo, montando a turno la guardia, quando decisero di allontanarsi perché sembrava loro impossibile che proprio nessuno fosse rimasto sveglio.

Cloridano si inoltrava lì dove credeva di trovare passaggi sicuri, e dietro di lui andava Medoro. Giunti nel campo, videro giacere in un lago di sangue poveri e ricchi, re e vassalli, uomini e cavalli, gli uni sugli altri.

Quell'orrendo miscuglio di corpi avrebbe potuto rendere vana l'impresa; tuttavia, Medoro alzò gli occhi al cielo e pregò la Luna: – O santa dea, che sei invocata dagli uomini con molti nomi, mostrami, ti prego, dove giace il mio re.

La Luna si mostrò allora in tutto il suo splendore e

uscendo dalle nuvole illuminò Parigi e i due campi nemici, il monte e la pianura. E la sua luce brillò molto più chiara sul luogo in cui giaceva Dardinello.

Medoro ne riconobbe subito l'insegna bianca e rossa, lo raggiunse piangendo e gli bagnò il viso di lacrime. Si lamentava e gemeva con voce sommessa, non perché temesse per la propria vita, ma per timore che gli fosse impedito di portare a termine l'impresa.

I due amici presero sulle spalle il corpo di Dardinello e, sotto quell'amato peso, affrettarono il passo.

Il sole stava già sorgendo, quando Zerbino, che era stato tutta la notte a combattere i Mori, tornò al suo accampamento. Aveva con sé molti cavalieri, alcuni dei quali scorsero da lontano i due compagni.

– Amico mio – disse Cloridano – bisogna abbandonare questo peso e fuggire, perché non sarebbe una buona idea che due vivi morissero per salvare un morto. – E gettò il carico, pensando che anche Medoro avrebbe fatto altrettanto.

Ma il poveretto, che amava moltissimo il suo signore, lo resse tutto sulle proprie spalle, mentre Cloridano fuggiva via in fretta, sicuro di avere con sé l'amico. Se avesse saputo di averlo abbandonato a un triste destino, avrebbe preferito aspettare la morte non una volta sola, ma almeno mille.

I cavalieri, decisi a far sì che i due si arrendessero o morissero, si sparpagliarono, occupando tutti i passaggi dai quali essi sarebbero potuti fuggire.

I due guerrieri pagani si inoltrarono in un folto bosco, intricato come un labirinto e abitato solo dalle belve, sperando di essere protetti dai suoi rami.

Medoro cercava di salvarsi, ma il peso che aveva sulle spalle rendeva inutili i suoi tentativi di fuga. Non conoscendo la zona, sbagliava strada e tornava a inviluppparsi tra gli arbusti spinosi.

Cloridano, invece, alleggerito del peso, si era già messo in salvo, e ormai non sentiva più le grida e il tumulto degli inseguitori. Ma all'improvviso si accorse di essere ormai lontano da Medoro; gli sembrò allora di aver lasciato dietro di sé il suo stesso cuore, ed esclamò: – Oh, come sono stato negligente, come sono stato fuori di me, io che mi sono rifugiato qui senza di te, e che non so neppure dove e quando ti ho perduto!

Così dicendo, tornò sui propri passi, seguendo le orme della propria morte.

Udì allora le grida e lo scalpitìo dei cavalli e le minacciose voci dei nemici. Infine vide il suo Medoro, solo a piedi in mezzo ad almeno cento cavalieri.

Zerbino gridava di catturarlo, mentre l'infelice giovinetto si girava e si rigirava, difendendosi alla meglio e nascondendosi dietro gli alberi, ma senza mai abbandonare il corpo del suo signore. Quando non poté più reggerlo lo posò sull'erba e gli girava intorno, come un'orsa assalita dai cacciatori nella sua tana, che protegge i suoi cuccioli, incerta tra la rabbia contro gli intrusi e la pietà verso i figli.

Cloridano, non trovando alcun modo di aiutare l'amico, aveva ormai deciso di morire con lui, ma non senza aver prima ucciso parecchi nemici. Scoccò allora una freccia e passò da parte a parte uno scozzese, che cadde da cavallo senza vita.

Tutti si volsero dalla sua parte e, mentre uno dei cavalieri domandava da dove fosse venuto il dardo, Cloridano lo trafisse, troncandogli le parole nella gola.

A questo punto Zerbino corse infuriato verso Medoro, gridando: – Sarai tu a pagare! – e, afferratolo per i capelli, lo trascinò violentemente verso di sé. Ma quando vide il suo viso così bello ne ebbe pietà e non si sentì di ucciderlo.

Medoro allora lo pregò: – Cavaliere, in nome del tuo Dio, non essere tanto crudele da negarmi di seppellire il corpo del mio re. Non voglio da te altri gesti di pietà: non desidero vivere, se non fino al momento in cui avrò sepolto il mio signore. Se vuoi che il mio corpo sia divorato dalle fiere e dagli avvoltoi, lascia almeno che io seppellisca il suo.

Medoro parlava con tanta grazia che le sue parole avrebbero smosso una montagna, e Zerbino era già molto turbato e commosso, ma in quel momento un cavaliere poco rispettoso del suo signore colpì con la sua lancia il delicato petto di Medoro.

Vedendo cadere il giovinetto saraceno, Zerbino pensò che fosse morto. Si addolorò tanto per quell'atto barbaro e crudele che, sdegnato, si volse verso il cavaliere malvagio con l'intenzione di vendicare Medoro. Ma l'altro intuì le sue intenzioni e fuggì via.

Cloridano, vedendo a terra il caro amico, saltò fuori dal suo nascondiglio, gettò l'arco e, pieno di rabbia, ruotò la spada fra i nemici, più per desiderio di morire che per vendicarsi.

Colpito molte volte, vide la sabbia arrossarsi del proprio sangue; si accorse allora di essere vicino alla morte e, sentendosi ormai mancare le forze, si lasciò cadere accanto al suo Medoro.

Trasposizione in prosa e adattamento dall'*Orlando Furioso*
di Ludovico Ariosto

SCHEDA OPERATIVA

Lavoriamo sul testo

1. *Abbiamo suddiviso il racconto in sequenze, cioè parti del testo che presentano unità di contenuto, e ne abbiamo elencato i titoli alla rinfusa; disponili nell'ordine seguito nella narrazione numerandoli da 1 a 17.*

☐ I due amici decidono di allontanarsi dal campo dei cristiani.
☐ Strage nel campo dei cristiani.
☐ Medoro espone a Cloridano il suo proposito.
[1] Descrizione di Cloridano e di Medoro.
☐ Il campo di battaglia e la preghiera alla luna.
☐ Dolore di Medoro per la sorte di Dardinello.
☐ Zerbino e i suoi uomini scorgono i due Mori.
☐ Zerbino e Medoro.
☐ Medoro, appesantito dalla salma del suo re, resta indietro.
☐ Cloridano decide di accompagnare Medoro.
☐ Cloridano vede Medoro in mezzo ai nemici.
☐ Un cavaliere colpisce Medoro.
☐ Cloridano decide di morire con Medoro.
☐ Cloridano si getta tra i nemici e viene ucciso.
☐ I due amici prendono il corpo di Dardinello.
☐ Cloridano si accorge che Medoro non è con lui.
☐ Cloridano abbandona il corpo di Dardinello.

2. *Dei due amici, Medoro è il più affezionato al suo re.*

a) *Riporta nei righi seguenti le espressioni che evidenziano questo affetto nel discorso iniziale di Medoro.*

....

....

....

b) Vi sono nel testo altre espressioni relative all'affetto di Medoro verso Dardinello. Riportale nei righi sottostanti:

....

....

....

Quelle da te rilevate nell'esercizio 2.a) sono espressioni di un personaggio, mentre quelle dell'esercizio b) sono dovute a interventi del narratore, *cioè di colui che racconta la storia.*

c) Vi sono nel testo altri interventi del narratore (considerazioni, commenti, spiegazioni)? Sottolineali.

I personaggi

1. *I due protagonisti sono diversi per età, caratteristiche fisiche, carattere.*

a) Quale dei due è maggiore di età? ....

Quali espressioni lo dimostrano? ....

....

b) Di Cloridano viene rappresentata la struttura fisica, mentre di Medoro viene descritto il volto. Segna accanto a ciascuno dei personaggi gli aggettivi usati dal narratore per descriverlo.

CLORIDANO ....

MEDORO ....

c) La diversità nel carattere emerge fin dall'inizio non tanto attraverso le descrizioni del narratore, quanto attraverso il comportamento dei due personaggi.
Segna accanto ai nomi dei due amici gli aggettivi che ti sembrano più adeguati a descriverne il comportamento, sceglendoli tra quelli che qui sotto elenchiamo:

devoto, feroce, addolorato, cauto, pratico, aggraziato, affettuoso, rabbioso, sentimentale, fedele, ingenuo, testardo, tenero, esperto, guardingo, pietoso.

CLORIDANO ....

MEDORO ....

L'ambiente e il tempo

1. *Il rapporto di devozione che lega i due amici al loro re è un tipico rapporto feudale: non è, infatti, la semplice subordinazione di un dipendente al proprio superiore, ma è un rapporto personale, privato, tra il sovrano e i suoi vassalli.*
Ricostruisci questo tipo di rapporto inserendo nel testo che segue le parole feudo, feudatario, investitura, vassallo, *delle quali puoi cercare la definizione nel vocabolario:*

feudo .... *feudatario* ....
investitura .... *vassallo* ....

Il sovrano, con una cerimonia detta ...., concedeva a un suo suddito un territorio da amministrare, ossia un .... ; il suddito diveniva così .... e, nello stesso tempo, ... del sovrano; era tenuto perciò a giurargli fedeltà e a essere al suo fianco in caso di guerra.

Spunti per la riflessione e per la produzione

1. *La descrizione di Medoro è ottenuta con rapidi tratti che, oltre a disegnare la bellezza del suo viso, ne indicano alcuni aspetti del carattere, come la gaiezza e l'ingenuità dell'espressione (*guance rosee... sembrava un angelo*).*

Descrivi una persona (un tuo amico, un compagno di classe) tenendo conto delle seguenti indicazioni:

- Caratteristiche fisiche (statura, corporatura, colore della pelle, degli occhi e dei capelli).
- Espressione del volto (ad es., allegra, corrucciata, imbronciata, triste, aggressiva, furba, ingenua, dolce ecc.).
- A che cosa si può paragonare (a un coniglietto, a un angelo, a una tigre, a una volpe, a un agnellino ecc.).

2. *L'episodio, che ha come protagonisti Cloridano e Medoro, ha molte analogie con quello di Eurialo e Niso raccontato alle pagg. 30-34 di questo libro. Se lo hai già letto, analizza le somiglianze e le differenze tra le due storie, come puoi vedere negli esempi:*

SOMIGLIANZE

I protagonisti sono due amici per la pelle, uno dei quali è più giovane dell'altro.

....

....

....

DIFFERENZE

In Eurialo e Niso prevalgono soprattutto il desiderio di gloria e quello di sconfiggere i Rutuli, mentre in Cloridano e Medoro prevalgono

....

....

....

Gratitudine

Nell'epoca in cui i pirati infestavano il Mediterraneo visse a Tunisi un re, che aveva un figlio coraggioso come un piccolo leone e bello come un albero di melograno.[1]

In questo giovinetto, chiamato Malem, il re aveva riposto tutte le proprie speranze.

I pirati catalani[2] usavano allora la Sicilia, che era sotto il dominio degli Aragonesi, come base per le loro spedizioni contro le coste dell'Africa, assalendo e depredando le navi tunisine. Perciò il re di Tunisi pensò di costruire una fortezza che servisse da difesa. Scelse a questo scopo un'isola che i marinai chiamavano il Cimbalo, a circa trenta miglia dalla costa, e vi inviò un gruppo di soldati fornito di abbondanti riserve di viveri e di armi, ponendo al comando della guarnigione il figlio.

Il principe Malem partì presto per il Cimbalo e, essendo un esperto guerriero, riuscì a tenere lontani dalle coste i pirati per molti mesi.

Tuttavia, una notte questi assalirono l'isola: sbarcati in una baia deserta, uccisero le sentinelle e fecero prigioniero l'intero presidio. Sorpreso nel sonno, anche il principe Malem fu catturato: incatenato e caricato su una nave, fu portato con i suoi soldati verso il nord del Tirreno.

Quando il re lo seppe, si disperò, si strappò le vesti per

---

1. Il racconto è ambientato in un periodo imprecisato del dominio aragonese sulla Sicilia, che si protrasse dal 1282 al 1516.
2. *catalani*: della Catalogna, regione della Spagna.

il dolore e ordinò che tutte le sue navi partissero alla ricerca del figlio; ma i pirati erano ormai giunti alle foci dell'Arno e pensarono di vendere i prigionieri come schiavi. I Pisani, che avevano una potente marina, li avrebbero comprati per metterli nelle loro galere.[3] Infatti i prigionieri furono portati al mercato e offerti in vendita ai signori della città. Tra coloro che accorsero per acquistarli c'era un giovane molto ricco di nome Guidotto Gambacorta.

Egli, rimasto orfano con molti beni e una casa lussuosa, voleva acquistare un giovane schiavo e, giunto al mercato, notò subito il principe Malem. Gli si avvicinò e, vedendolo bello e di aspetto gentile, lo comprò per cinquanta fiorini.[4]

– Di chi sei figlio? – gli chiese, quando giunsero a casa. Il principe, ormai rassegnato alla sua sventura, non glielo rivelò.

– Al mio paese – rispose Malem – ero figlio di un ricco mercante e avevo molti servi che obbedivano ai miei ordini, ma ora sono soltanto un povero schiavo e sono pronto a servirti in tutto quello che vorrai.

Guidotto fu colpito dalla modestia del giovane e, vedendolo così bello, non si sentì di sottoporlo a lavori servili. Egli era solo, perché tutti i suoi parenti erano morti, e Malem aveva la sua stessa età. Volle perciò che quel giovane straniero diventasse per lui un amico. Gli cambiò il nome in Martino, gli procurò vesti signorili, alla moda pisana, e lo tenne in casa come un compagno. Gli fece insegnare la lingua toscana da ottimi maestri, lo fece sedere alla sua tavola e gli si affezionò tanto che, se fosse stato suo fratello, non avrebbe potuto amarlo di più.

Pensò anche di convertirlo alla religione cristiana e un giorno gliene parlò.

---

3. *galere*: navi a remi e a vela tipiche del Mediterraneo.
4. *fiorino*: moneta fiorentina.

– Mio caro Martino – gli disse – tu sai bene quanto affetto ti porto; nessun amico mi è mai stato caro quanto te e non so che cosa farei per renderti felice e farti dimenticare la tua disgrazia. Ma tutto questo non conta, se io mi curo solo della tua felicità terrena, senza pensare alla tua anima. La tua religione non è quella vera, e io sono sicuro che la Provvidenza ti ha mandato da me perché io ti conduca ad adorare Cristo. Fatti battezzare e io ti donerò la metà dei miei beni e ti farò sposare una gentildonna pisana. Così tu rimarrai per sempre vicino a me e ci ameremo come fratelli.

– Signore – rispose Malem – ti devo tanta gratitudine che non dovrei in alcun modo oppormi alla tua volontà, ma tradirei la tua amicizia, se non ti dicessi tutto ciò che penso. Sono stato educato fin da bambino alla religione di Maometto e non potrei rinnegarla senza mentire a te e a me stesso. Io non sarei mai un buon cristiano: ti prego perciò di lasciarmi professare la mia religione. Per tutto il resto, disponi anche della mia vita: io ti obbedirò. La mia gratitudine sarà comunque eterna e, se io tornassi alla casa di mio padre, che è un uomo potente, potrei dimostrartela ancora meglio che restando al tuo fianco.

Guidotto fu molto colpito da queste parole. Non solo apprezzò la lealtà del giovane, ma comprese anche che, nonostante le attenzioni di cui lo colmava, Martino continuava a rimpiangere il suo paese.

Allora disse: – Capisco che non sei felice qui, e per dimostrarti il mio affetto ti rimanderò a Tunisi.

Infatti, quando le galere pisane fecero rotta verso quella città, lo fornì di denaro e, benché gli dispiacesse separarsi da lui, lo lasciò partire. All'imbarco i due giovani si abbracciarono con le lacrime agli occhi e si separarono promettendosi eterno affetto e gratitudine.

Trascorsero alcuni anni. Guidotto divenne un potente uomo politico della città e si trovò coinvolto nelle lotte delle fazioni.[5] Quando il gruppo a cui apparteneva fu sconfitto, la sua casa fu invasa e i suoi beni sequestrati; il povero Guidotto, per sfuggire ai suoi nemici, fu costretto ad andare in esilio.

Si imbarcò per la Sicilia e, dopo una breve sosta a Messina, riprese il mare in cerca di fortuna.

Un giorno, mentre si dirigeva verso la costa africana, la sua nave fu assalita dai pirati saraceni[6] e Guidotto fu condotto a Tunisi per essere venduto come schiavo.

Quando vi sbarcò, si ricordò del suo amico Martino e, mentre lo conducevano incatenato al mercato, affiorò in lui una lieve speranza. Martino doveva essere un personaggio importante: se fosse capitato al mercato e lo avesse visto in quelle tristi condizioni, forse avrebbe ricordato i benefici ricevuti da lui.

Ma al mercato egli non c'era. Vi giunse invece un servitore del re, lo comprò come si compra un animale e gli assegnò un lavoro nel giardino reale. Il povero Guidotto, che era abituato a vestire abiti di seta e di velluto e ad essere servito a tavola, ora aveva una tunica di lana di capra e doveva tutto il giorno zappare sotto le palme. Le mani gli si coprirono di vesciche, la barba gli crebbe incolta e la sua pelle divenne bruna come quella degli schiavi.

– Ahimè! – diceva Guidotto. – Non ho nessuno al mondo che possa riscattarmi e morirò presto in schiavitù, perché questa vita non riesco a sopportarla.

Spesso, quando era solo a lavorare nel giardino, sotto il sole rovente, s'inginocchiava e invocava la morte.

Un giorno, mentre vangava, vide avanzarsi dal fondo

5. *fazioni*: gruppi o partiti animati da spirito fazioso.
6. *saraceno*: nel Medioevo e nel Rinascimento, sinonimo di musulmano.

del viale un piccolo corteo. Circa dieci persone, tra guardie reali e cortigiani, circondavano un personaggio al quale tutti mostravano grande rispetto. A mano a mano che egli passava, gli schiavi abbandonavano la zappa e s'inchinavano, toccando con la fronte la terra.

Una voce si rincorreva per le aiuole: – Il re, il re...

Guidotto si asciugò il sudore e attese per fare anche lui il suo inchino.

Quando gli fu vicino, il re si fermò e lo fissò. Era un uomo bellissimo di circa trent'anni, indossava un'ampia veste di seta rossa e una tunica bianca; in testa aveva un turbante verde con una piuma bianchissima e un fermaglio di rubino.

Guidotto sentì che le ginocchia gli tremavano. Anche se il re portava la barba profumata e arricciata, aveva qualcosa nell'aspetto che gli ricordava il suo amico Martino. Guidotto, però, pensò che forse quella era solo un'illusione e, atterrito dallo sguardo con cui l'uomo lo fissava, si prostrò con la fronte a terra.

Mentre stava in quella posizione, udì la voce del re che, nella sua bella lingua toscana, gli diceva: – Alzati!

"Mio Dio" pensò tra sé il povero schiavo, sollevando la testa verso il re "è mai possibile? Questo re assomiglia tutto al mio amico Martino. Perfino la voce sembra la sua".

– Di che paese sei? – gli chiese il re, sempre in perfetto toscano.

– Sono nato nella nobile città di Pisa, signore – rispose Guidotto. – E al mio paese fui ricco e rispettato, ma per mia sfortuna sono divenuto tuo schiavo. Abbi pietà di me.

– E qual è il tuo nome? – chiese ancora il re.

– Mi chiamo Guidotto Gambacorta.

– Guidotto, amico mio! – esclamò il re con voce commossa. E, rialzato lo schiavo, lo abbracciò e, sotto gli occhi stupiti dei soldati e dei cortigiani, lo baciò. – Non mi riconosci? Io sono il tuo Martino, il giovane a cui hai fatto del bene tanti anni fa. Su, presto – ordinò agli uomini del seguito – conducete questo schiavo nel mio palazzo, lavatelo e vestitelo con gli abiti più belli, perché da ora in poi non sarà più uno schiavo, ma il mio più caro amico.

Guidotto, che non si era ancora ripreso dallo sbalordimento, fu portato nel palazzo, fu lavato e profumato e, vestito di abiti di seta, fu accompagnato dal re.

– Come mai, mio caro Guidotto – gli chiese il re – ti ritrovo in questa triste condizione?

– Signore – rispose Guidotto – le lotte cittadine mi hanno privato di tutti i miei beni e mi hanno costretto all'esilio; infine i pirati mi hanno catturato e venduto come schiavo. Eppure, nella mia sventura, posso dirmi favorito dalla sorte, perché il destino ora mi ha messo sotto la tua protezione. Tuttavia, se a uno schiavo è consentito rivolgerti una domanda, spiegami: per quale caso fortunato tu sei diventato re di questo paese?

– Nessun caso, mio buon Guidotto – rispose il re con un sorriso. – Io ho soltanto ricevuto l'eredità di mio padre, che era re di Tunisi. Mentre ero nella tua casa egli spedì uomini e navi in tutti i paesi per cercarmi e, non vedendomi arrivare, invecchiò molto presto. Quando, grazie alla tua generosità, tornai al mio paese, egli, vedendomi sano e riccamente vestito, ebbe una tale gioia che di lì a poco morì e io ereditai il suo trono. Mai, in tutti questi anni, ho dimenticato la tua bontà verso di me; perciò, ora che ho avuto la fortuna di rivederti, voglio dimostrarti in ogni modo la mia gratitudine. Dimmi quale carica ti piacerebbe avere nel mio regno e io te la conferirò e ti terrò accanto a me come amico e consigliere.

E Guidotto, con le lacrime agli occhi per la felicità, disse:

– Signore, io ti ringrazio; ti servirei molto volentieri,

ma, come accadde a te, anch'io desidero tornare alla mia terra. Perciò, se vuoi farmi felice, fammi tornare alla mia bella Toscana, dove cercherò di riconquistare i miei beni perduti e ti ricorderò per sempre.

– Capisco – rispose il re. – Nulla al mondo è più caro agli uomini della propria patria. Sarebbe per me una grande gioia se tu restassi alla mia corte; tuttavia, poiché preferisci tornare in Italia, ti accontenterò, e ti risarcirò anche dei danni che hai ricevuto a causa del destino avverso. Ma prima che tu parta voglio dare una festa e, davanti a tutti i grandi del regno, esaltare la tua bontà.

Così fece infatti il giovane monarca e, dopo aver reso all'amico tutti gli onori, lo mandò a Pisa colmo di ricchezze.

Trascrizione moderna e adattamento dal *Novellino*
di Masuccio Salernitano

SCHEDA OPERATIVA

Lavoriamo sul testo

1. *Rispondi alle seguenti domande:*

– Perché il re di Tunisi decide di inviare una guarnigione all'isola del Cimbalo? ....

....

– A quale lavoro pensi che i Pisani adibissero gli schiavi imbarcati sulle loro galere? ....

– Per quali motivi Guidotto, invece di tenere Martino (Malem) come schiavo, vuole che diventi suo amico? ....

....

– Perché Guidotto vuole convertire Martino alla religione cristiana?

....

– Perché, invece, Malem rifiuta di convertirsi? ....

....

– Perché Guidotto è costretto ad abbandonare Pisa? ....

....

– Che cosa spera Guidotto, una volta giunto a Tunisi? ....

....

– Perché Malem parla in toscano al suo schiavo? ....

....

2. *Segna una V o una F (V = vero, F = falso) accanto a ciascuna delle seguenti affermazioni:*

– Quando Malem rifiuta di convertirsi, Guidotto:

a) si arrabbia ☐
b) apprezza la sincerità del giovane ☐
c) capisce che Malem ha nostalgia della sua terra ☐
d) resta indifferente alle parole di Malem ☐

3. *Segna con una X la risposta esatta:*

– Il re di Tunisi, padre di Malem:

a) muore per il dolore di non aver rivisto il figlio ☐
b) muore di gioia dopo aver rivisto il figlio ☐
c) muore di vecchiaia ☐

I personaggi

1. *Il racconto è strutturato su due storie perfettamente parallele:*

MALEM è ricco e potente / diventa schiavo / viene liberato
GUIDOTTO è ricco e potente / diventa schiavo / viene liberato

Al termine delle proprie disavventure, ciascuno dei due personaggi viene risarcito dei vari danni subiti e riceve, inoltre, ulteriori benefici. Completa lo schema seguente:

DANNI SUBITI	RISARCIMENTI	ULTERIORI BENEFICI
MALEM		
diventa povero	*torna ad essere*	*Guidotto gli dona*
………	*ricco*	*altre ricchezze*
………	………	………
………	………	………
………	………	………
GUIDOTTO		
………	………	………
………	………	………
………	………	………
………	………	………
………	………	………

L'ambiente e il tempo

1. *Il racconto si svolge in gran parte sul mare o in città marinare. Spiega a parole tue il significato delle espressioni sotto elencate, aiutandoti eventualmente con il vocabolario:*

pirati ....

isola ....

marina ....

fare rotta ....

imbarco ....

prendere il mare ....

2. *Oltre al riferimento agli Aragonesi, hai trovato nel testo altre indicazioni relative all'epoca in cui si svolge la vicenda, precisamente i termini* galere, fiorini, saraceni, fazioni, lotte cittadine.

a) Ti elenchiamo qui di seguito alcuni nomi di imbarcazioni antiche. Controlla sul vocabolario in quali secoli venivano usate.

trireme	vascello ....
caravella	galeone ....
galera	veliero ....

b) Nel Medioevo l'Italia era divisa in molti stati, ognuno con la propria moneta. Il fiorino, ad esempio, era coniato in Toscana. Con l'aiuto del vocabolario, individua le regioni di origine delle monete medievali che ti elenchiamo:

Es.: Fiorino *Toscana*	Carlino ....
Tarì	Ducato ....
Grosso	Grano ....

Spunti per la riflessione e per la produzione

1. *Hai mai fatto un viaggio per mare? Hai mai desiderato farlo? Racconta la tua esperienza o il viaggio che vorresti fare.*

2. *Ti sarà certo capitato di provare gratitudine nei confronti di qualcuno. Racconta questo episodio della tua vita.*

3. *Guidotto e Malem sono due veri amici perché ognuno rispetta le scelte dell'altro.*
Ti è mai capitato di non essere contento delle decisioni di un amico, ma di accettarle ugualmente? Ti è capitata, invece, la cosa opposta, cioè che un amico, non condividendo i motivi di una tua scelta, non l'abbia accettata?
Nell'uno o nell'altro dei due casi, racconta come è andata.

Jeannot e Colin

Parecchie persone degne di fede hanno visto Jeannot e Colin a scuola nella città di Issoire nell'Alvernia, città famosa in tutto l'universo per il suo collegio e per le sue caldaie.[1]

Jeannot era figlio di un mercante di muli molto rinomato e Colin doveva la luce a un bravo lavoratore dei dintorni, che coltivava la terra con quattro muli e che, dopo aver pagato le innumerevoli imposte, alla fine dell'anno non si ritrovava molto ricco.

Jeannot e Colin erano estremamente graziosi, si volevano molto bene e avevano tra loro piccole confidenze, piccole familiarità che si ricordano con piacere quando poi ci si rincontra.

Il tempo dei loro studi stava per terminare, quando un sarto consegnò a Jeannot un abito di velluto a tre colori, con una giacca di Lione di ottimo gusto: il tutto era accompagnato da una lettera al signor de la Jeannotière. Colin ammirò l'abito e non ne fu affatto geloso; tuttavia, Jeannot assunse un'aria di superiorità che rattristò Colin. Da quel momento Jeannot non studiò più, si guardò allo specchio e disprezzò il mondo intero.

Qualche tempo dopo arriva in vettura un cameriere e porta una seconda lettera al Signor Marchese de la Jeannotière; era un ordine del suo signor padre di far andare il suo signor figlio a Parigi. Jeannot salì sulla vettura

1. Il racconto è ambientato nella Francia del XVIII secolo.

tendendo la mano a Colin con il sorriso di sufficienza proprio dei nobili. Colin sentì la propria nullità e pianse. Jeannot partì in grande pompa.

I lettori devono sapere che il signor Jeannot padre aveva acquisito molto rapidamente immense ricchezze negli affari. Vi domandate come si fanno queste grandi fortune? È perché si è fortunati. Come lo fu in varie occasioni Jeannot padre, che diventò ben presto il signor de la Jeannotière e che, avendo acquistato dopo sei mesi un marchesato, ritirò dalla scuola il signor marchese suo figlio per inserirlo nel bel mondo a Parigi.

Colin, sempre affettuoso, scrisse una lettera di felicitazioni al suo vecchio compagno. Il marchesino non gli rispose affatto. Colin ne fu malato di dolore.

Il padre e la madre diedero un precettore al giovane marchese: questo precettore, che era un uomo di bell'aspetto e che non sapeva niente, nulla poté insegnare al suo pupillo. Il signore avrebbe voluto che il figlio imparasse il latino, la signora non lo voleva. Invitarono a fare da arbitro uno scrittore che allora era famoso per alcune piacevoli opere. Fu invitato a pranzo. Il padrone di casa cominciò prima di tutto a dirgli: – Signore, poiché voi conoscete il latino e siete un uomo di corte...

– Io, signore, il latino! Non ne so una parola – rispose l'intellettuale – e meno male: è chiaro che si parla molto meglio la propria lingua quando non si divide la propria applicazione tra essa e le lingue straniere. Guardate tutte le nostre donne: hanno uno spirito più piacevole di quello degli uomini, le loro lettere sono scritte con grazia cento volte maggiore: esse hanno su di noi questa superiorità proprio perché non conoscono il latino.

– E allora, non avevo ragione? – disse la signora. – Voglio che mio figlio sia un uomo di spirito, che riesca bene nel mondo; e voi vedete che, se sapesse il latino, sarebbe perduto. La commedia e l'opera si recitano forse in latino? Si perora in latino in un processo? Si corteggia in latino?

Il marchese, abbagliato da queste argomentazioni, riconobbe il suo torto e si concluse che il giovane non avrebbe perso il suo tempo a conoscere Cicerone, Orazio e Virgilio.

– Ma che cosa imparerà? Perché è pure necessario che sappia qualcosa; non potrebbe insegnargli un po' di geografia?

– A che gli servirà? – rispose il precettore. – Quando il signor marchese andrà nelle sue terre, i vetturini sicuramente conosceranno le strade.

– Avete ragione – ribatté il padre. – Ma ho sentito parlare di una bella scienza che si chiama, credo, *astronomia*.

– Misericordia! – rispose il precettore. – Ci si orienta con gli astri, in questo mondo? E che bisogno ci sarà che il signor marchese calcoli un'eclissi, quando la può trovare citata nell'almanacco?

La signora fu completamente d'accordo con il precettore. Il piccolo marchese era al colmo della gioia; il padre era molto indeciso.

– Che cosa si dovrà dunque insegnare a mio figlio? – chiese.

– A essere amabile – rispose l'amico chiamato a consulto. – E, se conosce il *modo di piacere*, saprà tutto: è un'arte che imparerà dalla signora sua madre, senza che né l'uno né l'altra se ne diano la minima pena.

La signora abbracciò l'amabile ignorante e gli disse:

– Si vede, signore, che voi siete l'uomo più saggio del mondo. Immagino però che non sarebbe male se mio figlio conoscesse un po' di storia.

– Ahimè! Signora, a che servirebbe? – rispose lui.

– Non c'è niente di piacevole e di utile, se non la storia del giorno. Che importa al signore vostro figlio che Carlomagno abbia istituito i dodici pari di Francia e che il suo successore fosse balbuziente?

– Ben detto! – gridò il precettore. – Si soffoca lo spirito dei ragazzi sotto un ammasso di inutili nozioni; ma di tutte le scienze la più assurda, secondo me, è la geometria. Questa scienza ridicola ha come oggetto superfici, linee e punti che non esistono in natura. Si fanno passare in teoria centomila linee curve fra un cerchio e una linea retta che lo tocca, anche se in realtà non ci potrebbe passare una pagliuzza. La geometria, davvero, non è che uno scherzo di cattivo gusto.

Il signore e la signora non capirono troppo bene ciò che il precettore avesse voluto dire; ma furono completamente d'accordo con lui.

– Un signore come il signor marchese – continuò lui – non deve disseccarsi il cervello in questi vani studi. Se un giorno avrà bisogno di un geometra che faccia il rilievo delle sue terre, le farà misurare a pagamento. È lo stesso per tutte le arti. Un giovane signore, per fortuna, non deve essere pittore, né musicista, né architetto, né scultore; egli però fa fiorire tutte queste arti incoraggiandole con la sua magnificenza. È senza dubbio meglio proteggerle che esercitarle. Basta che il signor marchese abbia gusto: ci sono artisti che lavorano per lui; e perciò si dice con ragione che la gente di qualità (*voglio dire quelli che sono molto ricchi*) sanno tutto senza aver imparato niente, perché in effetti sanno, alla lunga, dare un giudizio su tutto ciò che ordinano e che pagano.

Lo scrittore prese allora la parola e disse:

– Voi avete ben detto, signore, che il grande destino dell'uomo è riuscire in società. Ma è forse attraverso le scienze che si ottiene questo successo? Si è mai visto che nella buona società si parli di geometria? Si domanda mai a un gentiluomo quale astro si levi oggi con il sole?

– No, senza dubbio – esclamò la marchesa. – E mio figlio non dovrà buttar via il suo ingegno con lo studio di tutti questi guazzabugli. Ma, infine, che cosa gli verrà insegnato? Perché è bene che un giovane signore possa brillare, all'occasione, come ha detto il mio signor marito.

Alla fine, dopo aver esaminato i pro e i contro delle scienze, si decise che il signor marchese avrebbe imparato a ballare. La natura, che provvede a tutto, gli aveva donato un talento che si sviluppò ben presto con un successo prodigioso: era quello di cantare canzoncine in modo molto piacevole.

Le grazie della giovinezza, unite a questo dono superiore, lo fecero apparire come un giovane dalle grandi speranze. Fu amato dalle donne e, avendo la testa tutta piena di canzoni, ne creò di sue. Ma, poiché nei suoi versi aveva sempre qualche piede[2] in più o in meno, li faceva correggere a venti luigi d'oro per canzone; e fu inserito nell'*Année littéraire*.

La signora marchesa credette allora di essere la madre di un intellettuale e invitò a cena gli intellettuali di Parigi. La testa del giovane fu ben presto sottosopra: egli acquisì l'arte di parlare senza capirsi e si perfezionò nell'abitudine di non essere buono a niente.

Quando suo padre lo vide così eloquente, si rattristò vivamente di non avergli fatto imparare il latino perché, in tal caso, gli avrebbe comperato un importante ufficio nella magistratura. Il figlio, intanto, amoreggiava.

L'amore è talvolta molto costoso. Egli spese molto, mentre i suoi genitori si dissanguavano ancora di più a vivere come grandi signori.

---

2. *piede*: unità di misura del verso, composta di due o più sillabe.

Una giovane vedova di buona famiglia, loro vicina, che aveva solo una fortuna mediocre, decise di mettere al sicuro i grandi beni del signore e della signora de la Jeannotière sposando il giovane marchese.

L'attirò a sé, gli fece capire che non le era indifferente, lo guidò gradatamente, lo incantò, lo soggiogò senza fatica. Gli fece dono ora di elogi, ora di consigli; divenne la migliore amica del padre e della madre.

Una vecchia vicina propose il matrimonio. I genitori, abbagliati dallo splendore di quella unione, accettarono con gioia la proposta. Avrebbero dato il loro unico figlio alla loro intima amica. Il giovane marchese avrebbe sposato una donna che adorava e dalla quale era amato; gli amici di famiglia si complimentavano, si stava per redigere il contratto di nozze, mentre si lavorava agli abiti nuziali.

Un mattino egli era ai piedi dell'affascinante sposa che l'amore, la stima e l'amicizia stavano per donargli, quando un cameriere della signora madre arrivò tutto sgomento.

– Ci sono novità – disse. – Gli uscieri svuotano la casa del signore e della signora; ogni cosa è sequestrata dai creditori: si parla di arresto, e voglio fare in fretta perché mi sia pagato il mio salario.

– Vediamo un po' – disse il marchese – che sta succedendo, che cos'è questa storia.

– Sì – lo incoraggiò la vedova. – Andate a punire quei bricconi, andate subito.

Egli corse, arrivò a casa: suo padre era già stato arrestato e tutti i domestici erano fuggiti, ciascuno per proprio conto, portando via tutto ciò che avevano potuto.

Sua madre era sola, senza aiuto, senza consolazione, soffocata dalle lacrime; non le restava altro che ricordare la sua fortuna, la sua bellezza, i suoi errori e le sue folli spese.

Dopo che il figlio ebbe a lungo pianto con la madre, le disse:

– Non ci disperiamo; questa giovane vedova mi ama perdutamente ed è più generosa che ricca, ve lo garantisco, volo da lei e ve la conduco qui.

Tornò dunque dalla sua signora, la trovò a colloquio con un giovane ufficiale molto piacente.

– Come! Siete voi, signor de la Jeannotière. Che cosa venite a fare qui? Si abbandona così la propria madre? Andate da quella povera donna e ditele che le voglio sempre bene: ho bisogno di una cameriera e darò a lei la preferenza.

– Ragazzo mio, mi sembri piuttosto robusto – disse l'ufficiale. – Se vuoi entrare nella mia compagnia, ti darò un buon impiego.

Il marchese, stupefatto, con la rabbia in cuore, andò a cercare il suo vecchio precettore, gli depose in seno i suoi dolori e gli chiese consiglio. L'uomo gli propose di fare, come lui, il precettore.

– Ahimè! Non so niente, voi non mi avete insegnato niente e siete la principale causa della mia sventura – e singhiozzava, parlandogli così.

Il giovane, più disperato che mai, corse dal confessore di sua madre: era un teatino[3] molto accreditato, che guidava soltanto donne di riguardo; appena lo vide, si precipitò verso di lui.

– Ah, mio Dio, signor marchese, dov'è la vostra carrozza? Come sta la rispettabile signora marchesa vostra madre?

Il povero sventurato gli narrò il disastro della sua famiglia. A mano a mano che si spiegava, il teatino assumeva un'aria più grave, più indifferente, più imponente.

– Figlio mio, ecco dove Dio vi voleva: le ricchezze

---

3. *teatino*: religioso appartenente alla congregazione fondata nel 1524 da san Gaetano da Thiene e da Pietro Carafa, arcivescovo di Chieti (poi papa Paolo IV).

servono solo a corrompere il cuore. Dio ha dunque fatto a vostra madre la grazia di ridurla alla mendicità?

– Sì, signore.

– Tanto meglio, ella è sicura della sua salvezza.

– Ma padre, nel frattempo non ho modo di ottenere aiuto in questo mondo?

– Addio, figlio mio; c'è una donna di corte che mi attende.

Il marchese stava per svenire; fu trattato più o meno nello stesso modo dai suoi amici e imparò meglio a conoscere il mondo in una mezza giornata che in tutto il resto della sua vita.

Mentre era immerso nella sua profonda disperazione, vide avanzare una carrozza all'antica, una specie di carrettone adorno di tende di cuoio, seguito da quattro carretti tutti enormemente carichi. C'era nel carrettone un giovane vestito in modo grossolano; aveva un viso rotondo e fresco, che esprimeva dolcezza e gaiezza. La sua mogliettina, bruna e molto rozzamente piacevole, era sballottata accanto a lui. La vettura non procedeva come la carrozza di un signorino. Il viaggiatore ebbe tutto il tempo di contemplare il marchese immobile, sprofondato nel suo dolore.

– O mio Dio! – gridò. – Credo che quello là sia Jeannot.

A questo nome il marchese sollevò gli occhi, la vettura si arrestò.

– È proprio Jeannot, è Jeannot! – Il piccolo uomo rubicondo fece un salto e corse ad abbracciare il suo antico compagno. Jeannot riconobbe Colin; la vergogna e le lacrime gli coprirono il viso.

– Tu mi hai abbandonato – disse Colin. – Tuttavia, hai un bell'essere un gran signore, io ti vorrò sempre bene.

Jeannot, confuso e intenerito, gli raccontò singhiozzando una parte della sua storia.

– Vieni nella locanda dove alloggio e raccontami il

resto – gli disse Colin. – Abbraccia la mia mogliettina e andiamo a mangiare insieme.

Andarono tutti e tre a piedi, seguiti dal bagaglio.

– Che cos'è tutta questa roba? Appartiene a voi?

– Sì, è tutto mio e di mia moglie. Veniamo dal paese; sono a capo di una buona manifattura di ferro stagnato e di rame. Ho sposato la figlia di un ricco negoziante di utensili necessari a grandi e piccoli, lavoriamo molto. Dio ci benedice; non abbiamo cambiato condizione, siamo felici e aiuteremo il nostro amico Jeannot. Non essere più marchese; tutte le grandezze di questo mondo non valgono un buon amico. Tu tornerai con me al paese, ti insegnerò il mestiere, non è difficile; ti farò partecipare agli utili e vivremo felicemente in Alvernia, nel punto della terra dove siamo nati.

Jeannot, smarrito, si sentiva diviso tra il dolore e la gioia, la tenerezza e la vergogna; diceva tra sé e sé: "Tutti i miei amici del bel mondo mi hanno tradito, e solo Colin, che io ho disprezzato, viene in mio aiuto. Che lezione!"

La bontà d'animo di Colin sviluppò nel cuore di Jeannot il germe della buona natura, che il mondo non aveva ancora soffocato. Egli sentì che non poteva abbandonare suo padre e sua madre.

– Avremo cura di tua madre – disse Colin. – E quanto a quel brav'uomo di tuo padre, che è in prigione, io m'intendo un po' di affari. I suoi creditori, vedendo che non ha più niente, si accontenteranno di poco; mi incarico io di tutto.

Colin tanto fece che tirò fuori di prigione il padre dell'amico. Jeannot ritornò nella sua patria con i genitori, che ripresero la loro primitiva professione. Egli sposò una sorella di Colin che, essendo dello stesso temperamento, lo rese molto felice. E Jeannot padre e Jeannot madre e Jeannot figlio capirono che la felicità non è nella vanità.

Traduzione, riduzione e adattamento
da *Zadig et autres contes* di Voltaire

Lavoriamo sul testo

1. *Il racconto è stato suddiviso in sequenze, i cui contenuti sono sinteticamente elencati alla rinfusa. Disponili nell'ordine seguito dalla narrazione, numerandoli da 1 a 11.*

[5] Jeannot parte per Parigi.
[6] Si decide che il marchesino imparerà a ballare.
[4] I marchesi sono rovinati.
[1] Jeannot e Colin, compagni di scuola, si vogliono molto bene.
[2] Jeannot è finalmente felice.
[7] Inutilmente Jeannot chiede aiuto ai suoi conoscenti.
[3] Jeannot, ricevuto un abito elegante, diventa altezzoso.
[8] Colin incontra Jeannot e lo aiuta a uscire dalla sua penosa situazione.
[9] I signori de la Jeannotière, assunto un precettore per il figlio, consultano uno scrittore sulle materie da insegnargli.
[11] Jeannot scrive canzoni ed è considerato un intellettuale.
[10] Una giovane vedova vuole sposare Jeannot per impadronirsi delle sue ricchezze.

2. *Il precettore di Jeannot e il famoso scrittore sono concordi nel ritenere inutile e perfino dannoso l'insegnamento di alcune discipline. Sintetizza le loro opinioni:*

a) Opinioni dello scrittore sullo studio del latino: ....
....
....

b) Opinioni del precettore sullo studio della geografia e dell'astronomia: ....
....
....

c) Opinioni dello scrittore sullo studio della storia: ....

....

....

d) Opinioni del precettore sullo studio della geometria: ....

....

....

L

3. *Ai righi 22 e 23 il narratore sostituisce improvvisamente l'uso del tempo presente a quello del passato.*
A quale dei seguenti motivi è dovuta, secondo te, questa scelta?

1 ☐ Le azioni al presente si svolgono prima di quelle al passato.

2 ☐ I fatti narrati al presente avvengono dopo quelli narrati al passato.

3 ☐ Si vuole dare maggiore immediatezza alla narrazione.

4 ☒ Si vuole esprimere sorpresa e/o indignazione.

I personaggi

A

1. *Nonostante la sua fortuna e il suo atteggiamento sprezzante, Jeannot è in realtà un ingenuo. In quali occasioni possiamo notare questo aspetto del suo carattere?*

....

....

....

L

2. *Mentre Jeannot parla, l'espressione del teatino cambia: diventa "più* grave, *più* indifferente, *più* imponente", *aggettivi che indicano il mutare del suo atteggiamento nei confronti del giovane.*
Scegli tra gli aggettivi qui elencati quelli che ti sembrano

più adeguati a descrivere l'atteggiamento del religioso prima e dopo il racconto di Jeannot:

premuroso, noncurante, irriguardoso, rispettoso, attento, insincero, cerimonioso, sbrigativo, deferente, ossequioso, falso, affettato, simulatore, sollecito, gentile.

PRIMA	DOPO
GENTILE	NON CURANTE
SIMULATORE	SOLLECITO
ATTENTO	INSINCERO
GENEROSO	IRRIGUARDOSO
PREMUROSO	SBRIGATIVO

3. a) *Alla fine del racconto Colin è descritto come "vestito in modo grossolano". Sono però presentate, di questo personaggio, anche alcune caratteristiche positive. Quali?*

....

b) *Quali aggettivi e avverbi descrivono la moglie di Colin?*

....

L'ambiente e il tempo

1. *In questo racconto Voltaire rivolge una pungente critica ai costumi della nobiltà. Sottolinea le espressioni che l'autore usa per ironizzare sulle abitudini e sulla mentalità dei nobili. Quale immagine della nobiltà ne emerge? Spiegala con parole tue:* ....

....

....

2. *Circa vent'anni dopo la morte di Voltaire la Rivoluzione francese abolì i privilegi della nobiltà, considerata una* *classe sociale parassitaria e oziosa, e sancì il trionfo della borghesia. Aiutandoti col tuo libro di storia o con un vocabolario, riporta la composizione di queste due classi sociali all'epoca della Rivoluzione francese:*

La nobiltà era costituita da: ...*proprietari terrieri,*.................................

....

Della borghesia facevano parte: ...*commercianti,*.................................

....

Spunti per la riflessione e per la produzione

1. *Tra l'inizio e la fine del racconto Jeannot subisce delle trasformazioni. Scrivi una breve storia di questo personaggio, evidenziandone i cambiamenti più significativi.*

2. *Difendi, a tua scelta, una delle discipline citate dal precettore di Jeannot o dallo scrittore, opponendo alle motivazioni addotte dai due "intellettuali" le tue argomentazioni.*

3. *Nel suo* Dizionario filosofico *Voltaire definisce l'amicizia "un tacito contratto tra due persone sensibili e virtuose". Sei d'accordo con lui? Che cos'è per te l'amicizia? Ti sembra che Jeannot e Colin possano essere definiti "sensibili e virtuosi"?*

Due amici

Parigi era bloccata, affamata, rantolante.[1] Sui tetti i passeri diminuivano e le fogne si stavano spopolando. Si mangiava qualsiasi cosa.

In una limpida mattinata di gennaio Morissot, orologiaio di professione e guardia nazionale[2] per necessità, stava passeggiando tristemente sul *boulevard*[3] di circonvallazione, con le mani nelle tasche dei calzoni della divisa e la pancia vuota, quando si fermò di botto davanti a un suo commilitone nel quale riconobbe un amico. Era il signor Sauvage, una conoscenza fatta sulla sponda del fiume.

Tutte le domeniche, prima della guerra, Morissot partiva all'alba, con una canna di bambù in mano e un barattolo di latta a tracolla, diretto all'isola Marante. Appena giunto nel luogo dei suoi sogni cominciava a pescare, e pescava fino a buio.

Tutte le domeniche s'incontrava laggiù con un ometto grasso e gioviale, il signor Sauvage, merciaio in via della Madonna di Loreto, anche lui fanatico pescatore. Spesso stavano una mezza giornata a fianco a fianco, con la lenza in mano e i piedi penzoloni sull'acqua; erano diventati amici.

---

1. Il racconto è ambientato nel periodo della guerra franco-prussiana (1870-1871). Dopo la sconfitta di Sédan (1870) a Parigi fu proclamata la Repubblica. La città fu assediata dalle truppe prussiane: fu quello un inverno terribile, durante il quale i francesi mangiarono perfino i topi.
2. *guardia nazionale*: uno degli uomini reclutati per la difesa di Parigi.
3. *boulevard*: grande viale alberato.

Certi giorni non parlavano affatto; altre volte facevano quattro chiacchiere. Ma andavano benissimo d'accordo anche senza dir nulla, poiché avevano gli stessi gusti e una identica sensibilità.

Appena si furono riconosciuti, si strinsero energicamente la mano, commossi di ritrovarsi in tempi così mutati. Sospirando, Sauvage mormorò: – Quante ne son successe... –. Morissot, serio serio, gemette: – E che tempaccio! Questa è la prima bella giornata dell'anno.

Difatti il cielo era azzurro e luminoso.

S'incamminarono l'uno accanto all'altro, tristi e pensierosi. Morissot continuò: – E la pesca, eh? Che bel ricordo!

– Quando ci torneremo? – chiese Sauvage.

Entrarono in un caffeuccio e presero insieme l'assenzio; dopo ricominciarono a passeggiare sul marciapiede.

D'un tratto Morissot si fermò: – Un altro gocciolino? Sauvage approvò: – Ai vostri ordini –. Entrarono in un secondo caffè.

Si sentivano storditi uscendo, turbati come chiunque a digiuno si riempia la pancia d'alcol.

L'aria era dolce. Un venticello carezzevole solleticava i loro visi.

L'aria tiepida finì di ubriacare Sauvage, che si fermò: – E se ci andassimo?

– Dove?

– A pescare.

– E dove?

– Alla nostra isola. Gli avamposti francesi sono dopo Colombes. Io conosco il colonnello Dumolin; ci farà passare senza difficoltà.

Morissot fremeva di desiderio: – Sicuro, ci sto –. E si lasciarono per andare a prendere i loro arnesi.

Un'ora dopo camminavano, accanto, sulla strada maestra; giunsero alla villa occupata dal colonnello. Alla loro richiesta costui sorrise e acconsentì al capriccio. Si rimisero in cammino, forniti di un lasciapassare.

Ben presto oltrepassarono gli avamposti, attraversarono Colombes abbandonata, e si trovarono sul margine dei piccoli vigneti che scendono verso la Senna. Erano circa le undici.

La grande pianura che arriva fino a Nanterre era completamente vuota, i ciliegi spogli e la terra grigia.

Sauvage, mostrando a dito le alture, mormorò: – Lassù ci sono i prussiani. – I due amici si sentivano paralizzati dall'inquietudine davanti al paese deserto.

I prussiani! Non li avevano mai visti, ma erano mesi che li sentivano, intorno a Parigi, distruggere la Francia, saccheggiare, massacrare, affamare, invisibili e onnipotenti. Un superstizioso terrore s'aggiungeva al loro odio per quel popolo sconosciuto e vincitore.

– E se li incontrassimo? – balbettò Morissot.

Sauvage, con la spavalderia parigina sempre viva nonostante tutto, rispose:

– Gli offriremo un po' di fritto.

Tuttavia esitavano a inoltrarsi nella campagna, intimiditi dal gran silenzio.

Infine Sauvage si decise: – Via, andiamo; però, attenti...

Scesero in un vigneto, chinati in due, strisciando, approfittando dei cespugli per coprirsi, con lo sguardo inquieto e l'orecchio teso.

Dovevano ancora attraversare una striscia di terra nuda, per raggiungere la sponda del fiume. Si misero a correre; e appena furono arrivati alla riva, si rannicchiarono tra le canne secche.

Morissot incollò l'orecchio a terra per sentire se qualcuno camminasse d'intorno. Non sentì nulla. Erano soli, proprio soli.

Rinfrancati, cominciarono a pescare.

Di fronte a loro, l'isola Marante, abbandonata, li nascondeva alla vista dell'altra riva. La piccola trattoria era chiusa, pareva abbandonata da anni.

Sauvage pescò il primo ghiozzo[4], Morissot il secondo, e continuamente essi tiravano su le lenze con una bestiolina d'argento che guizzava in cima al filo: una vera pesca miracolosa.

Mettevano delicatamente i pesci dentro una borsa di rete a maglie molto fitte, che era immersa nell'acqua, ai loro piedi. E si sentivano prendere da una deliziosa gioia, la gioia di chi ritrova un piacere prediletto del quale è rimasto privo per parecchio tempo.

Il buon sole scaldava dolcemente le loro spalle; non sentivano più nulla, non pensavano più a nulla; il resto del mondo non esisteva più: pescavano.

A un tratto un sordo rumore, che pareva venir di sottoterra, fece tremare il suolo. Il cannone ricominciava a tuonare.

Morissot vide, al disopra della riva, verso destra, il profilo del Mont-Valérien con un pennacchio bianco: la schiuma della polvere che aveva sputato allora allora.

Subito dopo uno schizzo di fumo partì dalla cima della fortezza: dopo alcuni istanti si sentì il brontolio d'un'altra detonazione.

Altre ancora ne seguirono: ogni tanto la montagna alitava il suo fiato mortale, soffiava i vapori che si levavano pian piano nel cielo calmo, formando una nuvola sopra la cima.

Sauvage alzò le spalle: – Eccoli che ricominciano – disse. Morissot, il quale stava guardando con ansietà il piumino del suo sughero immergersi senza interruzione, fu preso da un'improvvisa collera di uomo pacifico, contro

---

4. *ghiozzo*: pesce di piccole dimensioni.

quegli arrabbiati che combattevano in quel modo e brontolò: – Bisogna essere dei veri imbecilli per ammazzarsi così!...

– Son peggio delle bestie – rispose Sauvage.

E Morissot, che aveva pescato allora un'argentina, dichiarò: – Purtroppo sarà sempre così, fintanto che ci saranno i governi...

Sauvage lo fermò: – La Repubblica non avrebbe dichiarato la guerra...

– Coi re c'è la guerra all'interno; con la repubblica c'è la guerra all'esterno – lo interruppe a sua volta Morissot.

Cominciarono tranquillamente a discutere, sbrogliando le grandi questioni politiche col loro sano criterio di uomini quieti e limitati, trovandosi d'accordo su questo: che non sarebbero mai stati liberi.

– Così è la vita – disse Sauvage.

– Piuttosto dite che è la morte – aggiunse ridendo Morissot.

Trasalirono, atterriti, sentendo dei passi alle loro spalle; voltatisi, videro in piedi, dietro a loro, quattro uomini, quattro uomini armati e barbuti, vestiti con la livrea, come domestici, che portavano in capo dei berretti schiacciati, e li prendevano di mira coi fucili.

Le lenze sfuggirono dalle loro mani e cominciarono a seguire la corrente.

In capo a pochi istanti erano stati presi, legati, trascinati via, gettati in una barca e trasportati sull'isola.

Dietro la casa che credevano abbandonata videro una ventina di soldati tedeschi.

Una specie di gigante peloso, il quale, a cavalcioni d'una sedia, stava fumando in una gran pipa di porcellana, chiese in ottimo francese: – E così, signori, avete fatto una buona pesca?

Un soldato depose ai piedi dell'ufficiale la rete piena di pesci, che s'era curato di portar via. Il prussiano sorrise: – Ah! a quanto vedo vi stava andando bene... Ma ora dobbiamo parlar d'altro. Statemi a sentire e non vi confondete.

– Per me siete due spie mandate ad appostarmi. Allora io vi prendo e vi fucilo. Facevate finta di pescare, per nascondere meglio le vostre intenzioni. Siete caduti in mano mia, e tanto peggio per voi; siamo in guerra. Però, siccome venite dagli avamposti, sicuramente dovete sapere la parola d'ordine, per poter rientrare. Ditemi questa parola d'ordine, e vi lascio liberi.

I due amici, l'uno vicino all'altro, tacevano, lividi, con le mani scosse da un leggero tremolio nervoso.

L'ufficiale continuò: – Non lo saprà nessuno, e voi potrete tornarvene in santa pace. Il segreto sparirà insieme a voi. Se invece rifiutate morirete, e subito. Scegliete.

Continuarono a restare immobili, senza aprir bocca.

Il prussiano, sempre calmo, continuò, tendendo una mano verso il fiume: – Pensate che fra cinque minuti sarete in fondo a quell'acqua! Fra cinque minuti! Avrete dei parenti, no?

Il Mont-Valérien seguitava a brontolare.

I due pescatori erano ancora immobili e silenziosi. Il tedesco diede alcuni ordini, nella sua lingua. Poi spostò la sedia, per non essere troppo vicino ai prigionieri; e dodici uomini si andarono a mettere a venti passi di distanza, nella posizione di pied-arm.

L'ufficiale riprese: – Vi do un minuto di tempo, non un secondo di più.

Si alzò d'improvviso avvicinandosi ai due francesi, e afferrato Morissot per il braccio, lo trascinò in disparte e gli disse a bassa voce: – Presto, la parola d'ordine! Il vostro compagno non ne saprà nulla; farò finta d'impietosirmi.

Morissot non rispose.

Allora il prussiano prese Sauvage e gli fece la stessa domanda.

Neanche Sauvage rispose.

Si ritrovarono un'altra volta a fianco a fianco.

L'ufficiale diede un ordine. I soldati alzarono le armi.

Lo sguardo di Morissot cadde casualmente nella rete piena di ghiozzi che era rimasta sull'erba a qualche passo da lui.

Un raggio di sole faceva luccicare i pesci ammassati, che si muovevano ancora. Fu preso dallo smarrimento. Nonostante i suoi sforzi gli occhi gli si riempirono di lacrime.

Balbettò: – Addio, signor Sauvage.

Sauvage rispose: – Addio, signor Morissot.

Si strinsero la mano, scossi da capo a piedi da brividi irreprimibili. L'ufficiale gridò: – Fuoco!

I dodici colpi parvero un colpo solo.

Sauvage cadde di schianto con la faccia contro terra. Morissot, più alto, oscillò, girò su se stesso, e cadde di traverso sul suo compagno, col viso rivolto al cielo, mentre dalla giacca forata sul petto gli usciva un fiotto di sangue.

Il tedesco diede altri ordini.

I suoi uomini si dispersero e tornarono con corde e pietre, che appesero ai piedi dei morti; poi li trasportarono sulla riva.

Il Mont-Valérien, incappucciato ora da una montagna di fumo, non smetteva di brontolare.

Due soldati afferrarono Morissot per la testa e per le gambe; altri due presero Sauvage nello stesso modo. Per qualche istante i due corpi furon fatti oscillare con forza; poi, lanciati lontano, descrissero una curva e caddero ritti nel fiume, poiché le pietre eran legate ai piedi.

L'acqua schizzò, ribollì, fremette e si calmò, mentre piccole onde giungevano alle sponde.

L'ufficiale, sempre sereno, disse sottovoce: – I pesci finiranno di sistemarli.

Poi si diresse verso la casa.

A un tratto vide fra l'erba la reticella coi pesci. La raccolse, la osservò, sorrise, e gridò: – Wilhelm!

Un soldato accorse. Il prussiano, gettandogli la pesca dei due fucilati, ordinò: – Fammi friggere subito questi animaletti finché son vivi. Saranno deliziosi.

E riprese a fumar la pipa.

Riduzione da *Racconti* di Guy de Maupassant
traduzione di Mario Picchi, Principato

SCHEDA OPERATIVA

Lavoriamo sul testo

1. *Abbiamo suddiviso il racconto in sequenze, alle quali abbiamo attribuito un titolo; sintetizza brevemente, accanto a ciascun titolo, il contenuto della sequenza corrispondente e indicane l'inizio e la fine, come nell'esempio:*

1. L'incontro. (righi *1-10*)
Sauvage e Morissot, due guardie nazionali, si incontrano sul boulevard.
2. Prima della guerra. (righi ....)
....
....
3. La proposta di Sauvage. (righi ....)
....
....
4. La strada per l'isola. (righi ....)
....
....
5. La gioia di pescare. (righi ....)
....
....
6. L'apparizione dei Prussiani. (righi ....)
....
....
7. La proposta dell'ufficiale prussiano. (righi ....)
....
....
8. Il comportamento di Sauvage e Morissot. (righi ....)
....
....

9. L'addio dei due amici. (righi 203-205)

SI STRINSERO LA MANO

10. L'esecuzione. (righi 208-225)

FUOCO

11. Il destino dei pesci. (righi 226-234)

FAMMI FRIGGERE QUESTI ANIMALETTI

2. *Segna nel quadratino le lettere che indicano il significato di ogni parola:*

rantolare	F	a) sospeso nel vuoto
gioviale	C	b) posto avanzato di uno schieramento militare
fanatico	E	c) di temperamento gaio
penzoloni	A	d) sussultare
avamposto	B	e) appassionato
trasalire	D	f) agonizzare, essere in fin di vita

I personaggi

1. *Ai righi 23-25 si dice che Sauvage e Morissot andavano d'accordo "poiché avevano gli stessi gusti e un'identica sensibilità". Scrivi nello schema quali sentimenti provano entrambi i protagonisti del racconto nelle situazioni indicate:*

SITUAZIONI	SENTIMENTI
– Quando Sauvage e Morissot si incontrano	*commozione*
– Quando si incamminano insieme	TRISTEZZA
– Quando escono dal bar	CONFUSI
– Al pensiero dei Prussiani	IMPAURATI

– Mentre pescano	GIOIA
– Quando parlano della guerra	TIMORE
– Quando sentono arrivare i soldati prussiani	PANICO
– Quando l'ufficiale prussiano parla con loro	PAURA
– Quando si dicono addio	TRISTEZZA

2. a) *I soldati prussiani vengono descritti come "quattro uomini armati e barbuti, vestiti con la livrea, come domestici". Quella che ai due francesi appare simile a una livrea è in realtà la divisa dell'esercito prussiano, che essi non avevano mai visto. I prussiani sono dunque descritti dal punto di vista dei due protagonisti. Come appare agli occhi di Sauvage e Morissot l'ufficiale prussiano?*

UN GIGANTE PELUSO

b) *Con i due prigionieri si comporta in modo leale oppure no? Come definiresti il suo comportamento?*

NO SCORRETTO

L'ambiente e il tempo

1. *Nel 1870 la Prussia era uno stato sovrano molto potente. Oggi è una regione che appartiene ad altre nazioni. Quali? Per rispondere, puoi consultare l'atlante geografico.*

2. *Che cos'era un assedio? A quale scopo una città veniva assediata?*

Spunti per la riflessione e per la produzione

1. *I due protagonisti del racconto, pur essendo uomini comuni, nel momento del pericolo si comportano da eroi, perché preferiscono morire piuttosto che rivelare ai nemici la parola d'ordine.*
Esponi la trama di un racconto o di un film in cui uno dei personaggi abbia un comportamento eroico.

2. *Nel testo sono nominati i "Boulevards", grandi viali alberati parigini, che nacquero proprio nella seconda metà dell'800 grazie all'architetto George Haussmann, al quale Napoleone III affidò la ristrutturazione di Parigi.*
Nella città in cui vivi (o, comunque, in un'altra dove sei stato) esistono strade o monumenti antichi? Descrivili e, se ne conosci la storia, raccontala.

Luca e Mario

Era la sua storia quella di tutti gli spazzacamini.[1]

Nato a Banzan, in Savoia, non aveva conosciuto la madre: il padre era passato a seconde nozze e morto poco dopo. Luca era rimasto solo con la matrigna, una montanara di Revy aspra e rugosa come i suoi picchi, gelida come i suoi nevai. E Luca era cresciuto così, non amato e non odiato, solo, sperduto come una passera, in fondo alla bella valle verde di praterie e d'abeti, sonora di cascate e di torrenti.

Aveva nove anni quando la matrigna lo consegnò per poche monete all'uomo randagio e Luca lo seguì senza inquietudine e senza paura, quasi gaio di trovarsi con altri compagni nello stesso destino. Ed erano giunti dopo tre giorni alla grande città sconociuta.

Cominciò per Luca la vita di tenebra,[2] l'opera terribile e perigliosa. Insinuava l'agile, snella personcina di piccolo alpigiano[3] nei camini foschi, s'innalzava puntando le braccia e le gambe, su su, come per pozzolo[4] buio, ristretto, senza fine... Talvolta si riposava a mezza via, spossato dalla fatica, soffocato dalla fuliggine; sentiva in basso, nella

1. La storia si svolge all'inizio del '900.
2. *tenebra*: oscurità profonda.
3. *alpigiano*: abitante delle regioni alpine.
4. *pozzolo*: piccolo pozzo.

tenebra fosca, la voce incitatrice del padrone, vedeva in alto come un piccolo disco luminoso l'azzurro del cielo.

E saliva, saliva, giungeva al sommo, usciva, con la testa un tempo rosea e bionda, ora nera di fuliggine, respirava l'aria pura, fissava dai tetti, attraverso la selva dei comignoli, la cerchia dei monti lontani.

Non era triste. Lo pungeva la nostalgia, ma senza farlo soffrire; non era rimpianto di persone e d'affetti; era nostalgia di cose soltanto: rivedeva un abete centenario a picco sulla valle, suo grande amico, rivedeva un macigno dal profilo di gatto, noto a lui solo, e l'iride riflessa dello spruzzo delle cascate e il verde chiaro dei prati costellati di genziane[5], e il verde cupo degli abeti coronati dal candore dei nevai...

Rimpiangeva. Ma non era triste, non soffriva quasi. Pensava che la sua fosse la sorte di tutti; e trovava naturale quella vita di paria,[6] quell'opera di fatica e di tenebra.

Aveva bensì il confronto con gli altri bimbi, ma la sua anima semplice di montanaro non ne provava dolore né invidia.

La panca d'aspetto, dove Luca attendeva nelle ore di tregua, era vicina a uno dei giardini pubblici più sontuosi, frequentato da una falange di bimbi signori, che dopo la scuola giungevano a frotte accompagnati dalle mamme e dalle *bonnes*,[7] e sciamavano per le aiole e garrivano come uccelletti sfuggiti dalla gabbia.

Luca non osava avventurarsi fra loro; appena s'avvicinava, quelli fuggivano, impauriti dalla sua faccia nera, dalla sua casacca sgualcita.

---

5. *genziane*: piante alpine con fiori azzurri o gialli.
6. *paria*: in India, persona appartenente alla casta sociale più bassa. Qui sta per misero, di infima condizione sociale.
7. *bonnes*: parola francese per bambinaie.

Ma un giorno una palla enorme, a spicchi azzurri e d'argento, sbalzò dalle fronde e s'incastrò nella spalliera della panca di Luca. Luca la tolse, la porse a uno dei bimbi che era giunto di corsa, inquieto ed ansante. Era un bimbo bellissimo, dagli occhi cèruli[8] e dai lunghi capelli biondi di paggetto minuscolo. Prese la palla, osservandola bene dove Luca aveva posto le dita, quasi temendo ne recasse i segni di carbone; fissò Luca, poi gli sorrise:

– Perché hai la faccia così nera?

– È il mio mestiere...

– Non te la lavi mai?

– Alla festa.

– E perché non tutti i giorni?

– Perché si sporcherebbe di nuovo...

Tacquero un poco, si sorrisero ancora:

– Come ti chiami?

– Luca.

– Luca, e poi?

– E poi nient'altro...

– Non hai papà e mamma?

– No.

– Io mi chiamo Mario Defilippi e ho la mia mamma e il mio papà... Papà non vive con noi, perché non vuole bene alla mamma. Ma viene a trovarmi ogni tanto e mi porta i dolci.

Tacque. Non trovava altro da dire. Luca taceva, confuso, con un sorriso. Anche Mario sorrise; poi fuggì con la palla recuperata e raggiunse i compagni.

Luca provò per quell'incontro e per quelle parole e per quel bimbo così diverso da lui, così biondo e roseo, così ben vestito, un senso sconosciuto di ammirazione e di tenerezza; e lo pensò tutto il giorno.

---

8. *ceruli* (o cerùlei): di color azzurro chiaro.

Il giorno seguente lo riconobbe fra gli amici, lo spiò di lungi senza osare di avvicinarlo, desideroso che la palla sbalzasse ancora una volta fino a lui per potergli parlare. Mario non parve ricordarsi dell'amico. Giocò a lungo, poi si sedette presso la *bonne*, sbocconcellando un panino dolce, tranquillamente. Ma volgendo gli occhi intorno riconobbe di lungi lo spazzacamino; balzò d'un tratto, corse a lui, sorridendo senza parola, divise con gesto naturale, franco, spontaneo la merenda con lui.

Quel giorno era seguito da un cane colossale di Terranova.[9]

– È tuo?

– È mio. Si chiama Fritz.

D'allora Mario e Luca furono amici. Una simpatia inconsapevole, una tenerezza ingenua univa il ricco fanciullo all'alpigiano fosco di fuliggine. Luca non era ammesso ai giochi; Mario non tentava nemmeno di proporlo agli amici; sapeva che quelli l'avrebbero respinto, deridendo anche lui.

Ma veniva ogni tanto a parlare con lo spazzacamino, divideva regolarmente la merenda, gli raccontava mille cose, garrulo e ciarliero, tentava di far parlare con mille domande l'altro, placido e taciturno. Luca sentiva in fondo all'anima sua riscaldarsi un angolo inesplorato, sentiva vibrare nel suo cuore una corda non tocca ancora: quella dell'affetto, ed era invaso da una dolcezza senza nome.

Un giorno Mario non comparve con gli amici sul pubblico giardino. Luca lo attese invano il giorno dopo, e un altro, e un altro giorno ancora. Luca spiava la folla variopinta e turbinosa dei piccoli, riconobbe vari amici di

9. *terranova*: grosso cane simile al Sanbernardo, di pelo scuro.

Mario; a uno che passava di corsa osò domandarne notizia:

– È malato – disse l'altro, fissandolo altezzoso. – Ha la difterite[10] – e fuggì vergognoso di sostare in quella compagnia, raggiunse gli amici con un trillo gaio.

Mario era malato.

Nella sua stanza elegante, che dava sul parco del palazzo Defilippi, Mario delirava.

Una suora, due medici, la madre disperata vegliavano presso il capezzale, in silenzio. Non s'udiva che il respiro affannoso del malatino e le sue parole fievoli e deliranti. La madre si chinava su di lui in ascolto. Il bimbo parlava di sole, di fiori, di uccelli, di giochi...

– Luca... voglio Luca.

– Chi è Luca? – gli domandò la mamma sommessamente, sempre in vedetta per appagare ogni minimo desiderio di lui.

Mario non intese, non rispose.

– Voglio Luca... Non lavategli la faccia... Lo voglio nero, così...

– Ah! – fece la madre, rivolgendosi alla suora. – È lo spazzacamino: lo conosco... – E chiamò la *bonne* e diede un ordine sommesso; la *bonne* ebbe un gesto vivo di sorpresa, quasi di protesta, ma la signora ripeté l'ordine a voce bassa e recisa.[11]

Luca era seduto sulla panca del giardino con le ginocchia inarcate e i gomiti sorretti dalle ginocchia e il mento chiuso tra le palme. Da una settimana non rivede-

---

10. *difterite*: grave malattia infettiva che si localizza alla gola e alle vie respiratorie e colpisce soprattutto i bambini.

11. *a voce recisa*: con tono di voce fermo e risoluto.

va il suo amico e provava al cuore un dolore sordo e continuo.

Una voce femminile lo scosse:

– Tu sei Luca, lo spazzacamino?

– Sì.

– La signora Defilippi, la madre di Mario, desidera che tu venga a trovare suo figlio.

Luca s'alzò, senza timidità[12], seguì la signorina.

Nella stanza del malato si era in attesa. Mario delirava ancora, con un rantolo fievole:

– Luca... la mia palla... Voglio lo spazzacamino...

La mamma era china su di lui col viso contratto terribilmente per reprimere le lagrime e i singhiozzi.

– Vuoi Luca?

– Sì... sì... – disse Mario, con un sussulto.

– Ebbene, eccolo qui... – e la signora si scostò e dietro le sue spalle apparve il volto sorridente dello spazzacamino. Anche Mario sorrise, per la prima volta, dopo tanti giorni; e per la prima volta parve avere un po' di riposo.

Luca non lasciò il suo letto, tutto il giorno. Ma verso sera il male si aggravò. Il dottore scosse la testa, desolato. La casa, dopo la breve tregua di speranza, ripiombava nella disperazione.

Mario non voleva che Luca lo lasciasse un solo istante. E Luca fu costretto a passargli vicino la notte, il giorno seguente e la notte ancora. La signora mandò un'offerta generosa al padrone, impegnando il bimbo come consolatore del piccolo moribondo. Moribondo! La fine s'avanzava!

12. *timidità*: timidezza

Ancora un giorno trascorse e ancora una notte.

All'alba Mario si sollevò quasi sui cuscini, passò un braccio al collo di Luca, l'attirò a sé con tutta la persona, soffocandolo quasi; poi allentò la stretta, divenne inerte. Luca s'alzò; Mario dormiva supino.

E allora lo spazzacamino non capì bene che cosa fosse avvenuto. Vide la signora agitare le braccia, trascinata via a viva forza dalla servitù, e la casa invasa da lunghi appelli[13] disperati, e gli usci aperti e chiusi come da una bufera improvvisa.

Non capì bene. Si ritrovò nella via con una borsa di monete tra le mani, ritornò alla panca, si sedette con le gambe inarcate, i gomiti puntati sulle ginocchia, e il mento tra le mani.

– Non vedrai Mario mai più! È morto! – gli avevano detto.

E il cuore gli doleva in modo atroce, come quando un giorno s'era scottata una mano nella vampa d'un camino.

Ma non capiva bene.

Due giorni dopo giunse la *bonne* abbrunata,[14] lo ricondusse alla casa del suo amico, dove la signora l'abbracciò piangendo, fissandolo con uno sguardo di tenerezza disperata. Luca si lasciò condurre, si lasciò fare. Venne svestito degli abiti di spazzacamino, fu costretto a entrare in una vasca di marmo dall'acqua tepida e profumata; ne uscì roseo e biondo come quando viveva nella sua valle lontana. Fu rivestito di un elegante abito nero, guarnito di crespo.

13. *appelli*: grida, richiami che invocavano il bambino morto.
14. *abbrunata*: vestita di nero, a lutto.

– Porterai il lutto al povero Mario – gli disse la *bonne* – ora Mario sei tu. Così vuole la signora; la signora è la tua mamma.

Luca sorrideva; non si stupiva; trovava questo molto naturale.

Apparve la signora.

– Com'è bello! – disse con voce tremante. – Lo ricorda un po'... – e ruppe ancora in singhiozzi, abbracciandolo con impeto folle...

Luca non capiva bene.

da *Tutte le opere* di Guido Gozzano, Garzanti

SCHEDA OPERATIVA

Lavoriamo sul testo

1. *Rispondi alle seguenti domande:*

– Perché Luca non vive con i suoi genitori? ....

....

– Quali sensazioni prova Luca nel compiere il suo lavoro di spazzacamino? ....

....

– Che cosa rimpiange il piccolo montanaro della sua vita precedente? ....

....

– Quali rapporti ha Luca con gli altri bambini? Dove li incontra? ....

....

– Come si comporta Mario nei confronti di Luca? ....

....

– Perché, improvvisamente, Mario non torna ai giardini pubblici? ....

....

– Perché la madre di Mario decide di far chiamare Luca? ....

....

– Qual è la reazione di Mario all'apparire di Luca? ....

....

– Come si comporta Luca verso il piccolo amico ammalato? ......

....

– Quali gesti compie Mario poco prima di morire? ....

....

– Luca si rende perfettamente conto di quello che accade? Si stupisce delle richieste della *bonne* e della signora? ....

....

– Quali sono i sentimenti di Luca dopo la morte di Mario? ....

....

2. *Il testo è suddiviso in episodi (o macrosequenze) delimitati dagli spazi bianchi. Abbiamo dato un titolo alle prime due macrosequenze. Attribuisci dei titoli anche alle altre, cercando di non usare verbi.*

1) *Storia di Luca.* ....
2) *Vita del piccolo spazzacamino* ....
3) ....
4) ....
5) ....
6) ....
7) ....
8) ....

I personaggi

1. *Perché, secondo te, Luca prova nostalgia delle cose più che delle persone?* ....

....

2. *Anche se la sua vita non è stata agiata né tranquilla, Luca non prova mai paura né timidezza; sottolinea le frasi dalle quali possiamo comprendere questo aspetto del suo carattere.*

3. *Mario è un bambino "garrulo e ciarliero" (rigo 102), mentre Luca è "placido e taciturno" (rigo 103): Mario è* *molto ricco, mentre Luca è molto povero. Eppure i due bambini sono amici.*

Che cosa ha trovato Luca in Mario? ....

....

Che cosa ha trovato Mario nel piccolo spazzacamino? Perché, secondo te, gradisce tanto la sua compagnia? ....

....

L'ambiente e il tempo

1. *La difterite colpiva molti bambini, finché non fu resa obbligatoria la vaccinazione contro questa malattia nel 1939. La vaccinazione è prevista anche per difendere i bambini da altre malattie infettive.*
Spiega, con l'aiuto del vocabolario, come si manifestano:

DIFTERITE ....

PERTOSSE ....

TIFO ....

TETANO ....

2. *Quella dello spazzacamino è una figura che ai nostri giorni è praticamente scomparsa. Altre figure di lavoratori che esistevano all'inizio di questo secolo oggi non ci sono più.*
Spiega, con l'aiuto del vocabolario, chi erano e che cosa facevano:

IL LAMPIONAIO ....

LA LAVANDAIA ....

LO SCRIVANO ....

LA BALIA ....

Cerca ora di spiegare perché oggi questi lavori non hanno più motivo di esistere.

....

....

Spunti per la riflessione e per la produzione

1. *Benché diversi per condizione sociale e modo di vivere, Luca e Mario, quando sono insieme, si trovano perfettamente a loro agio. Mario, in particolare, non ha verso il bambino povero e sporco i pregiudizi che invece mostrano gli altri bambini.*

A tutti noi può capitare di essere prevenuti verso gli altri, a causa della loro condizione sociale, della loro razza, della loro religione. Discuti con i compagni e fa' le tue osservazioni su questo diffuso atteggiamento.

2. *Immagina di essere molto ricco e che un tuo caro amico, povero o con gravi problemi economici, ti chieda di aiutarlo. Lo faresti? In che modo? Fino a che punto saresti disposto a fare sacrifici per lui?*

Vulite 'o vasillo?

Tre giorni dopo arrivato, col mio bravo cassettino ad armacollo e col mazzo di pennelli tra mani, infilavo, entrandovi da Borgo Loreto, il lungo vicolo Giganti, pel quale si spunta alla Marinella. Tu non sei mai stato a Napoli e non puoi sapere che siano questi vicoli di Borgo Loreto: topaie di marinai miserabili, vestiti di lana doppia, puzzolenti, neri come il carbone[1]. Tutta la vita grama di questi lavoratori del mare si agita in case buie, profonde, umide. Un triste e schifoso spettacolo, poco lontano dall'azzurro, divino spettacolo del mare, innanzi al quale la mia mano freme sulla tavolozza.

Io, dunque, per andare a dipingere alla riva, passavo pel vicolo Giganti, guardando qua e là curiosamente e persino fermandomi a contemplare, con meraviglia di forestiero e curiosità d'artista, qualche interno pittorico, pieno d'ombre e di mistero.

Fu in una di queste soste che una donna sui trent'anni, piccola, bionda come tutte le figlie del mare, mi chiamò sulla soglia di casa sua, nella via, e mi chiese, sorridendo, se volessi *disegnarla*. Rimasi sorpreso; avevano dunque capito, questi del vicolo Giganti, che mestieraccio facevo?

– Io vi disegnerò, bella bionda – le risposi – ma com'è che sapete ch'io disegno?

Ella mi disse che passavano sempre per quella via dei giovanotti, i quali andavano a *disegnare* le barchette e il

1. Il racconto è ambientato nella Napoli dell'inizio del '900.

mare e i pescatori; ognuno di loro portava sotto il braccio un cassettino come il mio. Ora, i *disegnatori* li conoscevano subito.

– Sta bene; vuol dire che un bel giorno ripasso e vi *disegno*.

– Quando?

– Al più presto possibile, bella bionda.

– Io non mi chiamo bella bionda. Mi chiamo Fortunata. Volete passare lunedì?

– Passerò lunedì.

Al lunedì, di buon'ora, mi trovai al vicolo Giganti. Fortunata, ritta sulla soglia di casa sua, lavorava all'uncinetto, sorridendo. Mi aveva visto da lontano.

– Dunque? Siamo pronti?

– Entrate.

La seguii in una piccola stanza, dal pavimento tutto sconnesso e sporco. Attorno, appesi ai muri, immagini di Santi, olivo benedetto, nasse di pescatori, corbelli di paglia, piccole bombole per i polipi.[2] Una tavola, un lettuccio, due o tre seggiole zoppicanti.

– Sentite – disse lei, appoggiandosi col dosso alla tavola e giocando col gomitolo, – io vi volevo chiedere un favore...

E come io la interrogavo con gli occhi, non sapendo che cosa mi stesse per capitare addosso, ella soggiunse prestamente:

– Ebbene, ecco, non sono io che volevo essere *disegnata*; non sono proprio io, perdonatemi...

– E chi?

Ella volse lo sguardo al lettuccio, confusa. Allora mi accorsi che nel lettuccio c'era qualche cosa. Un piccino. Due grandi occhi azzurri mi guardavano spaventati, una

---

2. *nasse, corbelli, bombole*: cesti e contenitori usati per la pesca.

testina bionda come quella di Fortunata si levava dal capezzale, intenta.

– 'Ndriuccio![3] – mormorò lei.

Ma come m'accostavo al lettuccio, il piccino fu preso da gran terrore. Ricacciò il capo sotto le coltri e si mise a urlare.

– È malato – disse Fortunata. – Ha una gran febbre da cinque giorni. È mio figlio Andreuccio. *'Ndriù? Bell' 'e mamma, te vuo' fa disignà?* Il signore, lo zio, ti farà il ritratto, e mamma te lo metterà qui appeso, in faccia a te e quando *tata*[4] verrà e vedrà il ritratto di 'Ndriuccio, dirà: Questo è 'Ndriuccio bello, tale e quale...

Il piccino ascoltava con gli occhi lucenti di febbre, senza mostrare di decidersi.

– Guarda... – gli dissi mostrandogli un soldo in punta di dita – se sarai buono, io ti darò questo soldo.

Sorrise, guardò la madre che sorrideva anche lei incitandolo. Finalmente accettò, nascondendo il soldo e la manina, nella quale lo avevo lasciato cadere, sotto la coltre. Fortunata gli pose due cuscini dietro la testa, si mise a sedere sul letto, e ricominciò il suo lavoro di uncinetto, seguendo curiosamente i miei preparativi.

Valeva la pena di interessarmi a questo fanciullo. Nella luce fredda era una testa d'un solo tono di colore, senza rossi, senza rilievo accentuato, pallida, caratteristica. I grandi occhi azzurro scuro lucevano tra i riccioli; della piccola bocca, puerilmente, il labbro inferiore saliva sull'altro in una smorfietta sdegnosa. Hai tu mai visto qualche bambino malaticcio, dipinto da Rubens?[5] Così lui.

Pareva che si fosse messo a pensare a cose molto serie; nessna curiosità; lo sguardo di lui scendeva lenta-

3. *'Ndriuccio*: diminutivo dialettale di Andrea.
4. *tata*: dialettale per babbo.
5. *Rubens*: Pietro Paolo Rubens, pittore fiammingo del '600.

mente da lunghe contemplazioni dal soffitto al volto della madre, e vi si posava. Era Fortunata che pativa di curiosità. A ogni cinque minuti si levava per venire a guardare di sopra delle mie spalle e per esclamare:

– Quando si vedrà qualche cosa? Ci vuole ancora molto tempo? Lo *ritrattate* ridendo? Verrà bene?

Dopo la prima seduta, il piccino volle vedere un po' anche lui e si contemplò abbozzato appena, senza meraviglia di non riconoscersi, come cosciente dello sviluppo che poi avrebbe avuto il dipinto.

– Lo lascio qui – dissi a Fortunata. – Mettetelo in un cantuccio, con la faccia al muro, e badate a non toccarlo.

– Quando tornate?

– Domani.

– Certamente?

– Certamente. Addio, piccolo!

E mi chinai su di lui per fargli[6] un bacio. Egli mi mise la mano sulla faccia, respingendola.

– Che hai? – gli disse Fortunata. – Su, dagli un bacetto.

E soggiunse sottovoce: – Dategli un altro soldo.

– To', eccoti un soldo.

Le sue piccole labbra febbricitanti toccarono lievemente le mie. Il secondo soldo scomparve, con la manina in cui era stretto, sotto le coltri.

– Ah, signorino – mi disse Fortunata, presso la porta – il piccino è molto malato! Dice il medico che l'ha visitato ch'egli ha male ai polmoni. Il primo figlio, signorino mio! – e le lacrime le lucevano agli occhi. – È una sventura grande! Avete visto com'è serio?

– Via, fatevi cuore, è un bambino e guarirà. Ha il suo babbo, è vero?

– È andato via. È marinaro. È partito per pescare il

6. *fargli*: dargli.

corallo, con tutta la paranza.[7] E torna di qui a un mese, signorino mio. Per quel figlio è pazzo, se sapeste!

La lasciai così che piangeva silenziosamente sul limitare della casuccia, con le braccia penzoloni, gli occhi a terra.

Tornato alla dimane,[8] con una bella giornata di sole, ricominciai il mio lavoro. Il modello mi si dimostrava più amico, arrivava fino a sorridermi. Quando rimisi la tela appoggiata al muro e stavo per licenziarmi, egli mi fece con la sottile vocina:

– *Vulite 'o vasillo?*[9]

Io gli detti un altro soldino. Questa volta ebbi due piccoli baci su tutte e due le guance. Mi volsi uscendo. Egli mi salutava con la mano, levando il braccio nudo, sorridendomi...

Dopo una settimana avevo finito. Ero contento; il ritratto m'era venuto somigliante non pure, quanto[10] assai giusto di colore e d'intonazione. Il bianco dei cuscini col sole... Ma via, io non voglio farmi delle lodi. Ero contento, ecco, ero contento della mia settimana.

In tutti quei giorni il mio amico s'era stretto a me con tutte le ingenue espansoni infantili con le quali la fanciullezza trattiene una mano carezzante e un dolce amore pietoso. Ogni giorno, all'uscire dalla piazzetta piena di sole, fingevo di scordarmi della sua offerta, per sentire subitamente la vocina di lui, balbettante: – *Vulite 'o vasillo? Vulite 'o vasillo?*

Gli aveva promesso di recarmi a vederlo due o tre volte nella settimana; lo avevo promesso anche a Fortunata. Cominciato novembre, dovetti abbandonare i miei stu-

---

7. *paranza*: barca per la pesca con vela triangolare.
8. *alla dimane*: l'indomani, il giorno dopo.
9. *Vulite 'o vasillo?*: volete il bacetto?
10. *non pure... quanto*: non solo, ma anche.

di di mare e il vicolo Giganti. Questa Napoli ha un clima variabilissimo; una bella giornata calda, soleggiata, e poi, il giorno appresso, acqua, vento e tempesta.

A novembre pigliai una mezza bronchite che mi inchiodò nel letto per dodici giorni. Pioveva, pioveva sempre. Una grande malinconia, dei tristi giorni, e il padrone di casa che mi spediva messaggi e tutte le mie pratiche andate a male e tutte le mie speranze fallite...

Nei primi di dicembre, in un sabato, il tempo era bello. Uscii, tornai al vicolo Giganti, che in quel punto era pieno di centinaia di femmine che aspettavano l'estrazione dei numeri del lotto e ne discutevano a gran voce. Cercai Fortunata. Era in casa a lavorare all'uncinetto, accosto alla tavola sulla quale si raffreddava la minestra in un piatto. Quando mi vide si levò, pallidissima, levò le braccia in atto disperato e balbettò tra i singhiozzi: – *Signo'! È muorto! È muorto!*

Ti giuro, cominciai a piangere anch'io, come un fanciullo. Ella, ricaduta a sedere, aveva appoggiato le braccia sulla tavola e sulle braccia nascondeva il volto singhiozzando. Io ero rimasto in piedi dinanzi a lei, muto; non sapevo che dirle. Fortunata levò la testa e mi guardò con occhi così spauriti, che parve fossi io che le portassi la mala notizia.

Il mio ritratto del piccino era a capo del letto, tra un ramo d'olivo e la palma benedetta. Accompagnandomi fino alla porta, Fortunata mi diceva:

– Voleva vedervi... Domandava sempre del pittore...

I singhiozzi la soffocavano. Me ne andai. Per via camminavo come intontito. Il piccino, benedetto piccino, il piccolo amico mi seguiva. Mi seguiva la sua vocetta tenera, come ora mi parla mentre io scrivo di lui. Perché in questa malinconica mattina di marzo, egli è qui, accosto a me. E nel silenzio della mia cameretta, egli mi ripete ancora, dolcemente, con un balbettìo: *Vulite 'o vasillo? Vulite 'o vasillo?*

da *Novelle napolitane* di Salvatore Di Giacomo, Mondadori

SCHEDA OPERATIVA

Lavoriamo sul testo

1. *Completa ciascuna affermazione con la corretta motivazione:*

a) Il pittore attraversa il vicolo Giganti perché ....

....

b) Fortunata intuisce subito che il narratore è un pittore perché...

....

c) Il pittore trova interessante ritrarre il piccolo Andrea perché....

....

d) Il pittore finge spesso di dimenticare il bacio con cui il bambino lo saluta perché ....

....

e) Per molto tempo il pittore non torna dal suo piccolo amico perché ....

....

2. *Una storia può essere raccontata da un narratore* esterno, *cioè estraneo alle vicende, oppure da un narratore* interno, *cioè da uno dei personaggi. In questo racconto il narratore è:*

☐ esterno ☐ interno

I personaggi

1. *I sentimenti dei personaggi emergono dai loro atteggiamenti.*

Ne elenchiamo alcuni; segna accanto a ciascuno il sentimento che esso rivela:

Atteggiamenti	***Sentimenti***
FORTUNATA	
... appoggiandosi col dosso alla tavola e giocando col gomitolo...	*imbarazzo* ....
A ogni cinque minuti si levava per venire a guardare di sopra alle mie spalle...	....
Era in casa... accosto alla tavola sulla quale si raffreddava la minestra in un piatto...	....
... aveva appoggiato le braccia sulla tavola e sulle braccia nascondeva il volto singhiozzando.	....
ANDREA	
... ricacciò il capo sotto le coltri e si mise a urlare.	....
Egli mi mise la mano sulla faccia, respingendola.	....
Egli mi salutava con la mano, levando il braccio nudo, sorridendomi...	....
PITTORE	
Io ero rimasto in piedi dinanzi a lei, muto...	....
per via camminavo come intontito	....
... in questa malinconica mattina di marzo egli è qui, accosto a me.	....

L'ambiente e il tempo

1. *Dal racconto emerge un realistico ritratto della vita della gente di mare. Ricostruiscilo attraverso le informazioni che ricaverai dal testo.*

Le case di Borgo Loreto sono ....

....

La gente è ....

....

La casa di Fortunata è ....

....

Il padre di Andrea è ....

....

Di sabato il vicolo è affollato di ....

....

2. *Nel testo appaiono frasi e termini del dialetto napoletano. Oggi i dialetti tendono a scomparire perché la scuola e i mass media diffondono sempre più l'uso della lingua italiana, ma certo ciascuno di noi è affezionato al proprio dialetto, che fa parte delle sue radici.*
Trascrivi almeno tre espressioni dialettali in uso nella tua regione e poni accanto ad esse il significato italiano.

Es.: *Vulite 'o vasillo?* .... *Volete il bacetto?*
1) ....
2) ....
3) ....

3. *Fortunata desidera un ritratto del suo bambino, forse perché sa che non vivrà a lungo. Prima che si diffondesse*

l'uso della macchina fotografica, usavano farsi ritrarre soprattutto i nobili e i ricchi borghesi.
Conosci ritratti di personaggi famosi? Chi li ha dipinti?

....

....

....

Spunti per la riflessione e per la produzione

1. *I dialoghi in questo racconto sono molto vivaci e immediati, vicini alla lingua parlata, ricchi di termini e di frasi dialettali.*
Inventa un dialogo tra due personaggi, uno dei quali parli il dialetto della tua regione.

2. *L'autore descrive con pochi tratti il vicolo Giganti. Descrivi anche tu una strada della tua città o del tuo paese, rappresentandone le case e le persone che vi si muovono quotidianamente.*

Sei zeri in condotta

La prima classe ginnasiale sembrava diventata un'assemblea di sordomuti, un congresso di pesci in vasca, un tempio del silenzio.

Il professor Gagliardi era stato terribile:

– Rubarmi il registro! Bella prodezza! Io non ho mai chiuso a chiave il cassetto della cattedra perché non credevo di trovarmi fra i ladri: ma avevo sbagliato. E colui che ha rubato il registro ha avuto l'intenzione di alterare i voti: ladro e falsario, dunque. Benone! Ma non dubitate, non dubitate, che io sto facendo una indagine e quando avrò trovato il galantuomo (e lo troverò con certezza) egli sarà espulso da tutte le scuole del Regno.[1]

L'indagine, il professore Gagliardi la faceva nei visi dei ragazzi: ma quei venticinque visi erano tutti ugualmente seri, assorti, compunti. Qualcuno, pur essendo innocente, sentiva come un risolino nervoso venirgli su dalla gola e non voleva mostrarsi sorridente per non sembrare colpevole; qualcun altro, birichino conosciuto, aveva paura che le monellerie precedenti lo facessero incolpare anche di quest'altra birichinata e sfuggiva lo sguardo severo del professore; altri per timidezza o per non sapere quale atteggiamento prendere o per imitazione, tutti i venticinque avevan gli occhi bassi.

La lezione finì nel silenzio e poi i ragazzi se ne andarono lentamente, stupiti, mortificati, atterriti.

---

1. Il racconto è ambientato all'inizio del '900.

– E ora come si rimedia? – domandò Gino Caroni a Ettore Valli quando furono fuori.

– Dico anch'io: come si rimedia?

– Beato te, Gino! Se tu non mi avessi consigliato, ieri, di rimaner dentro...

– Oh bella! – esclamò Gino. – E tu, perché ci sei rimasto? Ti avevo forse preso per il collo?

– Bravo, bravo! Tutta la colpa addosso a me, ora.

– No, scusa: sei tu che la butti addosso a me.

– Ma queste sono chiacchiere: come si rimedia? domando io.

– Eh già, anch'io dico: come si rimedia?

– Che paura ho avuto! Ladri... falsari: una piccolezza!

– Ma falsari noi non siamo, perbacco!

– E neppure ladri, ohè! Perché, abbi pazienza, se io avessi avuto il tempo...

Ascoltando i discorsi di quei due ragazzi ci vorrebbe un anno a saper tutta la verità.

Raccontiamola dunque noi.

I due alunni migliori della classe, gl'inseparabili, la Ditta Caroni e Valli, come li chiamavano, avevano il brutto vizio delle scommesse. Ora si erano fitti in mente[2] di aver scoperto il cifrario[3] con cui il professor Gagliardi segnava i voti sul registro. Prima della guerra, il professore segnava i voti in lingua tedesca con lettere greche e poiché questo metodo lo seguiva da anni, gli scolari lo erano venuti a sapere. Dopo scoppiata la guerra, era tanta l'antipatia per i Tedeschi, che il professore (il quale aveva due figli al fronte) aveva cambiato usanza. Ma qual era il segreto nuovo? Gino diceva di averlo scoperto e di averlo scritto sopra un foglietto chiuso in una busta.

---

2. *fitti in mente*: messi in testa.
3. *cifrario*: codice segreto.

Ettore diceva di aver capito quale era l'idea di Gino, ma che era un'idea sbagliata. Ora, due giorni prima, il professore aveva detto a un ragazzo: «Figliolo mio, più di sette non ti posso dare». E aveva tracciato rapidamente un segno. Se si fosse potuto vedere quel segno, con un po' di pazienza, forse, si ricostruiva anche il valore degli altri geroglifici dallo zero al dieci.

Perciò Ettore e Gino avevano combinato uno stratagemma che disgraziatamente era riuscito punto per punto.

Ettore era tornato in classe un minuto dopo che erano usciti tutti, aveva preso il registro, se l'era nascosto (spaventato da un rumore di passi che si avvicinava) dentro la blusa alla marinara; poi, sentendo venire il bidello, si era accovacciato entro l'apertura della cattedra, sulla pedana. Il bidello aveva fatto la pulizia qua e là cantarellando, mentre il cuore di Ettore batteva fitto fitto. Quando il bidello alzò il calamaio del professore per levar la polvere, Ettore, che sentì rintronare il colpo di laggiù, credette di morire.

Ma per quel giorno la cattedra non fu smossa e il bidello se ne andò dopo aver accostato le imposte, chiudendo l'uscio a chiave.

In quel buio, in quel silenzio, la paura di Ettore raddoppiò. Sarebbe rimasto lì tutta la notte? E a casa che avrebbero detto? E la mattina dopo, quando il professore, sedendosi, lo avrebbe scoperto con una pedata... che orrore! Sarebbe stato cacciato dalla scuola, lui, uno dei migliori alunni!

Ma la ditta Caroni e Valli non si era disciolta. Gino, ch'era fuori, aspetta aspetta, ricorse a un'astuzia per liberare il socio. Chiamò il bidello, gli disse di aver dimenticato una matita, si fece riaprire l'aula e poi, mentre il bidello, lasciando l'aula, andava a spazzare il corridoio dell'altro piano, chiamò Ettore il quale se la dette a gambe.

Lo stratagemma era riuscito molto bene: troppo bene, tanto che i ragazzi ne ebbero paura. Come si faceva a portare a casa il registro e a consultarlo? E se i genitori se ne fossero accorti? E poi, chi avrebbe avuto il coraggio di rimetterlo a posto?

Tutta la sera passò in discussioni, progetti, paure, mentre l'ospite pericoloso stava nascosto nella biblioteca del babbo di Ettore, tra due volumi di *Digesto*[4].

La mattina dopo, quando Ettore e Gino volevano comunicare l'uno all'altro i consigli portati dalla notte, eccoti la sfuriata del professore: e lo spavento e il rimorso e la paura della rovina.

Anche quel pomeriggio passò in discussioni.

La sera, quando Gino andò in casa di Ettore per far la lezione[5], dopo che ebbero imparato a memoria tutte le desinenze della quarta declinazione (che desinenze! piene di *u*, *u*, *u*, come l'anima impaurita dei due ragazzi), Ettore esclamò:

– Ho trovato!

– Che cosa?

– Diciamo tutta la verità.

C'era voluto molto tempo, prima di arrivare a questa soluzione: e si capisce, perché la verità è una sola, mentre le bugie sono milioni.

Gino fece qualche obiezione. Ettore ribatté: Gino replicò; e dopo un'ora, come Dio volle, furono d'accordo.

Misero insieme tutti e due una bella lettera di scusa in cui esponevano la verità la quale era, del resto, molto inferiore alla colpa supposta, perché proprio ladri i ragazzi non erano (Ettore aveva rubato per paura) e falsari meno che

4. *Digesto*: raccolta delle opere dei maggiori giuristi romani, compilata per ordine dell'imperatore Giustiniano.

5. *far la lezione*: fare i compiti.

mai; oh, falsari poi no! Se non ci credeva guardasse pure il registro, il signor professore.

Mezz'ora prima della scuola consegnarono al bidello, per il professore, un plico legato e sigillato con dentro il registro e la lettera.

Il professore, serio, ma benevolo, disse ad alta voce che per fortuna il ladro aveva restituito il registro: e tutta la scolaresca respirò.

Poi, fuori, prese la Ditta per gli orecchi, di qua un orecchio di Gino e di là uno di Ettore, e li rimproverò amorevolmente.

– Vi perdono perché siete stati sinceri e non vi do neppure il castigo che vi siete inflitti da voi.

Sul registro, i due «falsari» avevano scritto, senza segni convenzionali, ma in ottima lingua italiana, in lettere e in cifre, presso i nomi di Caroni e Valli, sei bellissimi zeri in condotta, tre per ciascuno, nelle colonne delle medie di tutti i trimestri.

da *I cenci della nonna*, di Dino Provenzal, ed. La Scuola

SCHEDA OPERATIVA

Lavoriamo sul testo

1. *Elenchiamo qui di seguito gli avvenimenti nell'ordine in cui sono narrati. Disponili, numerandoli progressivamente, nella loro successione temporale:*

☐ Sfuriata del prof. Gagliardi.

☐ Preoccupazione di Gino e di Ettore.

☐ Ettore e Gino credono di aver scoperto il cifrario del prof. Gagliardi.

☐ Prima della guerra il professore segnava i voti in tedesco con lettere dell'alfabeto greco.

☐ Gino afferma di aver scoperto il nuovo codice.

☐ Il professore segna un sette in codice sul registro.

☐ Ettore e Gino decidono di prendere il registro.

☐ All'arrivo del bidello, Ettore si nasconde.

☐ Il bidello, uscendo dall'aula, chiude a chiave la porta.

☐ Con un pretesto, Gino riesce a liberare Ettore.

☐ I due ragazzi decidono di confessare la verità.

I personaggi

1. *Il professor Gagliardi è molto arrabbiato con i suoi alunni per il furto del registro, ma quando questo gli viene restituito cambia atteggiamento.*

Riporta le espressioni che descrivono il suo comportamento all'inizio e alla fine del racconto:

ALL'INIZIO	ALLA FINE
....	....
....	....

2. *Segna una (V) o una (F) (V = Vero, F = Falso) accanto alle seguenti affermazioni:*

a) Gino ed Ettore sono gli unici a non abbassare gli occhi durante la sfuriata del professor Gagliardi. ☐
b) Gino ed Ettore sono i migliori della classe. ☐
c) Per aiutare Ettore, Gino finge di aver dimenticato in classe una matita. ☐
d) Ettore si è nascosto sotto la cattedra perché ha sentito arrivare il professore. ☐
e) Ettore teme che sarà cacciato dalla scuola. ☐
f) Gino propone di confessare tutta la verità. ☐

L'ambiente e il tempo

1. *"Prima ginnasiale" era, ai tempi del nostro racconto, la prima media. Come hai potuto notare, i due giovani protagonisti studiano il latino. Oggi nella scuola media il latino non si studia più, ma spesso gli insegnanti fanno riferimento a questa lingua per spiegare l'etimologia delle parole, cioè la loro origine.*
Elenchiamo qui alcune parole derivate dal latino. Con l'aiuto del vocabolario scrivi la loro etimologia e spiegane il significato attuale:

VERBO	dal latino *verbum* = *parola*	....
OSTIA	....	....

DIGITARE ....

DEFICIENTE ....

BACILLO ....

AUSILIARE ....

2. *Oltre all'espressione "prima ginnasiale", ci sono nel testo altri indicatori dell'epoca in cui il racconto si svolge:*

Regno. In quale periodo l'Italia è stata un regno? Sotto quale dinastia? ....

Calamaio. Si scriveva allora con pennino e calamaio... con gravi conseguenze per le mani e per i grembiuli degli scolari. Più anticamente venivano utilizzati altri strumenti. Spiega, con l'eventuale aiuto del vocabolario, il significato dei seguenti termini:

STILO ....

PAPIRO ....

PERGAMENA ....

PENNA D'OCA ....

Spunti per la riflessione e per la produzione

1. *Racconta la storia di una marachella perdonata grazie alla tua sincerità.*

2. *Hai mai ricevuto l'aiuto di un amico in una situazione difficile? Se sì, racconta la tua esperienza.*

3. *Come ti saresti comportato, se fossi stato al posto dei due ragazzi protagonisti? Avresti agito nello stesso modo oppure avresti escogitato un altro espediente per uscire dalla pericolosa situazione?*

4. *Hai mai inventato un codice segreto per comunicare con un tuo amico? Prova a farlo adesso.*
Prova poi a decifrare un codice inventato da altri compagni.

Uno strano amico

Mi chiamo Joe Smith, un nome certo non molto originale; sono uno dei tanti vagabondi che vivono a Londra, dormono sulle panchine e si procurano da vivere con espedienti di ogni genere.[1]

Essere un vagabondo non è poi tanto male: sono libero, non devo inchinarmi davanti a nessuno e ho tanti amici che vivono più o meno come me. Se piove vado a dormire nella sala d'attesa della stazione, che è la mia "residenza invernale", e mi copro con i giornali abbandonati dai viaggiatori.

A uno come me capita spesso di conoscere gente strana perché, soprattutto di notte, la città è frequentata da personaggi particolari. Mi sono sempre domandato dove vadano poi a finire quando spunta l'alba.

Una sera avevo trovato occupata la mia panchina preferita. C'erano seduti due innamorati che litigavano e non volevo disturbarli; così, aspettando che terminassero la loro discussione, me ne andai un po' in giro lungo il Tamigi.

Passavo accanto a un canale, quando vidi un distinto signore – con soprabito, cappello e orologio d'oro nel panciotto – immerso nell'acqua dalla cintola in giù.

– Signore! – gli gridai. – Venga su. Prenderà freddo!

Non si voltò neppure a guardarmi. Pensai che non avesse sentito le mie parole e mi avvicinai alla sponda del canale.

---

1. Il racconto è ambientato a Londra all'inizio del nostro secolo

– Signore! Vuole buscarsi un malanno? Venga su! Se vuole, le darò una mano!

Vedendo che non rispondeva e che aveva un'aria piuttosto stralunata, mi preoccupai: che volesse suicidarsi? Senza pensarci due volte, mi gettai a capofitto nell'acqua, lo afferrai e cercai di tirarlo fuori.

Fu un disastro: era due volte più grosso di me e si dibatteva come un'anguilla. Finimmo, così, tutti e due nel canale, inzuppati dalla testa ai piedi.

Quando risalimmo, annaspando e sputando acqua sporca, egli si mise a ridere e disse:

– Amico mio... hic... lei è estremamente gentile! Venire... hic... venire a farmi compagnia in questo luogo così inospitale... hic...! – Barcollando, mi dette molte affettuose pacche sulle spalle. – Non lo dimenticherò... hic... quant'è vero che mi chiamo Cyrus Archibald Joseph Coldwater, lord Paddington!

"Che nome altisonante!" pensai, intimidito, e ormai ero certo dell'origine di quella sua aria stralunata: così da vicino il whisky scozzese che aveva nel sangue emanava un odore inconfondibile.

– Mi sentivo tanto solo – disse Cyrus Archibald eccetera, commuovendosi alle sue stesse parole. Evitai di fargli notare che il luogo in cui aveva scelto di passare la serata – un canale quasi ghiacciato – era forse il meno indicato per aspettarsi la compagnia di un qualsivoglia essere ragionevole, e abbozzai un sorriso.

– Avevo proprio bisogno... hic... di un amico come lei... continuò lui. – Qual è il suo nome?

Glielo dissi, vergognandomene un po'.

– Ebbene, Joe, stasera lei sarà mio ospite! Non sia mai detto... hic... che il vecchio Archie abbandoni da solo, al freddo, un uomo che si è mostrato tanto... hic... cortese!

Mentre camminavamo volle sapere tutto di me: come

vivevo, se avevo parenti, se avevo amici, qual era la mia panchina preferita, se avevo mai lavorato... insomma, proprio tutto.

Più volte, lungo la strada, fui costretto a sorreggerlo: barcollava e ogni dieci passi rischiava di cadere lungo disteso e di trascinare a terra anche me, che di costituzione non sono quel che si dice un uomo robusto e che, oltretutto, ero digiuno da quasi due giorni.

Quando arrivammo a casa sua restai a bocca aperta: Archie si era fermato davanti a un enorme cancello, oltre il quale si estendeva un parco magnifico. Mentre il mio nuovo amico infilava la chiave nella serratura – operazione che gli richiese molto tempo e molta fatica, dal momento che la sua mano era piuttosto malferma – io potei scorgere un lunghissimo viale d'accesso, fiancheggiato da alberi secolari e, a grande distanza dal cancello, le luci di una villa.

A mano a mano che avanzavamo lungo il viale, vedevo la villa avvicinarsi. Spiccava bianchissima e superba tra il verde scuro degli alberi e ne superava di molto le cime più alte. Ne ammirai l'architettura maestosa, le alte colonne, le grandi vetrate alle finestre.

Ci aprì un ossequioso maggiordomo, che s'inchinò e prese il soprabito del mio compagno e la mia sdrucita palandrana. Gli fui molto grato di non aver battuto ciglio nel vedere il suo elegantissimo padrone in mia compagnia.

Archie – voleva ormai che lo chiamassi così e che gli dessi del tu – mi spinse in un grande salone, dove ardeva un bel fuoco, mi fece accomodare su una comoda poltrona e subito riempì di whisky due bicchieri.

– Robert – ordinò poi al maggiordomo – prepara due vestaglie e un cambio completo di vestiti per il mio amico.

Cercai di protestare, dicendogli che i miei vestiti, una volta asciutti, sarebbero andati benissimo, ma non volle sentire ragioni.

Robert, impassibile, tornò con due calde e morbide vestaglie, due paia di pantofole e un completo grigio che doveva costare non uno, ma due occhi della testa. Non volevo accettarlo perché non mi sembrava di aver fatto granché per quell'uomo che si mostrava tanto generoso. Gli feci anche notare che i suoi vestiti erano troppo grandi per me. Ma non ci fu modo di convincerlo.

Bevemmo allegramente qualche bicchiere di whisky. Intanto una cameriera, dall'aria assonnata e con la crestina di traverso, aveva apparecchiato una tavola ricca di ogni ben di Dio: tartine al salmone e al caviale, tacchino farcito, aragosta, frutta di stagione e torta di mele. Al centro della tavola troneggiavano varie bottiglie di vini d'annata.

Oh, il divino croccare della crosta dorata del tacchino! Il delicato sapore del salmone, la dolcezza asprigna della torta di mele che si scioglieva in bocca... e il calore delizioso del vino rosso che scendeva nello stomaco e si diffondeva per tutte le membra...! Difficilmente dimenticherò quella prima cena con Archie. Avrei voluto trattenermi, per educazione, dal divorare a quattro ganasce quei cibi prelibati, ma – ahimè – non ci riuscivo affatto. La fame – quella vera – non va d'accordo con l'etichetta.

Accompagnammo la torta con un bicchiere di Porto e infine ci sdraiammo sui comodi divani, avvolti nelle vestaglie.

Dopo un po' Archie ronfava a più non posso. Mi addormentai anch'io, per la prima volta dopo tanto tempo a stomaco pieno e in una casa riscaldata. Finalmente, mi dicevo, ho trovato un vero amico, uno di quelli che nella vita non s'incontrano facilmente.

Non c'è da meravigliarsi se il mattino seguente mi svegliai di ottimo umore. Guardai dalla parte di Archie, che dormiva ancora sul divano di fronte al mio. Russava e aveva un'aria accigliata. Sorrisi a me stesso. Che fortuna aver incontrato una persona come lui, cordiale, affettuosa e generosa...

Lo squillo del telefono interruppe i miei pensieri e, dopo qualche secondo, Robert entrò con discrezione nella stanza.

– Signore – mormorò, picchiando con delicatezza sulla spalla di Archie – la desiderano al telefono.

Archie mugugnò, si rigirò sul divano, poi finalmente aprì gli occhi.

– Chi è? – chiese, con la voce ancora impastata. – Non gridare in questo modo, ho mal di testa.

– Non sto gridando, signore – rispose educatamente il maggiordomo. – C'è suo cugino al telefono, Mr Laughton.

– Digli che non ci sono. Che sono partito per l'Australia. Che sono morto.

Intanto io mi ero alzato e mi ero avvicinato a lui, sorridendogli per augurargli il buongiorno.

Si voltò di scatto verso di me e saltò dal divano come un grillo.

– Chi è quest'uomo? Che ci fa in casa mia? – urlò, con gli occhi fuori delle orbite per la sorpresa.

– Sono io, sono Joe. Non ricordi? Sono venuto qui con te ieri sera... – tentai di spiegargli.

Ma lui urlava come un forsennato, tirandomi contro i cuscini del divano e schizzando lontano da me ogni volta che tentavo di avvicinarmi.

– Chi è? Un ladro! Un rapinatore! Con la mia vestaglia addosso! Buttalo fuori, Robert! Fuori di qui!

– Che cosa devo dire a Mr Laughton? – chiese Robert, imperturbabile.

– Che chiami la polizia! I pompieri! La guardia forestale! C'è uno sconosciuto in casa mia!

Robert si allontanò, mentre io afferravo con un balzo i miei vestiti posti ad asciugare accanto al camino; subito spalancai una finestra e ne scavalcai il davanzale, ruzzolando giù nell'erba.

Nel parco ripresi fiato, mi rivestii e lasciai la vestaglia appesa al ramo di un albero. Brutto pazzo odioso, che se ne andasse al diavolo lui, la sua villa, il maggiordomo e tutto il resto. Non volevo più saperne di lui!

La giornata trascorse come tutte le altre. Trovai da mangiare all'Ospizio della Carità, chiesi un sigaro a un passante dall'aria gentile e me lo fumai con soddisfazione sulla mia panchina al parco. Nel pomeriggio andai in cerca di giornali da leggere e da usare poi come coperta. Scrutai il cielo: la serata si preannunciava un po' umida. Non mi andava, però, di dormire alla stazione proprio quella sera che la mia panchina era libera.

Verso le otto, dopo aver divorato una tavoletta di cioccolato abbandonata da un bambino capriccioso, mi sistemai sulla panchina con i giornali e mi addormentai.

Fui svegliato da qualcuno che mi scuoteva energicamente per le spalle. Aprii gli occhi stupito: davanti a me era seduto Archie che mi sorrideva.

– Ma che cosa le è... ti è successo, stamat... – tentai di chiedergli. Non mi lasciò terminare. Gettò a terra ombrello e cappello e mi abbracciò tanto stretto da rompermi le costole.

– Amico mio! – esclamò con le lacrime agli occhi, mentre un forte odore di whisky mi avvolgeva. – Fratello mio, ti ho ritrovato! Mi sono ricordato della tua panchina... devi venire con me! Andiamo a bere un bicchierino insieme... Hai fame? Ti offrirò una cena favolosa nel miglior ristorante di Londra, oppure al mio club... Vieni con me, ti prego! Non mi abbandonare! Mi sento tanto solo, stanotte...!

Se una cosa era assolutamente certa, era che avevo fame. E poi Archie sembrava di nuovo amabile ed espansivo con me... Lo seguii in un posto che nella mia vita avevo sempre visto soltanto dall'esterno; uno di quei ritrovi eleganti con tovaglie immacolate, fiori e candelabri sui tavoli, violini in sordina e vasellame d'argento e di cristallo. Mi girava la testa nel ritrovarmi in un ristorante tanto famoso e nel pensare alle tristi serate in cui, con l'acquolina in bocca e lo stomaco che si contraeva per la fame, guardavo attraverso le vetrate gli altri che mangiavano, stringendomi nella palandrana per sentire meno freddo.

Il cameriere che ci accolse all'ingresso conosceva bene il mio amico e gli si inchinò con rispetto.

– Buona sera, lord Paddington. È in compagnia del signore? – Schioccò le dita per richiamare l'attenzione di un suo giovane collega. – Oliver! Il tavolo riservato di lord Paddington, per favore! – Si inchinò di nuovo. – I signori vogliono seguirmi? – chiese mentre ci guidava al nostro tavolo. – Il signore è il suo autista, milord? – si informò con cortesia.

Archie s'infuriò: – Ma come ti permetti? Il signore è il mio migliore amico e deve essere trattato con tutti i riguardi. Portaci subito dello champagne come aperitivo.

Benché i suoi occhi fossero divenuti tondi per lo stupore, il cameriere fece ancora due inchini, uno per Archie e uno per me.

– Mi perdoni, milord... chiedo scusa anche a lei, signore... avevo... ehm... avevo frainteso. Lo champagne arriverà subito. Ghiacciato come piace a lord Paddington.

Quella sera mangiai come non mangiavo da anni, bevvi come non bevevo da secoli; infine, salii con Archie su una carrozza che ci scaricò, allegri e malfermi sulle gambe, sotto casa sua.

Robert, impeccabile, ci aprì la porta e si ripeté la scena della notte precedente: vestaglie, pantofole, bicchieri pieni di whisky e riposo sul soffice divano.

Questa volta, però, tenni i miei vestiti a portata di mano e posai su una poltrona più distante il bel completo grigio, che Archie voleva regalarmi a tutti i costi, e la scatola con le scarpe di capretto che aveva aggiunto al vestito. Lasciai inoltre nella tasca della vestaglia un orologio d'oro che mi aveva pregato di accettare.

Quando la luce mi svegliò, Archie dormiva ancora, emettendo sospiri e sbuffi e rigirandosi spesso sul divano. Improvvisamente aprì gli occhi e guardò di fronte a sé. C'ero io, sdraiato sull'altro divano. Allora urlò, balzando in piedi e gettando per aria i cuscini.

– Robert! Robert! Vieni subito! Chi è quest'uomo? Caccialo via! Un ladro! Un assassino! Robert, corri subito qui!

Poiché Robert non arrivava, si slanciò fuori della stanza, con la vestaglia che gli svolazzava dietro, e corse al telefono.

– Polizia! Sono sir Cyrus Archibald Joseph Coldwater! Correte subito! C'è un individuo pericoloso in casa mia... Robert! – gridò poi, scorgendo il maggiordomo che attraversava il vestibolo. – Chiudi porte e finestre! Non lasciarlo uscire!

Avevo trovato la finestra ermeticamente chiusa e non avevo fatto in tempo a fuggire. Così, quando arrivò la polizia, stavo lottando con Robert; fui arrestato, anche perché avevo in tasca l'orologio d'oro.

Passai una tristissima giornata dietro le sbarre, in attesa di accertamenti. Non mi era mai dispiaciuto essere un vagabondo, perché almeno ero libero... ma stare dietro le sbarre in una cella di tre metri per tre... Questo proprio non potevo accettarlo.

Finalmente, la sera, sentii che la chiave girava nella toppa e vidi la porta spalancarsi.

– Sono libero? – chiesi, stupito e incredulo.

– Certo – disse la guardia – hai dei santi in paradiso, tu. Hanno pagato una bella cauzione per tirarti fuori.

– Oh! – esclamai, non sapendo che cos'altro esclamare. Una cauzione! Nessuno dei miei conoscenti aveva in tasca più di tre o quattro pence... e... chi poteva...?

Eh, sì. Avete proprio indovinato. Fuori, ad aspettarmi, c'era il mio amico Archie. Erano ormai le nove di sera ed era di nuovo ubriaco.

Rassegnato, lo seguii dove voleva. Lo ringraziai con calore di avermi liberato, cenai con lui al suo club, bevemmo insieme e tornammo di nuovo alla sua villa.

Ma quella notte io non mi spogliai. Mi coricai vestito sul bel divano damascato, bevvi pochissimo whisky adducendo come pretesto un mal di pancia e, alle tre del mattino, alla chetichella, lasciai la villa.

Alle quattro, col mio fagottino sulle spalle, marciavo nella direzione dei binari del treno in compagnia di Gus, detto il Raccattacicche. Anche lui, come me, aveva deciso di cambiare aria: aveva contratto troppi debiti in città, mi spiegò.

– E tu? – mi chiese poi. – Perché vuoi lasciare Londra?

Gli raccontai la mia strana avventura e Gus scosse la testa con un sospiro.

– Eh, sì – borbottò. – È triste. È capitato una volta anche a me qualcosa di simile. Questi ricchi sono gente bizzarra. A volte bevono tanto da dimenticare se stessi e i loro problemi, e allora, stranamente, diventano simpatici, altruisti, generosi. Però, appena tornano in sé, apriti cielo:

pensano che tutti li vogliano imbrogliare, si preoccupano solo dei loro soldi, dei conti in banca, delle tasse da pagare e, allora, diventano irascibili e inavvicinabili. Brutta gente, caro mio. Brutta gente.

Mi posò un braccio sulle spalle e proseguimmo insieme, sospirando, lungo i binari del treno. E intanto io ripensavo ad Archie.

Era stato davvero amico mio, anche se soltanto *part-time*, nei momenti in cui era poco lucido. In ogni caso, con uno come lui, era molto meglio essere amici a distanza... a *molta* distanza... diciamo... almeno una cinquantina di miglia.

di Alessia Gregori (inedito)

SCHEDA OPERATIVA

Lavoriamo sul testo

1. *Completa i periodi, affiancando agli elementi del Gruppo A quelli dei gruppi B e C:*

Gruppo A

1) A Joe Smith non dispiace essere un vagabondo
2) Quando Joe incontra Archie
3) Joe rimane di stucco
4) Al suo risveglio, Archie
5) Archie, tornato a cercare Joe
6) Quando, alle urla di Archie,
7) Archie, pagata la cauzione per Joe,

Gruppo B	Gruppo C
3	*6*

Gruppo B

1) ha un comportamento completamente diverso
2) lo invita al suo club e lo conduce di nuovo alla sua villa, ma
3) perché si sente libero
4) nel vedere la splendida dimora del suo nuovo amico
5) si preoccupa per lui
6) sulla sua panchina preferita,
7) Robert accorre a fermare Joe,

Gruppo C

1) Joe, stufo dei guai che il suo amico gli procura, decide di partire.
2) lo invita a cena in un favoloso ristorante e poi a casa sua.
3) perché pensa che voglia suicidarsi.
4) da quello della sera precedente.
5) che è una grande villa circondata da un parco.
6) e non dipende da nessuno.
7) egli non riesce a fuggire e viene arrestato.

2. *Le sequenze, o unità minime di contenuto in cui può esere suddiviso un testo, possono essere:* narrative *(se raccontano fatti o azioni),* descrittive *(se descrivono luoghi, oggetti, personaggi)* riflessive *(se riportano i pensieri e le emozioni dei personaggi o del narratore),* dialogate *(se riproducono discorsi).*
Individua a quale tipologia appartengono le sequenze che indichiamo:

SEQUENZE	TIPOLOGIA
dal rigo 1 al rigo 10	*descrittiva* ....
dal rigo 15 al rigo 22	....
dal rigo 47 al rigo 58	....
dal rigo 68 al rigo 80	....
dal rigo 91 al rigo 100	....
dal rigo 107 al rigo 115	....
dal rigo 168 al rigo 175	....

3. *Spiega il significato delle seguenti espressioni figurate presenti nel testo:*

a capofitto ....
un occhio della testa ....
a quattro ganasce ....
a più non posso ....
come un forsennato ....
schizzare lontano ....
a tutti i costi ....
cambiare aria ....

I personaggi

1. *L'atteggiamento che Joe e Archie hanno l'uno verso l'altro muta spesso nel corso del racconto. Completa lo sche-*

ma, indicando per ognuno dei due personaggi le emozioni e i sentimenti che essi provano nelle situazioni qui elencate:

SITUAZIONI	SENTIMENTI	
	Joe	Archie
– Quando cenano per la prima volta insieme		
– Quando Archie si risveglia		
– Quando Archie ritrova Joe sulla panchina		
– Quando cenano nel lussuoso ristorante		
– Quando Archie paga la cauzione per Joe		

2. *Robert è un tipico maggiordomo inglese. Il narratore usa, per descriverlo, gli aggettivi che elenchiamo. Segna nel quadratino le lettere che indicano il significato di ciascuno di essi:*

ossequioso	☐	a) che non si altera, non perde la calma
impassibile	☐	b) perfetto, irreprensibile
imperturbabile	☐	c) rispettoso, deferente
impeccabile	☐	d) che non mostra alcuna emozione

L'ambiente e il tempo

1. *Nel racconto sono presenti parole che si riferiscono al luogo in cui si svolge la vicenda. Spiega:*

Che cos'è il Tamigi? ....

Che cosa è un pence? ....

Chi è un lord? ....

Che cosa è un club? ....

2. *A quali mansioni era addetto (e lo è ancora oggi) un maggiordomo? Per rispondere puoi consultare il vocabolario:*

....

Spunti per la riflessione e per la produzione

1. *Nella nostra epoca esistono ancora vagabondi o persone che vivono di espedienti e dell'aiuto del prossimo. Descrivine qualcuno che hai avuto modo di conoscere o di vedere.*

2. *L'atteggiamento di Joe verso la sua condizione di vagabondo è positivo: non gli dispiace la vita che conduce e, alla fine del racconto, preferisce la propria indipendenza al burrascoso rapporto con Archie, che pure gli offriva alcuni vantaggi.*
Credi che i moderni vagabondi abbiano un atteggiamento simile al suo oppure no?

Una lite

Gabriele, il bimbo dei Pinelli, aveva fatto dopo i primi tempi un cambiamento straordinario[1]. Da quell'esserino che nella culla, appena nato, pareva brutto, era venuto fuori a sorpresa un bellissimo bimbo.

Subito la signora Duranti aveva, senza ombra d'invidia, sentito quest'attrattiva: qualche cosa che il suo bimbo non aveva. E anche Arnaldo, senza capire perché, era stato preso dal fascino del suo piccolo amico.

Così i due bambini crescevano insieme. Uno traccagnotto[2] e forte, con qualche cosa di buffo ma di estremamente simpatico; l'altro più patito ed esile, ma con i guizzi di una intelligenza precoce.

Veramente, qualche volta leticavano. Furibonda, improvvisa, scoppiava la lite proprio in mezzo al più pacifico dei giuochi. Le mamme accorrevano esterrefatte sulla soglia della stanza dove i bambini giuocavano: – Arnaldo! Gabriele! –. Chi smetteva per primo, chi cedeva, era quasi sempre Arnaldo: e allora l'idea d'essere più grande, più pesante, se la sentiva addosso come un impaccio che lo mortificava. Avrebbe picchiato così di gusto! E invece gli toccava cedere; e subito il giuoco riprendeva tranquillo, gioioso, immemore di ogni contrasto. Solo una volta successe un piccolo guaio. A Gabriele piaceva il latte, e Arnaldo non lo poteva soffrire. Niente affatto schifiltoso,

1. La storia si svolge all'inizio del nostro secolo.
2. *traccagnotto*: basso e tarchiato.

anzi mangione di tutto, quando si trovava di fronte a quel liquido bianco, denso, qualche volta spumeggiante, il bambino recalcitrava.

I due bambini andavano qualche volta in giro nei poderi, accompagnati da una domestica. E allora Arnaldo aveva la delicatezza, benché il podere fosse di proprietà dei suoi genitori, di allontanarsi a piluccare qualche grappolo d'uva nella vigna o le more lungo le fratte[3], proprio per non vedere Gabriele che si avvicinava alla stalla e chiedeva avidamente ai contadini di mungere la mucca per avere il latte. Una volta ritornò troppo presto e vedendo trangugiare una ciotola di quel liquido bavoso, proprio allora munto, sentì un'antipatia, un senso di irritazione sorda come non aveva mai provato. Per istrada, al ritorno, leticarono.

La domestica era rimasta indietro; i due bambini erano soli: e in un attimo, per una cosa da nulla, si trovarono acciuffati, a pugni, sull'orlo della strada. Poi si erano distaccati, pareva tutto finito. Invece da parte di Gabriele ci fu all'improvviso il tentativo di colpirlo con un sasso, proprio a tradimento, dietro la testa. Allora Arnaldo gli fu addosso, lo caricò con un giuoco serrato di pugni, lo mise contro il muro della strada, mentre l'altro si difendeva, in basso, a calci e a morsi. A un tratto, un grido: Gabriele era caduto a terra, senza più segno di vita.

Appena lo vide a terra, bianco, Arnaldo sentì che l'altro era più piccolo e più debole. Ebbe questa impressione come un lampo: terrore e vergogna s'impadronirono di lui. Il bimbo giaceva a terra, immobile: provò a toccargli la mano e gli parve gelata. Allora, folle di paura, Arnaldo lo

---

3. *fratte*: cespugli o siepi spinose.

prese tra le braccia, lo portò per qualche passo sulla strada. Il bambino più piccolo a un certo punto aprì gli occhietti, li girò intorno spauriti, poi si vide tra le braccia di quell'altro, e, forse perché la cosa gli sembrò un po' buffa, invece di mettersi a piangere, sorrise. A quel sorriso, inaspettato, Arnaldo ebbe un tuffo di meraviglia, di gioia, un bisogno come di gratitudine per quell'altro, cui egli aveva fatto del male e adesso invece gli sorrideva. Non capì bene tutte queste cose, ma sempre poi si ricordò di quel momento.

Adesso i due bambini erano di fronte, sull'orlo della strada, che già il tramonto arrossava: si guardarono senza dirsi una parola. Il bimbo più piccolo fece a un tratto, con una di quelle mossette birichine, piene di grazia, in cui non si capiva bene quanto vi fosse d'innocenza e quanto di furberia, un gesto con l'indice a croce sulla bocca, come per stabilire un patto: – Stiamo zitti.

A quel gesto Arnaldo ebbe un nuovo scatto di gioia, di riconoscenza. Come? Era lui che raccomandava di tacere, lui che era stato picchiato fin quasi a morire? Non poteva credere ai suoi occhi.

Riconoscenza e meraviglia si mischiarono nella luce del tramonto, salirono quasi come una ebbrezza in quell'aria leggera, fina, che veniva dai monti e che indorava la strada, a primavera, in un silenzio pieno di sussurri.

I due bimbi furono presi da una frenesia d'essere allegri, di correre, di scavallare[4] e gridare! Si fermavano ogni tanto sulla strada, cercavano certe pietruzze lucenti e poi le buttavano in aria tutti e due con un gesto concorde, come scariche di gioia; e cominciarono di nuovo a rincorrersi: primo segno vero di rinnovata confidenza.

---

4. *scavallare*: correre e saltare come puledri.

Non parlavano, non potevano ancora dirsi una parola. Ma le loro grida di gioia risonavano nell'aria attonita del tramonto, si ripercotevano tra i monti.

Sulla soglia delle due case vicine, il bimbo più piccolo ripeté il segno dell'indice sulla bocca. Silenzio: era il patto dell'amicizia.

in *La Buona Messe*, di Bonaventura Tecchi
a cura di Altieri-Pompilj, Marzioli Editore

Lavoriamo sul testo

1. *Rispondi alle seguenti domande:*

- In che cosa consiste il fascino di Gabriele? ....
....
- Perché, quando i due bambini litigano, è sempre Arnaldo a cedere per primo? ....
....
- Perché Arnaldo si irrita con Gabriele? ....
....
- Perché il litigio, che sembrava terminato, ricomincia? ....
....
- Che cosa fa Arnaldo, quando vede cadere a terra Gabriele? ....
....
- Perché Gabriele, quando torna in sé, sorride? ....
....
- Perché Arnaldo non dimenticherà mai il momento in cui Gabriele gli ha sorriso? ....
....
- Con quale gesto Gabriele fa capire ad Arnaldo che devono tacere su quanto è accaduto? ....
....
....
- Che cosa fanno i due bambini dopo quel gesto? ....
....
- Gabriele ripete ancora una volta il suo gesto: quando? ....
....

2. *Ai righi 18-20, nel descrivere i sentimenti di Arnaldo, il narratore riferisce direttamente i suoi pensieri, senza usare le virgolette e senza introdurli con verbi dichiarativi (dire, pensare ecc.). Riporta le parole che esprimono i pensieri di Arnaldo:*

....

....

I personaggi

1. *Nella prima parte del racconto vengono descritti i due protagonisti. Trascrivi nello schema gli aggettivi con cui il narratore ne indica alcune caratteristiche fisiche e alcuni tratti del carattere:*

GABRIELE	ARNALDO
Aspetto fisico	
....	....
....	....
Carattere	
....	....
....	....

2. *Nel racconto sono rappresentati soprattutto le emozioni e i sentimenti di Arnaldo. Riporta qui le frasi in cui essi vengono descritti:*

Es.: *Arnaldo, senza capire perché, era stato preso dal fascino del suo piccolo amico.*

....

....

....

....

....

....

L'ambiente e il tempo

1. *La lingua cambia attraverso il tempo: alcune parole del racconto sono scritte in modo diverso da come le scriviamo oggi. Segna accanto a ciascuna di esse la forma attuale:*

giuoco .... leticare ....
ripercotersi .... istrada ....

2. *Riporta nei righi sottostanti tutti gli elementi del paesaggio e del comportamento dei due bambini, dai quali emerge l'ambientazione del racconto:*

Es.: *poderi, grappolo d'uva nella vigna*...

....

....

Spunti per la riflessione e per la produzione

1. *Perché, secondo te, Gabriele fa segno ad Arnaldo di tacere? Prova a raccontare la storia dal punto di vista di Gabriele, mettendone in evidenza i sentimenti. Puoi cominciare così:*

Mi chiamo Gabriele Pinelli e sono un bambino piuttosto esile e piccolo di corporatura...

2. *Svolgi una delle seguenti tracce:*

a) Un litigio tra amici.
b) Da una rivalità è nata un'amicizia.
c) Io e..............................: amici-nemici.

Papà, il nostro compagno di giochi

Lo Scoglio d'Isola[1] rappresentò per varie estati la realizzazione dei nostri sogni di ragazzi, quando dall'obbligo e dalla fatica della scuola la nostra immaginazione correva alla libertà delle vacanze. Ma una di quelle estati, tutte belle, fu per noi specialmente splendida: l'estate in cui nostro padre, che di solito stava con noi per pochi giorni, decise di prendersi anche lui una vacanza completa. Ciò significava che egli metteva a nostra disposizione tutte le risorse della sua allegria, della sua inventiva, della sua esperienza. Diventava un nostro compagno maggiore, la nostra guida; noi ci affidavamo a lui, come una vela s'affida al vento favorevole, come una squadra s'affida al suo capo geniale. La casetta in cui abitavamo si trasformava in certi giorni in una officina; i campi delle nostre gesta erano il gran prato sopra lo scoglio e lo specchio di mare davanti a esso.

Un giorno papà veniva a casa con un mazzo di canne palustri[2] e da queste, con arte, egli ricavava per noi fischietti, piccoli zufoli e schizzetti[3]: per una settimana, con disperazione della mamma, noi assordavamo l'aria di fischi e nessun passaggio all'aperto era più al sicuro dai nostri spruzzi. Un altro giorno vedevamo papà manipolare misteriosamente ogni sorta di stracci; noi eravamo stati sguinza-

1. *Scoglio d'Isola*: località sul golfo di Trieste, nella quale, nei primi decenni del nostro secolo, è ambientata questa storia.
2. *palustri*: di palude.
3. *zufoli e schizzetti*: i primi sono piccoli strumenti a fiato, mentre i secondi sono dei piccoli aggeggi con una pompetta che serve a spruzzare liquidi.

gliati a procurargliene e non gli bastavano mai: ne venne fuori, con nostra gioia e sorpresa, una bella palla vibrata[4], cucita solidamente, con un forte manico di stoffa. Non appena il sole declinava un poco, eravamo sul prato, divisi in due squadre opposte, a lanciarci la palla e a farci sotto per afferrarla a volo; e che urti, certe volte, da stramazzare a terra! I primi giorni, nell'entusiasmo, il sole tramontava e noi eravamo ancora sudati e pesti ad accanirci nel gioco, senza neppure udire i ripetuti richiami che ci invitavano a rientrare in casa per la cena.

Quell'anno delle meraviglie fu anche l'anno delle nasse[5]. Papà, che era andato a Trieste, tornò una sera con due strane gabbie di fil di ferro lucido; noi, andati a prenderlo al vaporetto, gli saltammo intorno inebriati dalla novità e dietro di noi la *mularia* isolana[6], curiosa di vedere e di toccare quelle belle nasse, fiammeggianti, di tipo tanto diverso dalle vecchie di vimini a cui eravamo abituati.

Il giorno dopo, verso il tramonto, prese tutte le precauzioni e determinato ben bene il posto davanti allo Scoglio, dalla barca calammo a fondo le nasse. Quella notte non dormimmo, nell'attesa dell'alba, per tirarle di nuovo su. Fu veramente un entusiasmo di gioia, quando, nel risollevarle a bordo, vedemmo dentro quelle gabbie dibattersi un mucchio di pesci, fra i quali molti bellissimi spari e un'orata[7] di un quarto di chilo.

Ma il divertimento delle nasse durò ben poco. Un brutto giorno, cerca e ricerca, perdemmo due ore a scandaglia-

---

4) *palla vibrata*: una palla con maniglia, usata per esercizi di lancio.
5) *nasse*: canestri di vimini o di giunco intrecciato o anche di metallo, usati per la pesca.
6) *mularia isolana*: mularia in dialetto veneto-istriano sta per "frotta di ragazzini".
7) *spari... orata*: pesci pregiati.

re il fondo inutilmente: le nasse, che facevano troppa gola anche ai pescatori, ci erano state rubate.

A consolare il nostro dolore venne presto un'altra trovata di nostro padre. Una mattina lo vedemmo davanti la casa, affaccendato con grandi fogli di carta d'impacco, con lunghe stecche ricavate da canne, con barattoli di colla di farina, con gomitoli di spago.

Fu una giornata indimenticabile; il lavoro durò ininterrotto per ore ed ore. Il risultato fu un aquilone spettacolare, robusto come un aeroplano, con una coda lunghissima e, per reggerlo, un gomitolo di spago sforzino[8] che non ci stava nelle mani.

Trasportammo il *drago* sul prato, come un trofeo. I nostri cuori battevano, quando papà ci dette le istruzioni per il via. Noi dovevamo sollevare quel drago enorme quanto più in alto potessimo, reggergli la lunghissima coda e, a un suo ordine, mollare tutto. Lui, che teneva il grosso gomitolo dello spago, dopo aver spiato il vento prese a un tratto la rincorsa in direzione opposta e ci gridò di mollare. Trepidanti seguimmo il mostro, che barcollò, ondeggiò, poi, trasportato dal vento, cominciò a salire, salire e ad allontanarsi nel cielo. Fra lo stupore commosso di noi tutti, si levò più su del campanile. Lo vedevamo piccolo come un falchetto, superbo nel volo, e il filo vibrava e noi facevamo fatica a trattenerlo.

Il nostro aquilone fu per parecchi giorni la meraviglia d'Isola e tutti venivano sullo Scoglio a vederlo.

da *Il ritorno del padre* di Giani Stuparich, Einaudi

---

8) *spago sforzino*: spago molto resistente.

SCHEDA OPERATIVA

Lavoriamo sul testo

1. *Completa il testo che segue con le parole che ti sembrano più appropriate:*

I ragazzi sono .... che il padre abbia deciso di .... le sue vacanze, perché sanno che la sua .... offrirà loro divertimenti sempre nuovi. Egli è infatti un uomo molto .... e creativo, capace di .... giochi e di ....con i ragazzi l'entusiasmo e il divertimento. Il padre diventa così il loro .... di giochi e la loro guida.

2. *Rispondi alle seguenti domande:*

– Perché la madre dei ragazzi si dispera? ....

....

– Perché i ragazzi non si accorgono di essere chiamati per la cena? ....

....

– A che cosa è paragonato l'aquilone? ....

....

I personaggi

1. *Cancella, tra le espressioni elencate, quelle che non ti sembrano adatte a descrivere la figura del padre:*

severo, allegro, pigro, creativo, fanfarone, giocherellone, esperto artigiano, mesto, entusiasta, tranquillo.

2. *Quali sentimenti provano i ragazzi nelle seguenti situazioni?*

SITUAZIONI	SENTIMENTI
– Quando vedono il padre manipolare degli stracci	*curiosità*
– Quando giocano con la palla vibrata	....
– Quando vedono le nasse	....
– Quando prendono molti pesci	....
– Quando il padre spiega loro come far volare l'aquilone	....
– Quando l'aquilone si innalza nel cielo	....

L'ambiente e il tempo

1. *I ragazzi di un tempo si accontentavano, per i loro giochi, di oggetti molto più semplici dei complicati strumenti elettronici di moda nella nostra epoca.*
Nel testo appaiono vari giochi, i cui strumenti sono spesso fabbricati con pochi mezzi e molta fantasia.

Il padre costruisce:

zufoli, fischietti, schizzetti con ....
una palla vibrata con ....
un aquilone con ....

2. *Nella zona in cui è ambientato il racconto si parla un dialetto veneto-istriano, derivato in parte dal latino e in parte da lingue slave, come lo sloveno (anche il cognome dell'autore ha un'evidente origine slava). Questo è uno dei motivi per cui il Friuli-Venezia Giulia è una delle*

regioni italiane a statuto speciale. Che cos'è una regione a statuto speciale? Quali sono le altre regioni italiane a statuto speciale?

Spunti per la riflessione e per la produzione

1. *L'estate: tempo di giochi all'aria aperta. Quali sono i tuoi preferiti?*

2. *Ti è mai capitato di costruire un oggetto con il quale giocare? Se la risposta è sì, indica nello schema che segue le varie operazioni da te eseguite (per aiutarti ti forniamo un esempio):*

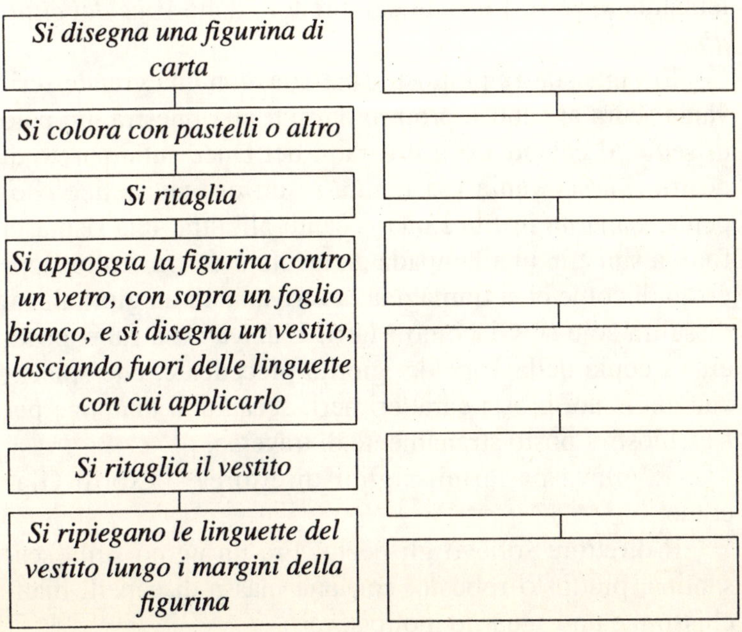

Un vero amico

– Marri, dal direttore – annunciò uno dei fattorini, passando come un fulmine accanto a una delle scrivanie con le braccia piene di scatoloni.

– Ci risiamo – disse Giacomo Marri, alzandosi con un sospiro.

– Un'altra lavata di capo? – gli chiese il collega della scrivania accanto, senza smettere di pestare sui tasti della sua macchina da scrivere.

– Temo proprio di sì – rispose Giacomo. E si avviò lentamente verso l'ufficio del direttore della *Voce del cittadino*.

Era una stanza piuttosto spartana, con una grande scrivania scura al centro, proprio davanti alla finestra, un paio di sedie, il calendario e il ritratto del Duce sulla parete di destra. La scrivania era tenuta in un ordine meticoloso: penne e matite in fila l'una accanto all'altra, una risma di fogli a sinistra, una lampada da tavolo a destra. Tutto l'opposto di come ci si immagina la scrivania di un giornalista, disse tra sé e sé Giacomo Marri. L'unica cosa fuori posto era la copia della *Voce* del giorno precedente, che spiccava, con i suoi grossi caratteri neri, accanto al tampone per l'inchiostro, posto stranamente di traverso.

– Voleva parlarmi, signor direttore? – esordì Giacomo.

Il direttore sollevò gli occhi. Era un uomo sulla sessantina, piuttosto robusto, con una massa di capelli bianchissimi e uno sguardo molto severo.

– Ah, Marri, Marri! Ma che cosa mi ha combinato? – esclamò. – Possibile che lei debba sempre crearmi dei problemi con le autorità? Ho ricevuto, tra ieri e oggi, almeno dieci telefonate: dal podestà, dal maresciallo dei carabinieri, dal direttore del nostro circolo didattico, da due ufficiali della Milizia, dal Vescovo e da...

– L'articolo sul pestaggio del maestro Colli? – lo interruppe Giacomo, troncando bruscamente l'elenco di personaggi autorevoli che si erano scomodati a chiamare per protestare contro di lui.

– Pestaggio! – gridò il direttore, battendo il pugno sulla scrivania e facendo saltare tutte le penne e le matite. – È questa la parola che li ha irritati di più! Pestaggio!

– Sono abituato a chiamare le cose con il loro nome, signor direttore. Avrei dovuto usare un sinonimo più blando?

– Non finga di non capire! – questa volta il direttore batté entrambi i pugni e anche il tampone dondolò violentemente, rischiando di cadere dalla scrivania. – Non c'è stato nessun "pestaggio"! Semplicemente, i fratelli maggiori di alcuni scolari si sono irritati perché il maestro Colli non seguiva le direttive del Ministero. Così, hanno reagito.

Nonostante la drammaticità della situazione, a Giacomo venne da ridere.

– Fratelli maggiori? Ma se alcuni avevano almeno trentacinque anni... più vecchi delle loro stesse madri, dunque...

– Marri! – tuonò il direttore. – Questa è l'ultima volta che glielo dico: non voglio guai. Lei lo sa, io non sono fascista, ho le mie idee e le tengo per me... ma non voglio neppure che la sede del nostro giornale sia oggetto di rappresaglie. Mi dispiace doverglielo dire, perché lei è un giornalista eccellente, senza il quale la *Voce* non sarebbe più la stessa... Cerchi di stare attento a quello che scrive, o sarò costretto a censurare tutti i suoi articoli e perfino, mi perdoni, a rinunciare alla sua collaborazione, anche se per me è così preziosa... C'è modo e modo di trattare un fatto di cronaca, e lei lo sa benissimo, non devo certo insegnarle io il mestiere...

– Ho capito, signor direttore – disse Giacomo. – Permette che vada, ora? Ho molto lavoro da sbrigare...

– Vada, vada... e stia attento, mi raccomando! Altrimenti...

Lorenzo Vecelli arrivò alla redazione della *Voce* pochi giorni dopo questi eventi. Era un bel ragazzone biondo dagli occhi grigi e dal viso aperto e simpatico. La sua stretta di mano energica trasmetteva la sensazione di avere davanti una persona forte e leale.

– Gli insegni un po' il mestiere – disse il direttore a Giacomo. – Signor Vecelli, io la affido al nostro collaboratore più quotato. – Poi si rivolse a Giacomo: – Il signor Vecelli è giovane, ma ha talento, se ne accorgerà... – e se ne andò con aria soddisfatta.

– Il nostro è un piccolo giornale di provincia, ma ha una lunga tradizione – disse Giacomo.

– Io ho sempre ammirato il suo modo di scrivere, signor Marri – disse il giovane. – È così scarno e diretto, così privo di fronzoli... e va subito al nocciolo del problema. Sono felice che sia proprio lei il mio maestro.

– Siamo colleghi, no? Diamoci del tu – propose Giacomo.

– Con molto piacere... e devi venire un giorno a pranzo da me... mia madre cucina divinamente ed è sempre stata anche lei una tua grande ammiratrice. Sarà felice di conoscerti.

– Benissimo! – esclamò Giacomo ridendo. – E tu

sarai mio ospite già domenica prossima... sono sicuro che apprezzerai anche tu la cucina di mia moglie.

Amalia aveva messo il suo vestito "buono" (quello di seta a fiorami che, benché ormai piuttosto fuori moda, faceva la sua figura) e non stava ferma un attimo. Non capitava ormai molto spesso che qualcuno, tranne i parenti stretti, venisse a pranzo da loro, soprattutto dopo gli ultimi articoli di Giacomo...

Suo marito, intanto, aveva acceso la pipa e ne traeva volute di fumo aromatico.

– Tabacco inglese – disse a Lorenzo. – Non se ne trova più, in giro, con questa accidenti di autarchia...

Lorenzo sorrise e annuì. – A me piacevano molto i vini francesi... e anche quelli non si vedono quasi più.

Giacomo scrollò le spalle. – Non importa. Quando la mia scorta finirà, smetterò di fumare.

– Bene! – rise Lorenzo. – Una stoica decisione. – Poi, vedendo Amalia che tornava a togliere le stoviglie dalla tavola, le riempì un bicchierino di rosolio e glielo porse. – Si sieda, signora, resti con noi... l'aiuterò io a sparecchiare.

Amalia sorrise. – Grazie, lei è molto gentile... – Il fatto è che non sopporto il disordine. Sono abituata a rigovernare subito... – sedette però con loro e bevve un sorso di rosolio.

– La sai quella sul camerata Achille Cerami che manda una lettera al Führer? – fece Giacomo, aspirando con voluttà il tabacco inglese. Amalia gli lanciò un'occhiataccia, ma Giacomo proseguì: – Beh, il camerata indirizza la lettera ad Hadolf Itler. Allora qualcuno gli dice: "Che fai? L'acca va nel cognome, non nel nome!". Lui ha riscritto tale e quale, Hadolf Itler, però sotto ha firmato: "Acille Cherami!".

Scoppiarono a ridere e Amalia parve rilassarsi un po'.

– Non ho detto niente di male – la rassicurò Giacomo. – E poi, se ne dicono tante sui fascisti...

– Questo è vero – confermò Lorenzo. – Beh, ora io devo andare – disse, alzandosi. – Signora Amalia, permette che l'aiuti?

– Ma no, non si disturbi.

– Amalia non sa stare due minuti nello stesso posto – commentò Giacomo. – Poi la guardò più attentamente e continuò: – Ma che cos'hai? Sei molto pallida...

– Mi gira un po' la testa...

Giacomo fu lesto ad afferrarla mentre scivolava a terra.

– Aiutami a portarla sul letto – disse a Lorenzo, sorreggendo sua moglie sotto le ascelle. – Prendila per le gambe... ecco, così.

Dopo qualche minuto Amalia si riprese. Il colore le tornò sulle guance. Si guardò intorno, cercando Giacomo, e gli sorrise. – Il dottore mi ha detto che poteva succedermi di nuovo – mormorò.

– Di nuovo? – esclamò Giacomo. – Perché, quando ti è successo?

– Nel suo studio, ieri pomeriggio. Aspettavo il momento giusto per dirtelo... questi sono inconvenienti che possono capitare alle future mamme.

Giacomo e Lorenzo si guardarono. Lorenzo sorrise.

– Beh, felicitazioni a tutti e due. Vi lascio soli. Sono momenti importanti, questi... – li salutò con la mano e uscì quasi di corsa.

– Un bambino! – esclamò Giacomo, e abbracciò forte Amalia. – Che ne dici di chiamarlo Libero? Forse potrà esserlo almeno lui...

– Dov'è il signor Marri? – chiese uno dei fattorini. – Sua

moglie mi ha chiesto di cercarlo... si sente molto male. Mi ha chiamato dalla finestra, e aveva una faccia...

– Non c'è – disse Lorenzo, interrompendo il frenetico ticchettio della sua macchina da scrivere. – È fuori per un servizio. Hai detto che la signora sta molto male?

– Sì, signor Vecelli. Malissimo.

Lorenzo si alzò e prese al volo la giacca dalla spalliera della sedia. – Vado da lei con un medico – disse. – Avverti tu il direttore che sono uscito per un'emergenza. – Uscì, infilandosi le maniche della giacca mentre correva. Inforcò la sua bicicletta e in pochi minuti raggiunse la casa del dottore.

– Bisogna ricoverarla subito – disse il medico, dopo aver visitato Amalia – È una gravidanza piuttosto difficile. Pensa lei ad avvertire il marito?

– Certo, glielo dirò appena torna. Su, su, coraggio, signora, tra poco Giacomo sarà accanto a lei. Le giuro che lo cercherò per tutta la città e non mi fermerò finché non l'avrò trovato.

Amalia sorrise stancamente. – Lei è un vero amico, signor Vecelli. La ringrazio tanto – disse con un filo di voce.

Lorenzo inforcò di nuovo la bicicletta e percorse in lungo e in largo la città. Verso le quattro del pomeriggio Giacomo lo scorse di lontano e agitò il blocchetto per gli appunti per richiamare la sua attenzione.

– Giovane speranza del giornalismo italiano! – gli gridò. La ruota anteriore della bicicletta si fermò dopo qualche attimo a pochi centimetri dal suo ginocchio. – Ho capito – disse Giacomo, sornione. – Tu vuoi uccidermi per prendere il mio ambito posto alla *Voce del cittadino*.

– Smettila di scherzare! – esclamò Lorenzo. – Tua moglie è in ospedale... ma sta' tranquillo, non è niente di grave.

Giacomo impallidì. – Il tuo chiodo regge due persone? – gli chiese.

– Monta su – fece Lorenzo, accompagnando le parole con un cenno del capo. E in meno di venti minuti erano al “S. Rita”.

Giacomo raggiunse quasi di corsa la stanza che una suora gli aveva indicato e si fermò sulla soglia, come se avesse timore di entrare. Amalia, scorgendolo, gli sorrise.

– Vieni – lo incoraggiò con un filo di voce. – Non è niente. Sto già molto meglio.

Giacomo entrò, sedette accanto a lei e salutò con un cenno del capo le altre degenti.

– Insomma – disse poi dolcemente a sua moglie, accarezzandole i capelli – non vorrai mandare a monte la campagna di incremento demografico promossa dal nostro Duce...

Lei sorrise, senza trovare la forza di rispondergli.

– Resta con lei. Avverto io in redazione – disse Lorenzo, e si precipitò giù per le scale.

– Che energia ha quel ragazzo! – commentò Giacomo ridendo. – Non trovi?

La madre di Lorenzo era minuta e bianca, con vivaci occhi azzurri e un grembiule che si affrettò a slacciare quando l’ospite entrò in casa.

– Questo è Giacomo Marri, mamma. Proprio lui – disse Lorenzo, chinandosi a baciare la vecchia signora.

Lei arrossì. – È tanto che volevo conoscerla... da quell’articolo sugli orfani di guerra... lei è una persona di grande sensibilità, signor Marri... e Lorenzo è davvero felice di lavorare al suo fianco.

– Ho poco da insegnargli, in realtà – disse Giacomo. – Lorenzo è già un perfetto giornalista e ha uno stile molto personale.

– E come sta sua moglie? Lorenzo mi ha detto che ha avuto dei problemi...

– Molto meglio, grazie. Certo, se Lorenzo non avesse tempestivamente chiamato il medico, avrebbe corso seri rischi...

– Ho detto a Giacomo che gli avresti preparato la tua specialità, mamma: la torta al limone.

– Gradisce un po' di vino come aperitivo, signor Marri?

Parlarono di molte cose: del padre di Lorenzo, che era morto per una vecchia ferita di guerra, dell'infanzia di Lorenzo, che era stata incredibilmente felice, e di sua sorella, che era sposata con un siciliano e viveva a Caltanissetta. Parlarono dei genitori di Giacomo, che erano stati tra i primi socialisti, e di Amalia, che era bella e aveva solo ventisei anni ma, fra tanti spasimanti, aveva scelto proprio lui, un uomo non più giovanissimo, un po' taciturno e piuttosto sornione.

– È stato tutto molto piacevole – disse Giacomo alla fine del pranzo. – La ringrazio di tutto e soprattutto della gradevolissima compagnia, signora Vecelli. Ora devo andare: ho promesso ad Amalia che sarei passato da lei nel primo pomeriggio... e le dirò che, grazie a lei, non ho sentito la mancanza della sua cucina... ma temo che sarà gelosa.

La vecchia signora rise e arrossì. – Gelosa di me? Ma lei mi prende in giro...

Nell'accomiatarsi da lei, Giacomo le baciò la mano.

– Vecchio furfante – gli sussurrò all'orecchio Lorenzo. – Fai il galante per garantirti altri inviti a pranzo?

– Il fatto è che, quando vedo un'anziana dolce signora, penso che mia madre le assomiglierebbe moltissimo. E per quanto riguarda gli inviti a pranzo, conta pure sulla mia presenza tutte le volte che vorrai – rispose Giacomo. E scappò via giù per le scale.

Era passato qualche giorno. Amalia migliorava a vista d'occhio. Certo, doveva stare a riposo, ma era tornata a casa. Nessuna telefonata di gerarchi e alti papaveri era giunta in redazione da un bel po'. Per di più, era una bellissima giornata. Giacomo si sentiva di ottimo umore e decise di attraversare i giardini per andare al lavoro.

Entrò in ufficio fischiettando una canzone di Rabagliati, ma si accorse subito che qualcosa non andava.

– Lorenzo è dal "capo" – gli sussurrò infatti Salvo Giordani, il suo collega della scrivania accanto. – Non prevedo niente di buono.

Neppure dieci minuti più tardi, infatti, Lorenzo usciva dall'ufficio del direttore con l'aria di un cane bastonato.

– Beh? Che succede? – gli chiese Giacomo, avvicinandosi.

– Mi ha licenziato, accidenti a lui. L'articolo contro l'antisemitismo e quello in difesa della libertà di insegnamento non sono piaciuti ai suoi amici delle alte sfere...

– Ma come, licenziato? Proprio te, che usi la penna come uno scrittore consumato... come... licenziato? Aspettami qui, gli parlo io.

Lorenzo annuì e sedette senza dire una parola alla scrivania del suo amico, disponendosi ad attendere. Giacomo bussò e aprì piano la porta.

– Con permesso... mi scusi, signor direttore... posso parlarle un momento?

– So già che cosa vuole dirmi, ma non se ne parla nemmeno. Il signor Vecelli non può più essere dei nostri.

– Ma perché?

– Legga qua – gli gettò davanti, sulla scrivania, una copia del giornale. – Un articolo che, anche se tra le righe, è decisamente contrario all'antisemitismo. Io non posso andare avanti così.

– Ma Lorenzo scrive in modo superbo... è uno dei migliori collaboratori che abbiamo mai avuto...

Il direttore scuoteva energicamente la testa. – Non si può. Non è possibile. La settimana scorsa ha difeso anche lui quel maestro Colli, che insegnava la storia romana a modo suo... e adesso quest'altro articolo... non posso tollerare un atteggiamento del genere. L'ha capito o no che i liberi pensatori non possono più esistere? – concluse con veemenza.

– Ma Lorenzo è giovane, attivo, e sa fare il suo lavoro come pochi altri... gli dia un'altra possibilità... gli parlerò io... gli insegnerò come nascondersi il più possibile tra le righe...

Il direttore gli lanciò un'occhiata di traverso. Lo stava forse prendendo in giro per il suo timore delle autorità? Non lo sapeva Marri che con quei signori non si scherzava?

– E va bene – sbottò poi. – Ci provi. Lo sa, io non sono fascista. Però non voglio noie. E voglio continuare a lavorare al mio giornale finché ne avrò la forza, se sarà possibile. Gli parli lei.

Giacomo sorrise. – Lei è un gran brav'uomo, signor direttore – gli disse. E questa volta il direttore capì che era del tutto sincero.

– Tutto a posto – disse Giacomo, uscendo dall'ufficio del direttore.

Lorenzo alzò gli occhi, sorpreso. – A posto? Che vuoi dire...?

– Sei riammesso nei ranghi... però dovrai stare un po' più attento a quello che scrivi... ti insegnerò io come si fa.

Lorenzo si alzò e lo afferrò per le braccia, commosso. – Sei stato... proprio grande. Proprio un vero amico... grazie, Giacomo.

– Ah, sciocchezze! – esclamò Giacomo, spingendolo verso l'uscita. – Andiamo a bere un caffè per festeggiare... e poi... – qui abbassò la voce, parlandogli all'orecchio – presto ti farò conoscere persone molto, *molto* interessanti...

– Vedrai, ti piaceranno – disse Giacomo, guidando Lorenzo su per le scale di un palazzo piuttosto malridotto.

– Li conosci da molto tempo?

– Qualche anno. Mara è una donna eccezionale, e Luca uno strano poeta...

– Un poeta?

– Scrive come un poeta, anche se non in versi.

– Che cosa scrive?

Giacomo tacque per qualche secondo. – Lo saprai tra poco. Ecco, siamo arrivati.

Bussò con le nocche a una vecchia porta sgangherata, che si spalancò quasi subito.

– Giacomo! – esclamò una donna, sorridendo, e si fece da parte per farlo entrare. Era piccola e nervosa, con capelli ricci e grandi occhi castani. – Chi è il tuo amico?

– Si chiama Lorenzo... non preoccuparti, è una persona fidata... un mio collega del giornale. Luca non c'è?

– Luca è di là, sta lavorando – risposi, rivolgendogli uno sguardo d'intesa.

Giacomo sorrise. – Puoi parlare davanti a lui – la rassicurò. – È un mio carissimo amico. – Poi si rivolse a Lorenzo. – Hai mai sentito parlare del *Papavero Rosso*?

Lorenzo sgranò gli occhi. – Il giornale clandestino? Vuoi dire che... che siete voi?

Giacomo annuì. – Mara, Luca, io e tanti altri.

– Ma... fai sul serio? Io... io conosco a memoria tutti i

vostri articoli... quello sulla politica estera del Duce firmato da "Sandokan"... quello era proprio eccezionale... Tanti, hai detto? Quanti siete?

– Circa quindici, tra i collaboratori abituali e quelli occasionali. Magari, più in là, conoscerai anche qualcun altro... Noi non ci vediamo mai in più di tre o quattro per volta, per non destare sospetti. E molti di noi non sanno neppure chi siano gli altri. Sono persone in vista, con incarichi di responsabilità... Sarebbe troppo pericoloso.

Conosciamo soltanto i loro pseudonimi; i nomi sono un segreto anche tra di noi. Luca ne conosce alcuni, io altri, Mara altri ancora... ma non ce li riveliamo nemmeno tra di noi.

– Posso essere uno dei vostri? – chiese Lorenzo, e i suoi occhi brillavano.

– È proprio per questo che ti ho portato qui. Mara, chiama Luca. Ho portato del vino per brindare al nostro nuovo acquisto. I suoi articoli sono fuochi d'artificio, vedrai.

Luca apparve nel vano della porta. Era un po' calvo e molto magro; i vestiti che portava erano troppo grandi per lui.

– Chi ci hai portato, Giacomo?

– Lorenzo Vecelli, il mio nuovo collega.

Luca sorrise – aveva pochi denti piuttosto scuri di nicotina – e gli tese la mano.

– Vecelli? La "mascotte" della *Voce*? Benvenuto tra noi, ragazzo.

Una sera, tornando a casa dopo un'intervista che gli era costata molto tempo e molta fatica, Giacomo ebbe una strana sensazione. Si era voltato un attimo per accendere la pipa contro vento, e aveva intravisto un'ombra che spariva dietro un angolo.

Riprese a camminare e provò a voltarsi di nuovo per sorprendere il misterioso individuo. Questa volta poté scorgere una figura piuttosto alta e robusta, che si nascondeva in fretta e furia in un vicoletto. Allora era proprio vero: qualcuno lo seguiva. Finse di entrare in un portone e attese che l'altro uscisse allo scoperto. Ma per più di un quarto d'ora nessuno passò davanti all'ingresso. Allora uscì, guardingo, lanciò un'occhiata a destra e una a sinistra e, poiché non vide anima viva, decise di rimettersi in cammino verso casa. Amalia, probabilmente, era già in pensiero per il suo ritardo.

Non aveva fatto nemmeno dieci passi, che udì qualcuno alle sue spalle. Nello stesso preciso istante si pararono davanti a lui quattro robusti personaggi usciti da vari vicoli e portoni.

"Ci siamo" disse a se stesso. "Questa è stata la mia ultima intervista".

– Giacomo Marri? – lo apostrofò una voce metallica. Guardò dritto in faccia il suo interlocutore. Era molto scuro di capelli, con la fronte bassa e le sopracciglia molto folte e ravvicinate.

– Sono io – rispose. E poi non capì più nulla. Si sentì afferrare, percuotere, pestare; sentì in bocca il sapore del sangue e in tutto il corpo delle fitte lancinanti. Infine si lasciò trascinare come un sacco vuoto, lungo strade sporche e fradice di pioggia, fino a un oscuro palazzo dall'enorme portale diroccato.

– Dove mi portate? Dove siamo? – chiese. – Non conosco questa zona della città, eppure l'ho girata in lungo e in largo... – Ebbe uno spintone, che gli riaccese tutto il dolore delle percosse, e gridò.

– Sali – gli intimò uno dei suoi torturatori, un giovane dal viso coperto di efelidi. E lo spinse col ginocchio su per una stretta scala buia.

– Perché non mi avete ammazzato subito? – chiese Giacomo, asciugandosi la bocca sanguinante col fazzoletto che quella mattina Amalia gli aveva messo in tasca pulito e stirato con cura. Che faceva, in quel momento, Amalia? Si stava preoccupando per lui? Si stava disperando? Si stava chiedendo...?

– Entra – disse quello con la fronte bassa, e aprì una porta davanti a lui.

– Lei non dev'essere di pura razza ariana – commentò ironicamente Giacomo.

– Ti passerà presto la voglia di scherzare – disse aspramente l'uomo. E solo allora, quando la lama di luce proveniente dalla porta lo illuminò, lui si accorse che sotto il cappotto indossava la camicia nera della Milizia.

– Siediti – gli ordinò quello con le lentiggini che lo aveva spinto lungo la scala, forzandolo ad accomodarsi su una sedia vecchia e malandata.

– Aspettiamo qualcuno? – chiese Giacomo, guardandosi intorno nella stanza deserta.

– Zitto – gli ordinò quello dalla fronte bassa.

L'unica altra porta, oltre a quella da cui era entrato, si trovava a sinistra della grande scrivania presso la quale era seduto. La guardò a lungo, ma quella restò chiusa.

– Che cosa stiamo aspettando? – chiese dopo un po'.

Quello dalla fronte bassa accennò alla porta. E quando Giacomo si voltò vide entrare un corpulento personaggio, dall'aria imponente e autoritaria, che andò a fatica a sedersi dietro la scrivania, seguito da una "camicia nera".

– Signor Marri – esordì l'enorme individuo – lei ha denigrato il nostro governo e difeso i suoi detrattori. È passibile di una condanna penale che può consistere nel confino, nell'ergastolo o nella morte. La sua carriera di giornalista finisce qui.

Nel silenzio che seguì a quelle parole si sentiva il ticchettio di un orologio.

– Beh? Non ha niente da dire? – chiese l'omone dietro la scrivania.

Giacomo scrollò le spalle. – E che dovrei dire? Qualunque cosa io dicessi non servirebbe a niente...

– È qui che lei si sbaglia. Se lei ci rivelasse i nomi di certi suoi amici che collaborano a un giornale clandestino...

– Giornale clandestino? – esclamò Giacomo, sbigottito. Chi poteva aver parlato?

– Non finga di non capire – disse bruscamente il gerarca. – Sa benissimo di che cosa sto parlando!

In quel momento la porta dalla quale Giacomo era entrato si aprì.

– Novità, Eccellenza – disse una voce alle sue spalle. – Di quei due, Mara Amidei non siamo riusciti a trovarla, mentre Luca Consalvi ha avuto un "incidente" ed è morto.

Quella voce! Quella voce Giacomo la conosceva benissimo! Si voltò di scatto.

– Lorenzo! – esclamò.

Lorenzo era lì, sulla soglia della porta, con un sorrisetto ironico sulle labbra.

– Gliel'avete data una bella "purga" di olio di ricino? – chiese agli altri. – Marri è un tipo ostinato.

La voce di Lorenzo che pronunciava quelle parole, a Giacomo faceva più male di tutte le percosse ricevute.

– Hai... avete ucciso Luca? – gli chiese, e l'immagine del piccolo e magro poeta gli tornò davanti, col suo sorriso scuro di fumo e gli occhi grandi dietro le lenti.

Lorenzo alzò le spalle. – Un incidente. Nel tentativo di sfuggirci è caduto da una finestra.

– È colpa mia! – proruppe Giacomo. – Che idiota sono stato...! Non eri che un maledetto lurido traditore... e io ti ho aperto la mia casa... ti ho presentato i miei amici... mi sono fidato ciecamente di te, e tu ci hai venduti tutti!

– Vogliamo gli altri nomi – tagliò corto l'uomo dietro la scrivania.

Lorenzo uscì e richiuse la porta con un ironico cenno di saluto.

– Lei sarà pure un grande giornalista, caro Marri – proseguì l'omone – ma è proprio un bell'ingenuo. È stato il terzo a cascare nel nostro tranello. Vecelli, pur essendo molto giovane, è uno dei nostri migliori collaboratori – ridacchiò, sarcastico. – E ora basta con le chiacchiere. Fuori gli altri nomi, Marri.

– Perdete il vostro tempo, con me. Molti non li conosco neppure, e quelli che conosco non mi usciranno dalla bocca nemmeno se mi ammazzerete.

L'uomo rise. Aveva denti lunghi e gialli.

– Ammazzarla? Oh, no, non drammatizzi così la situazione. Non vogliamo eroi, e lei lo diventerebbe: è troppo noto per morire. Resterà vivo e vegeto, ma al confino, in un luogo nel quale non potrà più nuocere. Le renderemo la vita così difficile, che forse un giorno ci dirà ciò che vogliamo sapere.

– Fate male a lasciarmi in vita – lo aggredì Giacomo – perché, appena potrò, mi vendicherò di quel bastardo che ci ha traditi...

– Non credo che le sarà tanto facile, caro il mio Marri... sarà costantemente sotto controllo. E il nostro Vecelli ha amici molto, ma *molto* potenti...

Giacomo sentiva un groppo alla gola, un nodo di rabbia, delusione e disperazione. Ma disse, calmo, ostinato: – Io tornerò, come tanti altri, e voi e il vostro Duce pagherete per tutto il male che avete fatto. Io tornerò, stia sicuro, tornerò per vendicare Luca Consalvi.

di Alessandra Costa (inedito)

Lavoriamo sul testo

1. *Il racconto si può suddividere in otto episodi (o macro-sequenze) di cui ti diamo i titoli. Scrivi accanto a ciascuno di essi il numero del rigo iniziale e di quello finale di ogni episodio:*

1) Marri, giornalista "scomodo" (righi ....)
2) L'arrivo di Lorenzo (righi ....)
3) Il pranzo a casa Marri (righi ....)
4) Il malore di Amalia (righi ....)
5) Il pranzo a casa Vecelli (righi ....)
6) Il licenziamento di Lorenzo (righi ....)
7) Il *Papavero Rosso* (righi ....)
8) La cattura di Giacomo (righi ....)

2. *Scomponi ora in sequenze l'ultimo episodio, quello relativo alla cattura di Giacomo, indicando di ciascuna i righi iniziali e finali e sintetizzandone brevemente il contenuto:*

Sequenza n. 1 (righi ....) *Giacomo si accorge di essere seguito*
Sequenza n. 2 (righi ....) ....
Sequenza n. 3 (righi ....) ....
Sequenza n. 4 (righi ....) ....
Sequenza n. 5 (righi ....) ....
Sequenza n. 6 (righi ....) ....

3. *Nel corso del racconto il narratore assume talvolta il punto di vista di Giacomo. Ad esempio, "Amalia aveva messo il suo vestito 'buono' (quello di seta...)..." è una* *riflessione che appartiene chiaramente a Giacomo, anche se non è introdotta dal verbo "pensare" né dalle virgolette.*

a) Sottolinea altri passi in cui vengono riportati direttamente dal narratore i pensieri di Giacomo.

b) C'è un punto in cui il narratore, in questo stesso modo, riferisce i pensieri del direttore del giornale. Quale?

....

4. *Non sappiamo mai, invece, ciò che pensa Lorenzo. Perché il narratore ha evitato di rivelarlo?* ....

....

I personaggi

1. *Ai righi 242-243 Giacomo è definito "non più giovanissimo, un po' taciturno e piuttosto sornione".*
Nel testo possiamo trovare su questo personaggio altre informazioni, fornite dal suo comportamento.
Elenchiamo qui di seguito i vari comportamenti da lui tenuti in varie occasioni; scrivi accanto a ciascuno un aggettivo adatto a definirlo:

COMPORTAMENTI	AGGETTIVI
Nel primo colloquio con il direttore:	
– si alza con un sospiro	....
– interrompe bruscamente l'elenco dei personaggi	....
Nel primo incontro con Lorenzo:	
– lo invita a dargli del tu	....
All'ospedale con la moglie:	
– esita a entrare	....
– le accarezza i capelli	....

Quando, nel finale, dice al gerarca:
– "Perdete il vostro tempo con me" ....
– "Mi vendicherò di quel bastardo" ....

2. *Lorenzo è un "infiltrato". Il suo comportamento iniziale, che trae in inganno Giacomo, è molto diverso da quello che egli assume nel finale del racconto. Descrivi con parole tue l'atteggiamento e il comportamento di Lorenzo all'inizio e alla fine del racconto.*

ATTEGGIAMENTO INIZIALE	ATTEGGIAMENTO FINALE
UN AMICO, GENTILE	INFAME - VIGLIACCO
....	....
....	....
....	....

L'ambiente e il tempo

1. *Nel racconto troviamo vari indicatori dell'epoca in cui si svolge la vicenda. Cerca nel vocabolario e poi trascrivi la definizione dei seguenti termini:*

podestà GIUDIZIARIO
Milizia ESERCITO
autarchia POTERE ASSOLUTO
antisemitismo OSTILITÁ VERSO GLI EBREI
gerarca CAPO
confino PENA

2. *Durante il fascismo la libertà di pensiero e la libertà di stampa, che sono principi fondamentali della nostra Costituzione, non esistevano. Con l'aiuto del vocabolario, spiega in che cosa consistono questi princìpi:* ....
....

Spunti per la riflessione e per la produzione

1. *Ti è mai capitato che una persona, da te ritenuta amica, si sia rivelata poi diversa da come ti era inizialmente apparsa? Racconta questa tua esperienza.*

2. *Nel racconto Lorenzo e Giacomo pranzano l'uno a casa dell'altro. Ti sarà accaduto di pranzare da un amico oppure che un amico abbia pranzato a casa tua. Racconta questo episodio, riferendo le vostre conversazioni, l'andamento del pranzo, il dopopranzo.*

Il giardino incantato

Giovannino e Serenella camminavano per la strada ferrata[1]. Giù c'era un mare tutto squame azzurro chiaro; su, un cielo appena venato di nuvole bianche. I binari erano lucenti e caldi che scottavano. Sulla strada ferrata si camminava bene e si potevano fare tanti giochi: stare in equilibrio lui su un binario e lei sull'altro e andare avanti tenendosi per mano, oppure saltare da una traversina all'altra senza posare mai il piede sulle pietre. Giovannino e Serenella erano stati a caccia di granchi e adesso avevano deciso di esplorare la strada ferrata fin dentro la galleria. Giocare con Serenella era bello perché non faceva come tutte le altre bambine, che hanno sempre paura e si mettono a piangere a ogni dispetto; quando Giovannino diceva: – andiamo là – Serenella lo seguiva sempre senza discutere.

Deng! Sussultarono e guardarono in alto. Era il disco di uno scambio ch'era scattato in cima a un palo. Sembrava una cicogna di ferro che avesse chiuso tutt'a un tratto il becco. Rimasero un po' a naso in su a guardare: che peccato non aver visto! Ormai non lo faceva più.

– Sta per venire un treno – disse Giovannino.

Serenella non si mosse dal binario. – Da dove? – chiese.

Giovannino si guardò intorno, con aria d'intendersene. Indicò il buco nero della galleria che appariva ora limpido ora sfocato, attraverso il tremito del vapore invisibile che si levava dalle pietre della strada.

---

1. Il racconto è ambientato negli anni '40 del nostro secolo.

– Di lì – disse. Sembrava già di sentirne lo sbuffo incupito dalla galleria e vederselo tutt'a un tratto addosso, scalpitante fumo e fuoco, con le ruote che mangiavano i binari senza pietà.

– Dove andiamo, Giovannino?

C'erano grandi agavi[2] grige, verso mare, con roggiere di aculei impenetrabili. Verso monte correva una siepe di ipomea[3] stracarica di foglie e senza fiori. Il treno non si sentiva ancora: forse correva a locomotiva spenta senza motore e sarebbe balzato su di loro tutt'a un tratto. Ma già Giovannino aveva trovato un pertugio nella siepe. – Di là.

La siepe sotto il rampicante era una vecchia rete metallica cadente. In un punto, s'accartocciava su da terra come un angolo di pagina. Giovannino era già sparito per metà e sgusciava dentro.

– Dammi una mano, Giovannino!

Si ritrovarono in un angolo di giardino, tutt'e due carponi in una aiola, coi capelli pieni di foglie secche e di terriccio. Tutto era zitto intorno; non si muoveva una foglia.

– Andiamo – disse Giovannino e Serenella disse: – Sì.

C'erano grandi e antichi eucalipti[4] color carne, e vialetti di ghiaia che giravano. Giovannino e Serenella camminavano in punta di piedi pei vialetti, attenti al fruscio della ghiaia sotto i passi. E se adesso arrivassero i padroni?

Tutto era così bello: volte strette e altissime di foglie ricurve d'eucalipto e ritagli di cielo; restava solo quell'ansia dentro, del giardino che non era loro e da cui forse dovevano esser cacciati tra un momento. Ma nessun rumore si sentiva. Da un cespo di corbezzolo,[5] a una svolta, si

---

2. *agave*: pianta con foglie carnose fornite di aculei
3. *ipomea*: pianta rampicante con fiori a campanella
4. *eucalipto*: albero originario dell'Australia con fiori simili a piumini e foglie aromatiche
5. *corbezzolo*: arbusto che produce bacche rosse

alzò un volo di passeri, con gridi. Poi ritornò silenzio. Era forse un giardino abbandonato?

Ma l'ombra dei grandi alberi finì e si trovarono sotto il cielo aperto con di fronte aiuole tutte ben ravviate di petunie[6] e convolvoli,[7] e viali e balaustrate e spalliere di bosso.[8] E sull'alto del giardino, una grande villa coi vetri lampeggianti e tende gialle e arancio.

E tutto era deserto. I due bambini venivano su guardinghi calpestando ghiaia: forse le vetrate stavano per spalancarsi tutt'a un tratto e signori e signore severissimi per apparire sui terrazzi e grossi cani per essere sguinzagliati per i viali. Trovarono vicino a una cunetta[9] una carriola. Giovannino la prese per le staffe e la spinse innanzi: aveva un cigolo, a ogni giro di ruota, come un fischio. Serenella ci si sedette sopra e avanzavano zitti, Giovannino spingendo la carriola con lei sopra, fiancheggiando le aiuole e i giochi d'acqua.

– Quello – diceva Serenella a bassa voce di tanto in tanto, indicando un fiore. Giovannino poggiava e andava a strapparlo e glielo dava. Ne aveva già dei belli in un mazzetto. Ma scavalcando siepi per scappare, forse li avrebbe dovuti buttar via!

Così arrivarono infine a uno spiazzo e finiva la ghiaia e c'era un fondo di cemento e mattonelle. E in mezzo a questo s'apriva un grande rettangolo vuoto: una piscina. Ne raggiunsero i margini: era a piastrelle azzurre, ricolma d'acqua chiara fino all'orlo. Come doveva esser bello farci il bagno!

– Ci tuffiamo? – chiese Giovannino a Serenella. Certo doveva essere assai pericoloso se lui chiedeva a lei e non

---

6. *petunia*: pianta erbacea con fiori di vari colori a forma di imbuto
7. *convolvolo*: pianta rampicante con fiori di vari colori
8. *bosso*: legno duro e giallastro
9. *cunetta*: piccolo canale

diceva soltanto: – Giù! – Ma l'acqua era così limpida e azzurra e Serenella non aveva mai paura. Scese dalla carriola e vi depose il mazzolino. Erano già in costume da bagno: erano stati a cacciar granchi fino allora. Giovannino si tuffò: non dal trampolino perché il tonfo avrebbe fatto troppo rumore, ma dall'orlo. Andò giù giù a occhi aperti e non vedeva che azzurro, e le mani come pesci rosa; non come sotto l'acqua del mare, piena d'ombre informi verde-nero. Un'ombra rosa sopra di sé: Serenella! Si presero per mano e riaffiorarono all'altro capo, un po' con ansia. No, non c'era proprio nessuno ad osservarli. Non era bello come s'immaginavano: rimaneva sempre quel fondo d'amarezza e d'ansia, che tutto quello non spettava loro e potevano esserne di momento in momento, via, scacciati.

Uscirono dall'acqua e proprio lì vicino alla piscina trovarono un tavolino da ping-pong. Giovannino diede subito un colpo di racchetta alla pallina: Serenella fu svelta dall'altra parte a rimandargliela. Giocavano così, dando bòtte leggere perché da dentro alla villa non sentissero. A un tratto un tiro rimbalzò alto e Giovannino per pararlo fece volare la pallina via lontano; batté sopra un gong sospeso tra i sostegni d'una pergola, che vibrò cupo e lungo. I due bambini si rannicchiarono dietro un'aiuola di ranuncoli. Subito arrivarono due servitori con giacca bianca, reggendo grandi vassoi, posarono i vassoi su un tavolo rotondo sotto un ombrellone a righe gialle e arancio e se ne andarono.

Giovannino e Serenella s'avvicinarono al tavolo. C'era tè, latte e pan di Spagna. Non restava che da sedersi e da servirsi. Riempirono due tazze e tagliarono due fette. Ma non riuscivano a stare ben seduti, si tenevano sull'orlo delle sedie, muovendo le ginocchia. E non riuscivano a sentire il sapore dei dolci e del tè e latte. Ogni cosa in quel giardino era così: bella e impossibile a gustarsi, con quel disagio dentro e quella paura, che fosse solo per una distrazione del destino, e che presto sarebbero chiamati a darne conto.

Quatti quatti, si avvicinaróno alla villa. Di tra le stecche d'una persiana a griglia videro, dentro, una bella stanza ombrosa con collezioni di farfalle alle pareti. E in questa stanza c'era un pallido ragazzo. Doveva essere il padrone della villa e del giardino, lui fortunato. Era seduto su una sedia a sdraio e sfogliava un grosso libro con figure. Aveva mani grandi e bianche e un pigiama accollato benché fosse estate.

Ora, ai due bambini, spiandolo tra le stecche, si spegneva a poco a poco il batticuore. Infatti quel ragazzo ricco sembrava sedesse e sfogliasse quelle pagine e si guardasse intorno con più ansia e disagio di loro. E s'alzasse in punta di piedi come se temesse che qualcuno, di momento in momento, potesse venire a scacciarlo, come se sentisse che quel libro, quella sedia a sdraio, quelle farfalle incorniciate ai muri e il giardino coi giochi e le merende e le piscine e i viali, erano concessi a lui solo per un enorme sbaglio, e lui fosse impossibilitato a goderne, ma solo provasse su di sé l'amarezza di quello sbaglio, come una sua colpa.

Il ragazzo pallido girava per la sua ombrosa stanza con passi furtivi, accarezzava i margini delle vetrine costellate di farfalle con le bianche dita, e si fermava in ascolto. A Giovannino e Serenella il batticuore spento riprendeva ora più fitto. Era la paura di un incantesimo che gravasse su quella villa e quel giardino, su tutte quelle cose belle e comode, come un'antica ingiustizia commessa.

Il sole s'oscurò di nuvole. Zitti zitti Giovannino e

Serenella se ne andarono. Rifecero la strada pei vialetti di passo svelto, ma senza mai correre. E traversarono carponi quella siepe. Tra le agavi trovarono un sentiero che portava alla spiaggia, breve e sassosa, con cumuli d'alghe che seguivano la riva del mare. Allora inventarono un gioco bellissimo: battaglie con le alghe. Se ne tirarono manciate in faccia uno con l'altra fino a sera. C'era di buono che Serenella non piangeva mai.

da *Ultimo viene il corvo* di Italo Calvino, Einaudi

Lavoriamo sul testo

1. *Completa i periodi, come nell'esempio:*

1) Giovannino e Serenella, dopo essere stati a caccia di granchi, decidono di andare a *esplorare la strada ferrata*
2) Giovannino immagina che un treno stia per arrivare perché
3) Attraverso un'apertura che Giovannino ha trovato in una siepe, i due bambini
4) Giovannino e Serenella camminano in silenzio perché
5) A un tratto davanti ai loro occhi appare
6) I bambini temono che da un momento all'altro
7) Giovannino prende una carriola e GIOCANO
8) Giunti a uno spiazzo, vedono una piscina e decidono DI FARE UN BAGNO
9) I bambini non osano tuffarsi dal trampolino, perché FARE [illegible] RUMORE
10) Mentre giocano a ping-pong, la pallina urta un gong e VENGONO DUE CAMERIERI
11) I bambini guardano attraverso le persiane della villa e vedono UN RAGAZZO PALLIDO
12) Giovannino e Serenella decidono di andarsene perché HANNO PAURA DI UN INCANTESIMO

2. a) *All'inizio del racconto il narratore assume talvolta il punto di vista di Giovannino, riportando i suoi pensieri direttamente, cioè senza usare le virgolette e senza introdurli con il verbo "pensare"; per esempio, quando spiega perché gli piace giocare con Serenella. Riporta il periodo che si riferisce a queste sensazioni di Giovannino:*

PACEVA GIOCA RE CUM SERENELLA PER CHE NON PIANGE MAI

b) *C'è un periodo di questo tipo anche nel finale del racconto. Trascrivilo:*

NON PIANGE MAI

c) "Ma scavalcando le siepi per scappare, forse li avrebbe dovuti buttar via" (righi 75-76): *quale punto di vista assume qui il narratore? Di chi sta riportando i pensieri?*

....

3. a) *Nella prima parte del racconto, pensando che stia per arrivare il treno, Giovannino e Serenella immaginano una scena fantastica. Quale?*

....

....

b) *Nel momento in cui i due bambini scorgono la villa, immaginano un'altra scena che, pur essendo fantastica, è descritta con l'evidenza della realtà. Quale?*

....

....

4. *In questo racconto quasi tutti gli avvenimenti si svolgono in perfetto silenzio. Quali sono gli unici rumori che vengono menzionati dal narratore?*

....

I personaggi

1. *I due bambini nello splendido giardino provano ansia e disagio. Riporta sui righi punteggiati le espressioni che il narratore usa per descrivere questo loro stato d'animo:*

Es.: Giovannino e Serenella camminavano in punta di piedi pei vialetti, attenti al fruscio della ghiaia sotto i passi. E se adesso arrivassero i padroni? SI PRESERO PER MANO E AVEVANO UN PÒ D'AMRIA

2. *Anche il ragazzo pallido della villa non pare sentirsi a suo agio. Trascrivi le frasi che rivelano questo suo stato d'animo:*

Spunti per la riflessione e per la produzione

1. *Il giardino è un luogo di sogno, dove i due bambini scoprono tante cose meravigliose. Come immagini il luogo dei tuoi sogni? Descrivilo e racconta i giochi e le avventure che vorresti viverci.*

2. *Riscrivi il racconto ponendoti dal punto di vista di uno dei personaggi e usando la prima persona.*
Es.: Mi chiamo Giovannino e la mia migliore amica è una bambina, Serenella...

3. *Che cosa può essere accaduto al ragazzo della villa? Quale può essere la sua storia? Prova a raccontarla.*

4. *Con le espressioni "quatti quatti" (rigo 123), "zitti zitti" (rigo 150) il racconto sembra assumere il tono di una fiaba. Prova a scriverne una che abbia come protagonisti due o più bambini utilizzando le tipiche espressioni del repertorio fiabesco come "C'era una volta" e "Tutti vissero felici e contenti".*

Il mio amico folletto

Sono sempre stato un bambino molto timido[1]. Non parlavo molto, e se mi si faceva una domanda rispondevo laconicamente con un sì o con un no. Credo che la maestra mi considerasse un po' lento nell'apprendere, però mi voleva molto bene perché ero sempre educato e gentile con tutti.

I miei compagni di scuola non mi perdonavano questa predilezione da parte della signorina Wells, e non mi perdonavano neppure il mio carattere schivo e ritroso. Spesso mi prendevano in giro e io non sapevo fare altro che diventare tutto rosso e restare lì muto a farmi schernire.

Una volta mio padre aveva assistito a una di queste scene ed era venuto a scuola per protestare con la maestra. Ma era stato peggio, perché i miei compagni avevano riso di me dicendo che ero un coniglio, un moccioso bisognoso della protezione del papà e incapace di difendersi da solo. Inoltre, avevano cominciato anche a deridere mio padre, che faceva il calzolaio ed era il più povero e malvestito di tutti i padri della mia classe.

Tutti i giorni tornavo da scuola con alcuni dei miei compagni: Sonny, il più alto e grosso di tutti, era anche il maggiore di età ed era piuttosto popolare tra le ragazze; Mark era un ragazzino biondo dagli occhi di un celeste innocente, ma, nonostante il suo aspetto angelico, era capace di sottili crudeltà; Ernest, magro e ossuto, castano e con le lentiggini, era famoso perché sputava più lontano di qualsiasi ragazzo della scuola.

1. La storia si svolge in Inghilterra ai nostri giorni.

Per tornare a casa seguivamo la sponda del lago, che d'inverno era completamente ghiacciato.

E fu proprio d'inverno che mi capitò l'Avventura.

Stavamo tornando da scuola e Sonny indicò la lucida superficie del lago.

– Scommetto – mi disse – che Rob il Coniglio non avrebbe mai il coraggio di attraversarlo da qui a lì.

– Sei matto? – dissi. – C'è un cartello laggiù che dice: "Pericolo. Ghiaccio sottile".

– E con ciò? – fece Sonny, altezzoso. – Io ci sarò stato miliardi di volte, e sono molto più pesante di te.

– Anch'io – disse subito Ernest, e sputò sul ghiaccio per sottolineare la sua affermazione.

– Scommetti che ci vado? – disse Mark, e intanto si era già liberato dello zaino con i libri.

Tutti restammo in silenzio mentre Mark scendeva verso il lago. Posò cautamente un piede sul ghiaccio, poi vi posò l'altro. Fece qualche altro passettino e poi tornò rapidamente indietro. Quando fu di nuovo sull'erba sollevò le braccia verso il cielo in segno di vittoria: – Visto? – gridò. – Ora vacci tu, Coniglio.

– E perché dovrei? Non ho nessuna voglia di andarci – risposi tremando.

– Oh! Non ne ha voglia! – esclamò con sarcasmo Mark, girandomi intorno e dandomi degli spintoni. – Il signor Rob Coniglio se la fa addosso per la paura. Il signor Rob Coniglio è uno di quei pupi che non vanno da nessuna parte senza il loro papà.

– Mark c'è stato – disse a voce bassa e minacciosa Sonny. – Ora devi andarci tu.

– Mark faccia pure quello che gli pare. Non è detto che debba farlo anch'io – protestai, e mi accorsi che la mia voce era diventata stridula.

– Lo faremo tutti – disse Ernest. – Dopo di te ci

andremo anche noi, uno alla volta. Ma ora tocca a te. – Anche lui mi girava intorno, guardandomi come un gatto guarda un topo.

– Domani lo racconteremo a tutti – sghignazzò Sonny. – Musone, femminuccia e codardo. Domani sarà questa la prima cosa che dirò quando entrerò in classe: Rob ha paura perfino della sua ombra. Rob non si muove se non c'è il suo papà. Rob...

Di colpo ebbi davanti agli occhi la scena: loro che ridevano di me e Melanie... Che cosa avrebbe pensato Melanie? Melanie che era già così affascinata da Sonny...

– Va bene – dissi, gettando a terra lo zaino. – Ci vado. I miei tre compagni applaudirono.

– Bravo, Rob!

– Bravo, Coniglio!

– Non ti chiameremo più Coniglio, se lo farai!

– Davvero? Lo giurate? – chiesi, incredulo.

– Sulla testa di Ernest – promise Mark, con una mano sul cuore. Ernest rise e gli affibbiò una gomitata.

– Coraggio, Robby – sussurrò, ironico, Sonny. – Facci vedere.

Discesi lungo il breve pendio fino al lago e posai un piede sul ghiaccio. Sembrava resistente. Poggiai anche l'altro piede e, incoraggiato dal successo, mossi qualche cauto passo sul ghiaccio.

– C'è andato davvero! – sentii esclamare da Sonny, e fui molto orgoglioso di me.

– Più avanti! – gridò Ernest. – Cammina!

– Mark non è andato più avanti! – protestai.

– Certo che sì! Vero, Mark? Va' avanti, pidocchio! Fino al cartello!

– Ma non è possibile! – gridai. – Il ghiaccio lì è sottilis... – prima che potessi terminare la frase, mi ritrovai immerso nell'acqua fino al collo.

– Aiutatemi! – urlai, – Aiutatemi! Venite qui! – Annaspavo e il gelo mi serrava il petto e la gola. Mi agitavo disperatamente, invocando aiuto, ma vidi che i miei compagni fuggivano terrorizzati in direzione della boscaglia, e mi ritrovai da solo nel ghiaccio, con i muscoli intorpiditi e il gelo che mi penetrava nelle ossa. Cominciai a bere e mi sentivo il petto talmente oppresso che non riuscivo più nemmeno a gridare.

All'improvviso, quando ormai avevo perso ogni speranza di salvarmi, davanti ai miei occhi pieni di lacrime apparve la creatura più strana che avessi mai visto.

Era un omino in miniatura, alto sì e no trenta centimetri. La sua pelle era del colore delle foglie secche e il suo vestito era verde come l'erba. Portava un cappello a punta di un rosso brillante, dal quale spuntavano due grandi orecchie aguzze. Gli occhi erano nerissimi, un po' a mandorla e molto simili a quelli di un uccello, il naso era straordinariamente all'insù. Vi domanderete come abbia potuto notare tutti questi particolari in un momento così drammatico. Ebbene, me lo domando anch'io.

Lo stranissimo essere stava tirandomi su dal ghiaccio.

– Non ce la puoi fare – boccheggiai. – Sono troppo pesante per te.

Ma lui fece una risatina che pareva il tintinnio di una campanella d'argento e, un attimo dopo, ero seduto sull'erba della riva.

– Come hai fatto? – chiesi al mio minuscolo salvatore.

Lui rise di nuovo. Aveva dentini bianchissimi, un po' sporgenti come quelli di un coniglietto, e una lingua molto rossa, che a volte tirava fuori come fanno le lucertole.

– Io sono Zuck – mi disse, e anche la sua voce sembrava d'argento. – Sono capace di questo e di molte altre cose. Va' a casa e cambiati, Rob. Sei tutto bagnato.

– Conosci il mio nome? – mi stupii. Ma in quel momento udii alle mie spalle un rumore di passi e mi voltai verso la boscaglia. Erano i miei compagni che tornavano con i rinforzi: c'era infatti con loro Mr Adam che, come poi raccontarono, era andato a pesca da quelle parti.

– Eccolo! – gridò Mark, indicandomi.

– È risalito! – esclamò Sonny. – Come ha fatto?

Ernest mi raggiunse per primo. – Ehi, ce l'hai fatta! – disse con una certa ammirazione. – Ma come sei riuscito a venir fuori di lì?

– Mi ha aiutato Zuck – gli spiegai, e mi voltai per mostrargli lo strano esserino, ma mi accorsi che era sparito.

– Zuck? E chi è? – mi chiese Mark, che giungeva in quel momento con Sonny e con Mr Adam. Provai a descrivere sommariamente Zuck, ma vidi che negli occhi dei miei compagni appariva un'irrefrenabile ilarità.

– Davvero? – dicevano. – Oh, ma davvero?

– Insomma, tu hai visto un folletto – mi disse con simpatia Mr Adam.

– Non lo so, signore... – balbettai timidamente. – Non so chi fosse... vorrei andare a casa, ora... ho molto freddo.

– Ha visto un folletto! – esclamò Sonny, e scoppiò in una gran risata, battendosi le mani sulle cosce. – Avete sentito? Ha visto un folletto!

– Come si chiamava? – fece Mark, piegato in due dal gran ridere. – Muck? Tuck?

– Ma insomma! – finse di difendermi Ernest. – Dopo tutto, che cosa c'è di strano? Ha visto un folletto, tutto qui. Miei cari signori, io... – non terminò la frase perché gli arrivò dietro la testa uno scapaccione di Mr Adam.

– Che modo è questo di trattare un vostro compagno? – li rimproverò il pescatore. – E tu, piccolo – disse, rivolgendosi a me con severità – non metterti in queste situazioni inventando stupidaggini. Vieni, su, ti riaccompagno a casa, altrimenti prenderai un bel raffreddore o peggio.

Qualche giorno dopo, a scuola, c'era compito in classe. Per me era un compito difficilissimo, sia perché, dopo il bagno nel lago ghiacciato, ero rimasto a casa per alcuni giorni e non avevo potuto seguire le spiegazioni, sia perché nel pomeriggio aiutavo spesso mio padre a terminare dei lavori urgenti e non sempre riuscivo a studiare. Lo dissi alla maestra, le spiegai i motivi per i quali non ero in grado di svolgere quel compito; lei parve molto dispiaciuta, ma disse:

– Sarò costretta a metterti un brutto voto, Rob.

Tornai al mio posto, mi presi il viso tra le mani e guardai il foglio bianco, disperato. Sentivo su di me gli occhi dei miei compagni, nessuno dei quali avrebbe osato aiutarmi senza l'autorizzazione di Sonny. Mi caddero sul foglio delle lacrime cocenti.

E ad un tratto una testina ricoperta da un cappello rosso a punta sbucò dal bordo del banco.

– Ehilà! – disse la voce argentina di Zuck. – Che cosa sono queste lacrime? Hai bisogno di aiuto?

– Sta' giù! – esclamai. – La maestra ti vedrà.

– Non preoccuparti – mi rassicurò Zuck. – Soltanto tu puoi vedermi. Scrivi, svelto, che l'ora è quasi finita.

Saltò sulle mie spalle e cominciò a dettarmi il compito.

La maestra passò tra i banchi proprio mentre stavo per terminare e afferrò il mio foglio.

– Come, Rob! – esclamò. – Non avevi detto che non avresti saputo fare il compito? L'hai forse copiato?

Un po' più avanti era seduta Jane Temple, la migliore della classe. La maestra raggiunse in due salti il suo banco e le prese il compito.

– Vediamo se hai per caso avuto qualche aiuto da Jane... ma no – constatò, stupita – è completamente diverso...

– Signorina – con la sua aria più innocente, Mark aveva alzato la mano. – Quando Rob è andato in bagno, forse qualcuno gli ha passato il compito...

La maestra mi guardò con accresciuto sospetto.

– È vero, Rob? Ti ha aiutato qualcuno? Sii sincero, dillo. Non è leale agire così, né verso di me, né verso i tuoi compagni.

– Dille che non è stata leale neppure lei – mi suggerì all'orecchio Zuck.

Ero confuso, tutto rosso in faccia: sentirmi accusato di slealtà era proprio una cosa che non potevo sopportare. Così decisi di dire la verità.

– Mi ha aiutato Zuck – mormorai a voce bassa.

– Chi? – fece la maestra, tendendosi verso di me per capire meglio.

Ma i miei compagni avevano sentito benissimo.

– Zuck! – gridò Sonny.

– Di nuovo lui! – rise Ernest.

– Sì, il folletto invisibile! – intervenne Mark. – Signorina, non sa che Rob conosce un folletto? Descriviglielo, Rob, coraggio.

Nella classe si era scatenata l'ilarità generale.

– Basta! Silenzio! – gridò la maestra, picchiando con la mano sulla cattedra. – E tu, Rob, smettila di dire stupidaggini. Le bugie non ti saranno certo di aiuto. Anzi, come vedi, peggiorano la tua situazione. Ora rifarai il compito da solo, qui vicino a me.

– Non preoccuparti – mi sussurrò Zuck. – Ti aiuterò

di nuovo. Però la tua maestra ha ragione: devi studiare di più e avere più fiducia in te stesso.

Da quel giorno, mentre durante il pomeriggio aiutavo mio padre nel suo lavoro, Zuck fu sempre accanto a me e, a modo suo, mi aiutò a studiare.

– Canta – mi diceva. – Senti quant'è graziosa questa canzoncina:

"*Ama la Terra tutte le creature,*
le tiene strette a sé contro il suo cuore;
i monti il mare i boschi le pianure
stringe a sé con la forza dell'amore.
Tu forse non lo sai, ma in verità
questa è la forza della gravità.
Il Sol che ruota e tutte le altre stelle
son legati da lei come sorelle".

Questa era una tipica lezione di geografia di Zuck. La storia me la insegnava più o meno nello stesso modo.

Neanche a farlo apposta, il giorno successivo la maestra mi domandava: – Che cos'è la gravità?

E io rispondevo: – È la forza che tiene legate alla Terra tutte le cose che ci sono sopra e che unisce gli uni agli altri tutti i pianeti e le stelle del cielo.

– Bravo! – esclamava sorpresa la maestra.

E il giorno dopo ancora m'interrogava in storia.

E io le esponevo quello che mi aveva insegnato Zuck. Lei cominciò ad essere molto contenta di me perché diceva che io non studiavo le lezioni a memoria, ma capivo tanto bene ciò che leggevo e ascoltavo da saperlo poi riferire a parole mie.

Dopo qualche tempo il mio rendimento era molto migliorato e, poiché mi sentivo molto più sicuro di me, cominciai anche ad essere un po' meno timido. Con tutti, tranne che con Melanie.

Un giorno in cui Zuck cercava di insegnarmi le tabelline con una filastrocca inventata da lui, gli chiesi: – Ma perché fai tutto questo per me? Tu sei un folletto, una creatura dei boschi, e potresti startene tranquillamente a giocare con le piccole talpe, gli scoiattoli e i passerotti. Invece stai qui con me a insegnarmi le canzoncine e a guardarmi lavorare.

– Tu sei mio amico – disse Zuck, saltellando e mostrandomi i suoi dentini appuntiti in un sorriso. – Avevi bisogno di me perché eri molto solo, e io volevo aiutarti perché tu sei un bambino buono e sincero. E poi, mi diverto a insegnarti le canzoni. Se fosse per me, canterei tutto il giorno. – E nel dir così saltava su e giù per la stanza, dal tavolo alla mia spalla, dalla spalla alla sedia e poi di nuovo al tavolo.

– Rob! – gridò mio padre, che stava risuolando un paio di stivali. – Hai detto qualcosa?

– No, pa'. Stavo ripassando le tabelline ad alta voce.

– Ecco perché la maestra è così contenta di lui, negli ultimi tempi – gridò mia madre dalla cucina. – Ha imparato a studiare anche mentre lavora, il mio bambino.

Dopo qualche minuto entrò nella stanza.

– Ho finito di cucire – ci annunciò, ravviandosi stancamente una ciocca di capelli. – La giacca di Mr Twigg è pronta. Forse potrò comperarti quella vecchia bicicletta, Rob... Allora, uomini, tra dieci minuti tutti a tavola.

Ho già detto che l'unica persona con la quale proprio non riuscivo a sciogliermi era Melanie. Era una bambina bellissima. Aveva capelli biondi e ricci che le scivolavano lungo le spalle fin quasi alla vita, grandi occhi che dal grigio passavano al verde, secondo il suo umore, e fossette sulle guance quando rideva.

Il suo idolo era Sonny, che era alto e ben piantato per la sua età e in classe faceva il bello e il cattivo tempo.

Zuck, però, mi incoraggiava: – Ti guarda in modo diverso, da quando sei meno timido. Su, dille una parola. Falle un complimento.

Ma io non osavo ascoltarlo. Mi bastava guardare Melanie perché mi si paralizzasse la lingua.

– Perché non ti pettini diversamente? – mi consigliava Zuck, trascinandomi davanti allo specchio. – Guarda, staresti molto meglio con un ciuffo di capelli sulla fronte... fa risaltare i tuoi occhi, che sono così azzurri... Perché non chiedi alla mamma di stringerti un po' quei pantaloni quasi nuovi? Certo, non saranno all'ultima moda, ma ti staranno molto meglio addosso... Perché non chiedi a papà quel suo bel pullover blu chiaro che si è ristretto nel lavaggio? Ti starebbe molto bene... – e così via.

Seguendo i consigli di Zuck, avevo effettivamente acquistato un aspetto migliore, più curato, anche se i miei vestiti non erano mai molto nuovi, e... forse era vero... forse Melanie mi guardava con maggiore simpatia... ma io non avrei mai osato avvicinarmi a lei.

– Vorrei che venisse a vedere con me "La spada nella roccia" – sospirai un pomeriggio, mentre chiacchieravo con Zuck. – Da domani sarà al cinema qui di fronte.

– E i soldi? Vorresti invitarla e farle pagare il biglietto? – mi chiese Zuck.

– Ma no! – risi. – Ci ho già pensato. Domenica mattina andrò a ripulire dalle erbacce il giardino del dottor Thompson e guadagnerò qualcosa. Così potrei portarla al cinema... ma...

– Ma dài, non essere timido! – mi rimproverò Zuck. – Non è che una bambina come te, dopo tutto!

– No, lei è speciale. Lei è... ma davvero, Zuck, non trovi che lei sia un'Assoluta Meraviglia?

– È una bella bambina. Tutto qui. Ce ne sono a centinaia, nel mondo.

Scossi forte la testa: – Nessuna è come Melanie.

Zuck sospirò: – Vedo che sei proprio innamorato, e in questi casi i ragionamenti non funzionano.

Il discorso finì lì, ma il giorno successivo, durante la pausa per la merenda, vidi che Melanie guardava dalla mia parte e sorrideva. Infine mi si avvicinò.

– Va bene – mi disse. – Verrò al cinema con te, lunedì. Piacciono molto anche a me i cartoni animati.

– Che cosa...? – feci, stupito, e gli occhi mi caddero su un foglietto che lei aveva in mano. Era la mia scrittura! E vi si leggevano chiaramente le parole *cinema* e *lunedì*. Era stato Zuck! Certamente l'aveva scritto lui, quel biglietto! E senza neanche avvertirmi!

– Hai visto che ha accettato? – mi sussurrò all'orecchio l'inconfondibile vocina.

"Accidenti a te, Zuck. Avevi proprio ragione" pensai. E mai un film mi parve più bello de "La spada nella roccia".

Un pomeriggio, mentre inchiodavo un tacco, sentii che mio padre sospirava.

– Dev'essere difficile, per lui, portare avanti la famiglia – mi disse Zuck. – Non sarebbe più soddisfacente creare delle scarpe, invece che ripararle e basta? Guadagnerebbe anche molto di più... Sentivo l'altro giorno una vecchia signora che si lamentava perché le scarpe di oggi non sono più comode come quelle di una volta. Aveva l’artrite e tutte le scarpe che possedeva le facevano male ai piedi. Io sono sicuro che tuo padre potrebbe fabbricare delle ottime scarpe, comode e calde. E tu, amico mio, con gli avanzi di cuoio non potresti creare scarpine e borsette per le bambole? Credo che alle bambine piacerebbero moltissimo degli accessori “veri”, non di plastica. E portachiavi, e borsellini, e...

– Ehi, ehi, vacci piano con la fantasia!

– E perché?

– Non c’è tempo per fare tutte queste cose.

– Ora no, ma durante le vacanze estive potresti aiutarlo di più. E dovresti esporre un cartello con su scritto: “DA ARTHUR WHITE. SCARPE PER TUTTI I PIEDI”.

Zuck saltellava, entusiasmato, da un punto all’altro del banco da lavoro. Lo fissai stupito.

– Ma lo sai che può essere una buona idea?

– È un’*ottima* idea. Non per niente l’ho avuta io. Parlane con tuo padre. La scuola sta per finire e se lui acquista un po’ di pelle potete cominciare a lavorare...

Mio padre tentennò un po’, poi disse che chi non risica non rosica e che se non si prova non si saprà mai come andrà a finire; decise quindi che valeva la pena di mettere da parte qualcosa per comprare un po’ di materiale.

Io, intanto, avevo scritto alcuni cartelli e li avevo affissi sui muri nei dintorni di casa nostra.

La prima a venire fu proprio quella vecchia signora che Zuck aveva sentito lamentarsi. Zuck la riconobbe subito.

– È lei! – gridò esultante nel mio orecchio.

Si chiamava Mrs Spencer ed era la vedova di un capitano di marina; era una persona molto garbata e ammodo e promise che, se si fosse trovata bene con le scarpe confezionatele da mio padre, ne avrebbe subito ordinato un altro paio e poi ancora due paia per l’inverno.

Mio padre le fece delle scarpine eleganti di morbidissimo capretto nero, con una punta arrotondata che non poteva darle fastidio, foderate di una sottile pelle rosata.

– Ci vorrebbero due bottoncini neri ai lati – suggerì Zuck, pensieroso, con un dito in bocca.

– Che ne diresti, papà, di due bottoncini ai lati? – proposi.

– Neri! – mi gridò Zuck nell'orecchio, e io sussultai.

– Ho capito, non rompermi i timpani!

– Eh? – fece mio padre, sollevando la testa.

– Ehm... no, papà, parlavo tra me e me. Ce li metti, questi bottoncini?

– Beh, devo sentire prima il parere di Mrs Spencer...

– Le piaceranno, vedrai.

Mio padre rise: – Sei diventato all'improvviso uno stilista di calzature? – mi chiese. – E va bene, ce li metto. Tanto, se non le piacciono, si potranno sempre togliere.

Mrs Spencer diede in esclamazioni entusiaste, quando vide le scarpine.

– Sono elegantissime! E che rifiniture! Spero proprio che mi calzeranno bene, perché sono molto belle.

Le calzarono benissimo. E lei ordinò subito un secondo paio di scarpe.

– Hai visto? – cantò Zuck, saltando prima su un piede e poi sull'altro per la gioia.

– Non sono quelle orrende scarpe ortopediche che si vendono in farmacia – diceva alle sue amiche Mrs Spencer. – Sono graziose, eleganti e nello stesso tempo comodissime.

Cominciarono così a venire da mio padre altre anziane signore, e poi anche i loro mariti e gli amici dei mariti e gli amici degli amici, al punto che mio padre fu costretto ad assumere un lavorante, perché il mio aiuto non gli bastava più.

Appena ebbi un po' di tempo libero, fabbricai scarpine di pelle bianca e rosa e una borsetta in tinta per la bambola preferita di Melanie, che avevo visto un giorno a casa sua, e gliele regalai: Melanie ne fu addirittura incantata. Avevo anche inciso su un piccolissimo pezzo di cuoio un fiorellino con la scritta "White" all'interno, una lettera per ciascun petalo. E quello divenne il simbolo delle nostre creazioni, il nostro marchio.

Quando molte altre bambine mi chiesero scarpine, borsette, gilet e gonne in pelle per le loro bambole, io mi dedicai soprattutto a questo lavoro in miniatura, che mi divertiva perché potevo sbizzarrirmi a creare modelli stravaganti e variopinti.

Un giorno qualcuno bussò alla porta. Aprii e mi trovai davanti Diane, la sorella maggiore di Melanie, una diciassettenne dal pessimo carattere; teneva sul palmo della mano due minuscole scarpine lilla con un fiorellino blu.

– C-che cosa p-posso fare per te? – balbettai. Temevo una delle sue famose sfuriate, un reclamo o qualcosa del genere. Anche Zuck si era coperto gli occhi con le manine, nascondendosi in un cassetto aperto.

– Un paio di scarpe come queste – disse invece lei. – Naturalmente, della mia misura. E una borsetta degli stessi colori, però il modello te lo disegno io.

– Va bene – respirai, sollevato. E la feci entrare nel nostro piccolo e ormai ingombro laboratorio; cercai un bloc-notes e una penna e le offrii una sedia.

Lei disegnò la sua borsetta, poi cominciò a scorrere le pagine del bloc-notes.

– Non ti dispiace, vero, se do un'occhiata? – mi chiese.

A mano a mano che guardava i miei disegni, il suo

viso abitualmente corrucciato si schiariva. Cominciò a sorridere e infine sollevò su di me due occhi verdissimi.

– Rob White, tu saresti il miglior stilista di articoli in pelle del mondo, se volessi. Conquisteresti tutti i mercati con i tuoi modelli. Smetti di dedicarti soltanto alle bambole e ai vecchi signori con l'artrite o con la gotta. Comincia a disegnare modelli per ragazze alla moda e proponili a qualche grande negozio di Londra. Se sarai fortunato, ci saranno anche le tue scarpe, nel prossimo catalogo autunno-inverno di qualche casa di mode.

Non passarono molti anni da quel momento. O forse erano stati molti, ma per me erano volati. Avevo ventisette anni ed ero nel mio grande ufficio di Londra, dietro una scrivania ingombra di figurini, telefoni, fax e computer. Zuck era sempre al mio fianco, o meglio sulla mia spalla sinistra, dove io solo potevo vederlo e sentirlo, e spesso mi dava qualche suggerimento su come produrre il miglior catalogo della stagione, oppure andava a tirar fuori i fogli dal fax.

A un tratto l'interfono squillò. Pigiai sul pulsante.

– Sì? – dissi.

– C'è qui una signorina che vorrebbe mostrarle alcuni suoi disegni, Mr White – disse Millie, la segretaria.

– La faccia passare. Mi interessano sempre le idee nuove.

La porta si aprì ed entrò una ragazza molto magra e malvestita, con grossi occhiali dalle lenti spesse come fondi di bottiglia. Quando mi sorrise, però, il suo viso piuttosto bruttino si illuminò tutto.

– Buongiorno, signorina... Millie non mi ha detto il suo nome.

– Brown. Mi chiamo Angie Brown. – I suoi occhi

spalancati vagavano qua e là per la stanza. Non sapevo se attribuire la sua espressione a una fortissima miopia o al fatto che fosse molto spaesata e stupita.

– Mi mostri pure i suoi disegni. Prego, si accomodi – dissi, cercando di metterla a suo agio.

Ad un tratto puntò un dito verso di me, balbettando:

– È... è un folletto quello lì sulla sua spalla?

Per venti lunghissimi secondi restai tanto sbalordito che non seppi che cosa dire.

– Lei... lei può vedere Zuck? – le chiesi alla fine, smarrito.

– Oh, sì. E lo trovo anche decisamente simpatico – gli sorrise.

– È giusto che sia così – disse Zuck, saltando sulla scrivania – perché ora io sarò il tuo compagno, Angie, come sono stato per tanti anni il compagno di Rob.

– Ma come? – feci, addolorato. – Mi abbandoni?

– Tu non hai più bisogno di me – disse Zuck. – Ti ho aiutato perché fin da bambino sei stato una persona sincera e buona. Ma sei proprio sicuro che tutte le cose che ora possiedi siano merito mio? Avevi delle qualità; io ti ho solo aiutato a tirarle fuori. E così è per Angie. È molto brava, disegna in modo fantastico, ma è anche molto povera; e poi sua madre è ammalata e ha tre fratellini che dipendono da lei. Ha bisogno del mio aiuto.

– Ma l'aiuterò io... l'assumerò... la pagherò bene... non abbandonarmi, Zuck.

Zuck scosse con serietà la piccola testa color delle foglie secche, col cappellino rosso a punta.

– Tocca a lei, ora. Non volermene, Rob. Ti ricorderò sempre con affetto.

– E va bene – sospirai. – Mi dispiacerà non averti più accanto, ma sono contento, dopo tutto, che tu aiuti un'altra persona come hai fatto con me.

– Tu che sei un uomo – disse Zuck – non la vedresti più carina con i capelli corti, un rossetto vivace e le lenti a contatto? – Saltò sulla sua testa e le tolse gli occhiali.

Angie alzò le mani come se volesse trattenerlo, poi le lasciò ricadere e sorrise.

Sorrisi anch'io: – Hai ragione – ammisi. – Anche a lei, come già fu per me, farà bene cambiare look.

Zuck rimise gli occhiali al loro posto e balzò giù dalla testa di Angie, atterrando sulla sua spalla: – Bene – disse. – Andiamo, Angie. Non so ancora bene qual è la tua strada. Ma la scopriremo insieme.

Uscirono dal mio ufficio, e dalla spalla della ragazza Zuck mi fece un cenno di saluto. Fu l'ultima volta che lo vidi.

Pochi anni dopo Angie Brown era sulla copertina di "Vogue", senza occhiali, con una nuova pettinatura e col suo bel sorriso – quello sì, era sempre lo stesso – segnalata come l'arredatrice di interni più richiesta di Londra.

Guardai attentamente sulla foto la sua spalla sinistra, sperando di potervi intravedere Zuck, ma lui non c'era.

di Paola Lorenzetti (inedito)

SCHEDA OPERATIVA

Lavoriamo sul testo

1. *Riordina, numerandole progressivamente, le sequenze iniziali del racconto, che qui elenchiamo alla rinfusa.*

- [8] Apparizione di Zuck
- [5] Mark scende nel lago
- [1] Presentazione del protagonista/narratore
- [3] Descrizione di Sonny, Mark ed Ernest
- [2] Rapporti di Rob con i compagni di scuola
- [6] Rob decide di accettare la sfida
- [ ] Intervento del padre di Rob
- [4] Sfida di Sonny a Rob
- [7] Rob sprofonda nel ghiaccio
- [ ] I tre compagni sfidano ancora Rob

2. *Completa le affermazioni che seguono con la motivazione adeguata:*

a) Rob, pur avendo molta paura di scendere nel lago, accetta la sfida dei compagni perché non lo avrebbero più chiamato coniglio

b) Rob spiega alla signorina Wells che non è in grado di svolgere il compito perché non aveva studiato

c) La signorina Wells è molto contenta di Rob, dopo le "ripetizioni" di Zuck, perché aveva risposto bene alle domande della signorina

d) Zuck spiega a Rob che ha deciso di aiutarlo perché ....

....

e) Rob riesce finalmente a uscire con Melanie perché ....

....

f) Zuck suggerisce a Rob di convincere il padre a confezionare scarpe perché ....

....

g) A Mrs Spencer piacciono molto le scarpe fatte dal signor White perché ....

....

h) Diane, pur avendo un carattere difficile, comincia a sorridere perché ....

....

i) Quando Angie Brown entra nello studio di Rob, spalanca gli occhi perché ....

....

l) Zuck decide di lasciare il suo amico Rob perché ....

....

I personaggi

1. *Rob, il protagonista del racconto, si definisce un bambino timido, sempre educato e gentile con tutti. Zuck lo definisce buono, sincero e dotato di qualità che lui ha cercato di valorizzare.*

– Nel corso del racconto, in quali occasioni Rob si è mostrato timido? ....

....

– In quali altre occasioni è stato buono e gentile? ....

....

– È stato sempre sincero? Se no, quando non lo è stato? ....

....

– Qual è la grande qualità che egli già possedeva e che Zuck l'ha aiutato a valorizzare? ....

....

2. *Ai righi 20-26 sono descritti tre compagni di Rob. Sintetizza accanto a ciascuno le informazioni che puoi ricavare dal testo:*

SONNY ....

MARK ....

ERNEST ....

3. *Melanie è, agli occhi di Rob, un'Assoluta Meraviglia. A te come sembra questa bambina? Sintetizza, nei righi che seguono, tutto ciò che sai di lei:*

Descrizione fisica: ....

....

....

Comportamento nei confronti di Rob:
- In un primo momento ....
- Quando Rob diventa meno timido ....
- Infine ....

4. *Passiamo ora a Zuck. È un folletto, dunque un personaggio un po' particolare. Sintetizzane le caratteristiche fisiche e descrivine qualche comportamento tipico:*

Caratteristiche fisiche: un omino alto sì e no 30 cm. La pelle era il colore delle foglie secche e il vestito era verde come l'erba. Orecchie aguzze occhi nerissimi a mandorla e il naso all'insù

Comportamento: ....

....

....

....

I personaggi

1. *Ciascuno di noi possiede delle qualità che, se opportunamente valorizzate, possono dare risultati positivi. Quali sono le tue? Come pensi che bisognerebbe aiutarti a svilupparle?*

2. *Folletti, nani, elfi e gnomi sono creature fantastiche. Ne avrai certamente visto qualcuno in un film (anche di animazione), oppure in un fumetto. Descrivine l'aspetto fisico e il comportamento.*

3. *Prova a immaginare un essere fantastico, dotato di un aspetto insolito e di particolari poteri nei confronti della natura o delle persone (puoi ispirarti, ad esempio, a un film come "Gremlins" o anche a "E.T.").*
Come è fatto? Che cosa succede quando usa i suoi poteri?

Il paradiso dei bambini

– Papà...[1]

– Sì...

– Sto sempre con Nadia, la mia amica...

– È naturale, cara, dal momento che è tua amica.

– In classe, quando andiamo a passeggio e quando mangiamo...

– È una cosa bella trattandosi di una bambina graziosa ed educata.

– Però durante l'ora di religione io vado in una classe e lei in un'altra!

L'uomo, osservando la moglie, la vide sorridere, sebbene fosse intenta a ricamare una tovaglia; sorrise a sua volta dicendo:

– Ciò soltanto durante la lezione di religione...

– Ma perché, papà?

– Perché tu sei di una religione, lei di un'altra.

– Come, papà?

– Tu sei musulmana[2] e lei cristiana.

– E perché?

– Sei piccola, capirai in seguito.

– Ma io sono grande, papà...

– No, mia cara, sei piccola...

– Perché sono musulmana?

---

1. Il racconto è ambientato in Egitto ai nostri giorni.
2. *musulmana*: seguace dell'islam, la religione fondata da Maometto, che predica il totale abbandono a Dio.

Gli toccava essere franco, prudente, attento a non rinnegare i nuovi metodi d'insegnamento sin dalla prima esperienza, per cui disse:

– Papà è musulmano, mamma è musulmana e perciò anche tu sei musulmana.

– E allora Nadia?

– Suo padre è cristiano, sua madre è cristiana e perciò anch'ella cristiana.

– E ciò perché il padre ha gli occhiali?

– Gli occhiali non c'entrano per nulla in tutto questo; il motivo vero è che già suo nonno era cristiano.

L'uomo aveva deciso di appellarsi alla catena dei nonni all'infinito, in modo da annoiare la figlia inducendola a passare ad altro argomento, ma la bambina chiese ancora, petulante:

– Chi di noi allora è migliore?

Dopo aver riflettuto per un po', egli azzardò:

– La bimba musulmana è buona come la cristiana.

– No, una deve esser per forza migliore.

– No, sono ugualmente buone.

– E se divento cristiana per stare sempre insieme?

– No, mia cara, ciò non è possibile, ognuna deve rimanere come suo padre e sua madre.

– Perché?

"Quanto è dura questa educazione moderna!" pensò il padre, che poi chiese: – Non vuoi aspettare di crescere prima di affrontare questi problemi?

– No, papà...

– Bene, tu sai cos'è la moda; a una piace una moda, a un'altra ne piace una diversa; essere musulmana è come essere all'ultima moda, perciò devi rimanere musulmana...

– Ciò significa che Nadia segue una moda antica e superata?

"Al diavolo tutte e due!" Era chiaro che aveva sbagliato tutto al di là di ogni prudenza e che stava per essere spinto, inesorabilmente, in angolo...

– È questione di gusti; ma ognuna di voi deve rimanere come il padre e la madre.

– Posso dirle che lei segue la moda antica e io quella moderna?

– Ogni religione è buona, sia la musulmana che la cristiana, entrambe spingono ad adorare Dio – si affrettò a spiegarle.

– E perché lei deve adorarlo in un'aula e io in un'altra?

– In ogni aula si adora in maniera diversa.

– E qual è la differenza, papà?

– La capirai l'anno prossimo o quello successivo; per ora è sufficiente che tu sappia che entrambe adorate Dio.

– Ma chi è questo Dio, papà?

Il padre se ne stette un po' a pensare; quindi, cercando di prolungare la pausa, chiese a sua volta:

– Che cosa ha detto la maestra a scuola?

– La maestra legge una *sūra* del *Corano*[3] e ci insegna a pregare, ma io non so chi sia Allāh.

Mentre un vago sorriso gli si disegnava sulle labbra, l'uomo sentenziò:

– È il creatore di tutto il mondo.

– Tutto?

– Tutto.

– Ma che significa Creatore, papà?

– Significa che Egli ha fatto ogni cosa.

– E come, papà?

– Grazie a una forza straordinaria...

---

3. *Corano*: è il libro sacro dei musulmani scritto nel 632 da Maometto stesso, che affermò di averlo ricevuto sotto la dettatura diretta di Dio. La *sūra* è un capitolo di questo libro.

– E dove vive?

– In tutto il mondo.

– E prima che ci fosse il mondo?

– Lassù…

– In cielo?

– Sì.

– Vorrei vederlo!

– Non è possibile!

– Neppure in televisone?

– Neanche.

– Nessuno lo ha mai visto?

– Mai…

– E come sai che sta lassù?

– È così.

– E chi ce lo dice?

– I profeti.

– I profeti?

– Sì, come il nostro *sayyed* Muhammad[4].

– E come, papà?

– Grazie a un potere particolare.

– Ma il nostro profeta ha occhi dalla vista molto acuta?

– Sì.

– Perché papà?

– Allāh lo ha creato così.

– E perché?

Il padre rispose, tentando a stento di mantenersi paziente:

– Egli è libero, fa ciò che vuole…

– E come lo ha visto?

---

4. *sayyed Muhammad*: *sayyed* sta per signore, guida spirituale; Muhammad è il nome arabo di Maometto.

– Molto grande, molto forte, in grado di fare ogni cosa…

– Simile a te, papà?

Trattenendo una risata, l’uomo rispose:

– Nessuno è simile a Lui.

– E perché vive lassù?

– La terra non è abbastanza larga per contenerlo, ma Egli vede ogni cosa.

La bambina rimase un po’ assorta, poi di rimando:

– Ma Nadia mi ha detto che Egli è vissuto sulla terra.

– Potendo Egli vedere tutti i luoghi è come se vivesse ovunque.

– Mi ha detto anche che lo hanno ucciso!

– Ma Egli è vivo, non può morire.

– Eppure Nadia mi ha detto che lo hanno ucciso...

– No, mia cara, essi credono di averlo ucciso, ma Egli è vivo, non muore.

– Allora anche mio nonno è vivo?

– Tuo nonno è morto.

– Lo hanno forse ammazzato?

– No, è morto semplicemente.

– E come?

– Si è ammalato ed è morto.

– Anche mia sorella morirà perché è malata?

Il padre corrugò la fronte e, notando come un muto rimprovero nello sguardo della moglie, disse:

– No… guarirà, con l’aiuto di Allāh.

– E perché il nonno è morto?

– Perché quando si è ammalato era anziano.

– Anche tu ti sei ammalato da grande ma non sei morto!

Intervenne la madre con severità e la piccola volse lo sguardo verso i genitori imbarazzata.

– Moriamo quando Allāh lo vuole – tentò di concludere l'uomo.

– E perché Allāh vuole che si muoia?

– Egli è libero, fa ciò che vuole.

– La morte è una cosa bella?

– No, mia cara.

– E perché Allāh vuole cose non belle?

– Una cosa è bella dal momento che Allāh lo vuole per noi.

– Ma tu hai detto che non è bella.

– Ho sbagliato, mia cara.

– E perché mamma si è dispiaciuta quando ho parlato della tua morte?

– Perché Allāh non vuole ancora che io muoia.

– E perché lo dovrebbe volere?

– È Lui che ci porta qui sulla terra ed è con Lui che andiamo via.

– Perché papà?

– Perché si facciano cose belle prima di andar via per sempre.

– E perché non restiamo?

– Il mondo non sarebbe sufficiente per tutte le persone, se queste vi rimanessero per sempre.

– E lasciamo ad altri le cose belle?

– Ma andremo verso cose più belle.

– Dove?

– Lassù.

– Da Allāh?

– Sì.

– E lo vedremo?

– Sì.

– E questa è una cosa bella?

– Certamente.

– Allora dobbiamo andare?

– Ma noi non abbiamo ancora fatto delle belle cose.

– Ma il nonno le aveva fatte?

– Sì.

– Che cosa aveva fatto?

– Aveva costruito una casa e impiantato un giardino...

– E mio cugino Tūtū che cosa aveva fatto?

L'uomo si accigliò; poi, intenerito, dopo aver rivolto alla moglie uno sguardo trepidante, rispose:

– Anche lui aveva costruito una piccola casa prima di andarsene.

– Invece il nostro vicino Lūlū mi picchia e non fa nulla di buono.

– È un ragazzo discolo.

– Ma egli non morrà?

– Solo se Allāh lo vuole.

– Anche se non fa nulla di bello?

– Tutti muoiono, chi fa cose belle va vicino ad Allāh, mentre chi fa cose cattive va nel fuoco eterno...

La bambina tacque dopo aver sospirato profondamente, mentre il padre si sentì oppresso dalla lunga discussione. Non si rendeva conto di quante volte avesse colto nel segno e quante invece errato. Il fiume di domande aveva ridestato interrogativi che giacevano soffocati nel suo intimo. Ma la piccola, dopo poco, esclamò:

– Desidero rimanere sempre con Nadia.

Il padre le rivolse uno sguardo indagatore e la piccola aggiunse:

– Anche nell'ora di religione!

L'uomo scoppiò in una fragorosa risata a cui si associò la mamma; poi, sbadigliando, disse:

– Sono questioni che non si possono affrontare in questo modo.

– La bambina crescerà e un giorno potrai esporle la verità in cui credi!

Egli si volse allora verso la moglie, un po' in collera, cercando di capire se le parole di lei fossero sincere o sarcastiche, ma la donna era di nuovo totalmente immersa nel suo ricamo…

da *La taverna del gatto nero* di Nagib Mahfuz
trad. di C. Sarnelli Cerquà, Pironti

SCHEDA OPERATIVA

Lavoriamo sul testo

1. *Il racconto è costituito da un unico lungo dialogo tra il padre e la bambina e da poche brevi frasi narrative. Individua i vari argomenti del dialogo, sintetizzandone il contenuto accanto alle rispettive sequenze:*

SEQUENZE	RIGHI	CONTENUTO
n. 1	1-22	*La bambina domanda perché debba essere separata dalla sua amica Nadia nell'ora di religione.*
n. 2	23-34	....
n. 3	35-63	....
n. 4	63-72	....
n. 5	73-125	....
n. 6	126-151	....
n. 7	152-191	....
n. 8	192-203	....
n. 9	204-213	....
n. 10	214-223	....

2. *Il padre non si rende conto di quante volte abbia colto nel segno e quante invece abbia errato.*
Elenchiamo qui alcune delle domande "terribili" della bambina. Sintetizza accanto a ciascuna di esse la risposta del padre.

DOMANDE	RISPOSTE
1) Perché sono musulmana?	....
2) Chi è Dio?	....
3) Dove vive?	....
4) Perché Allah vuole che gli uomini muoiano?	....
5) La morte è una cosa bella?	....

3. *Segna nel quadratino le lettere che indicano il significato di ogni parola:*

appellarsi	*d*	a) persuadere, spingere
indurre	☐	b) amaramente ironico, sprezzante
petulante	☐	c) rumoroso
assorto	☐	d) ricorrere
indagatore	☐	e) pensieroso
fragoroso	☐	f) che insiste in modo importuno
sarcastico	☐	g) che osserva, scruta attentamente

I personaggi

1. *Sottolinea gli aggettivi che ti sembrano più adeguati a descrivere l'atteggiamento della bambina:*

curioso, furbo, insistente, indifferente, petulante, candido, ironico, remissivo, testardo, malizioso.

2. *La bambina pone a volte domande che rivelano una grande ingenuità. Riportane qualcuna:*

....

....

3. *Come ti sembra che il padre si comporti verso di lei? Cancella gli aggettivi che non ti sembrano adeguati a descrivere il suo atteggiamento:*

serio, severo, disponibile, divertito, insofferente, onesto, arrendevole, autoritario, paziente, sarcastico.

Spunti per la riflessione e per la produzione

1. Nel descrivere Allah, il Dio dei musulmani, il padre della bambina lo rappresenta dotato delle seguenti caratteristiche:

a) È creatore del mondo; b) è infinito; c) è straordinariamente potente; d) vive in tutto il mondo e nel cielo; e) è stato annunciato da un profeta; f) premia gli uomini buoni e punisce i cattivi; g) è infinitamente libero.

Trovi che Allah assomigli al Dio dei cristiani? In che cosa?

2. *Il padre ha difficoltà nel rispondere alle incalzanti domande della bambina. Ti è capitato qualche volta di non essere soddisfatto delle risposte che un adulto ha fornito alle tue domande? Racconta questo episodio, specificando:*

- In quale occasione ti è capitato.
- Qual era la domanda.
- Qual è stata la risposta.
- Che cos'altro avresti voluto sapere.

Francesca svela il suo segreto

C'è un gran fermento questa mattina nella V F.[1] Il giorno prima i ragazzi hanno ricevuto le pagelle del primo quadrimestre e ora commentano i risultati. Alcuni sono soddisfatti, altri delusi, qualcuno addirittura è in lacrime.

– Non me l'aspettavo proprio – mormora Giorgio avvilito rivolgendosi a Vera. – Tutti tre e quattro. Non so proprio se troverò il coraggio di dirlo ai miei.

– Certo è meglio che ti metti subito a studiare – gli fa di rimando la ragazza – sennò alla fine dell'anno saranno guai.

– Già, io ci provo – balbetta Giorgio. – Solo che non mi riesce...

– Per forza – lo rimprovera la ragazza – tu pensi solo a mangiare e intanto ingrassi.

Anche Marco non è molto soddisfatto dei suoi voti: ha avuto quattro in matematica e in inglese e suo padre la sera prima lo ha rimproverato perché dedica troppo tempo alle partite di calcio.

– A te come è andata, Vera? – domanda Giulia.

---

1. Quello che è qui riportato è uno dei capitoli del romanzo *I ragazzi della V F*. Le due ragazze protagoniste del brano, Claudia e Francesca, sono compagne di classe e frequentano la quinta ginnasiale. Da un po' di tempo Claudia è preoccupata per la sua amica, perché ha notato che Francesca, pur essendo tra le migliori della classe, si è mostrata spesso svogliata e distratta.
Il capitolo narra un momento particolare vissuto dalle due amiche: quello in cui, finalmente, Francesca svela a Claudia i motivi del suo malessere.

– Non mi posso lamentare – è la risposta della ragazza – l'unica insufficienza è il cinque in inglese, ma spero di rimediare al più presto.

Giulia sprizza allegria da tutti i pori; è proprio contenta, non ha avuto nessuna insufficienza. Forse quest'anno, se sarà promossa a giugno, avrà in regalo il sospirato motorino. Mario, invece, sta seduto silenzioso e imbronciato, senza ridacchiare come di solito fa: i suoi voti sono stati mediocri e per lui che è ripetente questo è un vero guaio.

– Hai visto? – fa Claudia rivolgendosi a Gianluca. – L'intervento di don Luigi non è bastato a evitarmi un quattro in matematica; quel maledetto compito mi ha proprio rovinata. Chissà che voti avrà avuto Francesca – continua la ragazza – sono tre giorni che non viene a scuola. Forse è ammalata: oggi le telefonerò.

Claudia ha ancora dei dubbi, mentre sale le scale dell'abitazione di Francesca. Ha pensato e ripensato tutto il pomeriggio allo strano colloquio telefonico avuto con l'amica. Poi, spinta da un impulso, ha deciso di andare a casa sua.

"Chissà", riflette intanto la ragazza, "non dovrei presentarmi così all'improvviso, senza avvertire, ma il tono di Francesca a telefono mi è sembrato molto strano; forse ha veramente bisogno di aiuto". Vincendo le ultime resistenze, la ragazza suona il campanello di casa. È proprio Francesca ad aprire la porta: è pallida, i capelli in disordine, l'aspetto trascurato. "Ma allora" pensa Claudia "è proprio vero che è malata". Francesca, alla vista dell'amica, sembra quasi colta dal panico; istintivamente socchiude la porta ma, nel vedere l'espressione stupita della ragazza, la riapre lentamente.

– Claudia... – balbetta. – Non ti aspettavo; per telefono non mi avevi detto che saresti venuta.

– È vero – le risponde la ragazza – ma mi trovavo a

passare da queste parti e ho pensato di venirti a trovare. Che ne diresti di farmi entrare? Fa un freddo cane qui fuori.

Claudia cerca di avere un tono disinvolto per mascherare l'imbarazzo. E difatti l'amica si fa da parte per farla entrare.

– Vieni, andiamo in camera mia – mormora ancora riluttante.

"Che strano" pensa Claudia guardandosi attorno, "non sono mai venuta in casa di Francesca, forse perché non mi ha mai invitata".

La camera di Francesca somiglia a qualsiasi altra camera di una ragazza della sua età: libri e dischi sparpagliati ovunque, un pullover su una sedia, le scarpe da ginnastica in un angolo. Questa atmosfera tranquilla e familiare fa diminuire per un momento la tensione. Ma non dura molto. Le due ragazze stanno in silenzio, come in attesa di qualcosa. E questo qualcosa esplode all'improvviso, quando Claudia, per l'ennesima volta, le chiede di chiarirle le ragioni del suo malessere.

Francesca ha uno scatto di rabbia duro e incontrollato. – Ma cosa vuoi? – grida quasi. – Io non ho niente da dirti. Non voglio nulla da te. Nessuno mi può aiutare. – Il viso tirato, le mani tremanti, la ragazza sembra fuori di sé. Claudia, per un momento, rimane senza parole; si rende conto che la situazione è ben più grave di quanto potesse immaginare.

All'improvviso, senza riflettere, Claudia si avvicina all'amica e l'abbraccia. Nel suo gesto semplice ci sono tanto calore e tanto affetto che la rabbia di Francesca si dissolve come per incanto. I singhiozzi e le lacrime sembrano non dover più finire.

Poi, Francesca a poco a poco si calma e, tenendo stretta la mano di Claudia, comincia a parlare con voce flebile e incerta, poi sempre più sicura.

– Non sono io – dice – ad essere ammalata, ma mia madre, e non è una malattia del corpo. È un tarlo che la rode e la distrugge giorno dopo giorno. E pensare che era così bella! Ancora qualche anno fa sembrava una ragazzina, con i suoi capelli biondi e lisci sulle spalle; la vedevo sempre ridere insieme a mio padre. Anche lui era felice; appena entrava in casa ci prendeva in braccio allegramente e ci baciava. Spesso uscivamo insieme la sera: andavamo al cinema o al ristorante. Le ultime vacanze passate sulle Dolomiti sono state le più belle. Fiocco, il nostro collie, ci correva intorno abbaiando, anche lui felice. Poi, non so cosa sia successo, ero troppo piccola per capirlo, mi sono accorta che mio padre e mia madre non ridevano più come prima; c'erano lunghi silenzi tra loro. Ogni tanto, però, mio padre rientrava a casa contento, portando fiori o una scatola di dolci, e io pensavo di aver fatto solo un brutto sogno. Ma negli ultimi tempi anche questo succedeva sempre più di rado.

– Mio padre – continua a raccontare Francesca – cominciò a tornare tardi la notte, e qualche volta non si ritirava affatto; e mia madre si lasciò andare sempre di più. Rimaneva per giorni interi chiusa nella sua stanza, bocconi sul letto, il viso affondato nei cuscini, le persiane abbassate perché non entrasse la luce. Di me si occupava Maria, una donna che da anni ci aiuta nelle pulizie di casa. Qualche volta, di nascosto, aprivo pian piano la porta della stanza di mia madre, ma la scena era sempre la stessa; mi si stringeva il cuore ma non avevo il coraggio di avvicinarmi e richiudevo la porta in silenzio. Poi una notte fui svegliata dalle voci, più alte del solito, dei miei genitori. Sentii mia madre piangere, scesi dal letto, aprii la porta della mia camera e li vidi. Una scena che non dimenticherò mai: mio padre era fermo sulla porta con ai piedi due valigie, mentre mia madre, in un angolo dell'ingresso, singhiozzava in silenzio. Mi sembrava che tutto il mondo mi stesse crollando addosso, pensavo che niente di più brutto potesse capitarmi.

Francesca s'interrompe, sembra restia a proseguire; poi, incoraggiata dallo sguardo dell'amica, continua:

– Mio padre ci lasciò per sempre; in seguito ho saputo che era andato a vivere con un'altra donna di cui si era innamorato. Credo che anche lui abbia sofferto molto; di tanto in tanto mi telefonava chiedendo notizie anche di mia madre che, in preda allo sconforto, usciva ormai raramente dalla sua stanza. Maria pensava a tutto, cucinava, faceva la spesa e comprava tante bottiglie di vino; così mia madre cercava di dimenticare, bevendo ogni giorno di più e dando inizio alla sua distruzione. Dopo mesi di totale clausura incominciò a uscire; c'era sempre qualcuno che veniva a prenderla di sera e la riaccompagnava a notte inoltrata. E io tremavo, avevo paura, spiavo il suo ritorno; quando lei rientrava sentivo i suoi passi sempre più incerti, la vedevo sempre più infelice e stanca. Quante volte avrei voluto correrle incontro, toccarla e abbracciarla, farla uscire da quella specie di incubo. Ma mi trattenevo, avevo paura del suo sguardo vuoto, privo di espressione. E così sono passati gli anni, pieni di amarezze. Solo il ricordo di come eravamo stati felici mi confortava.

Poi piano piano, giorno dopo giorno, ho incominciato a intuire la verità, il suo segreto. Ho avuto la certezza di quello che stava succedendo una domenica mattina, circa un anno fa, quando ho visto una di queste sue nuove amiche passarle una bustina. Da quel giorno sono diventata più attenta, altri episodi mi hanno confermato il dubbio che ormai era diventato una certezza: mia madre si drogava.

Dopo queste parole Francesca tace. Un silenzio che sembra eterno. Le due ragazze non si guardano; gli occhi bassi, le mani nelle mani.

Claudia è presa da una commozione profonda e stringe

a sé l'amica. Non ci sono parole per un dolore così intenso. Francesca adesso piange senza ritegno. Claudia continua a tacere, sa che questo pianto è una grande liberazione, sa anche che, per la prima volta, Francesca ha affidato ad altri il suo segreto. Questo vuol dire che l'amica vuole essere aiutata in qualche modo a porre fine alla sua angoscia.

– Ma dimmi, Francesca – domanda con dolcezza Claudia – hai mai cercato di parlare con tua madre?

– No, mai esplicitamente – risponde la ragazza. – Io non le ho mai rimproverato niente: lei è già troppo infelice. Però tra di noi ci sono ancora stati dei momenti di grande tenerezza. Tante volte sono entrata nella sua camera e, vedendola così sola e disperata, mi sentivo prendere da una grande tristezza e allora mi sdraiavo accanto a lei, l'abbracciavo e la cullavo come se fosse una bambina. In una di queste occasioni mi ha detto che voleva ricominciare a vivere per me, che ero l'unica ragione della sua esistenza. Aveva deciso di andare da un medico, di curarsi, di uscire da questo tunnel di disperazione. Ho quindi capito che lei vuole smettere con la droga, vuole disintossicarsi, ma da sola non ci riesce, ha bisogno di aiuto. E io non so come fare, non so a chi rivolgermi.

– Ma c'è sempre tuo padre, potresti rivolgerti a lui.

– Mio padre è partito per il Sud-America circa due anni fa. Lui è ingegnere, gli hanno proposto un lavoro da quelle parti e ha accettato.

Claudia tace, si rende conto che Francesca è veramente sola, alle prese con un problema troppo più grande di lei. Avrà bisogno di aiuto, di affetto e di solidarietà da parte delle persone che le stanno vicino. "E le persone che le stanno vicino" pensa la ragazza "sono i suoi compagni, i compagni della V F".

da Luisanna Dalù, *I ragazzi della V F*, Marco Derva

SCHEDA OPERATIVA

Lavoriamo sul testo

1. *Completa ciascun periodo con la motivazione adeguata:*

Es.: a) Nella V F c'è fermento perché *i ragazzi commentano i risultati del primo quadrimestre*

b) Claudia si chiede quali siano stati i voti di Francesca perché È MANCATA MOLTE VOLTE DA SCUOLA

c) Benché non abbia avvertito Francesca della sua visita, Claudia decide di andare da lei perché NON LA VEDE DA MOLTI GIORNI

d) Allo scatto d'ira di Francesca, Claudia ammutolisce perché NON SA CHE FARE

e) Francesca comincia a parlare con l'amica perché SI SENTIVA SOLA

f) Francesca spiega a Claudia che è sconvolta perché LA MADRE SI DROGAVA

g) Il padre di Francesca non può aiutarla perché È LONTANO PER LAVORO

2. *Sostituisci le seguenti espressioni presenti nel testo con altre di significato simile, aiutandoti, quando è necessario, con il vocabolario:*

a) È in lacrime ……… *piange*
b) Non mi posso lamentare ………
c) Sprizza allegria da tutti i pori ………
d) È un tarlo che la rode ………
e) Totale clausura ………
f) Tunnel di disperazione ………

I personaggi

1. *Tra gli alunni della V F alcuni "sono soddisfatti, altri delusi, qualcuno è addirittura in lacrime". Quali sono gli atteggiamenti dei personaggi che elenchiamo? Sintetizzali accanto a ciascuno:*

GIORGIO ... AVVILITO
MARCO ... INSODDISFATTO
VERA ... NON SI PUÒ LAMENTARE
GIULIA ... FELICE
MARIO ... IMBRONCIATO
CLAUDIA ... NON DISPIACIUTA

2. *Nel corso del racconto l'atteggiamento di Francesca nei confronti di Claudia muta. Analizza questo cambiamento completando lo schema che segue:*

– Inizialmente Francesca si mostra ... SORPRESA
...
– Quando Claudia entra, Francesca ... È NEL PANICO
...
– Infine, dopo le lacrime, Francesca ... SI CONFIDA
CON L'AMICA

3. *Claudia nei confronti di Francesca si mostra invece sempre* ...

4. *Nel narrare la sua storia, Francesca evidenzia il grande cambiamento avvenuto in sua madre nel corso di alcuni anni. Confronta la descrizione della madre di Francesca ai righi 90-92 con le espressioni usate ai righi 137-141 e spiega che cosa è cambiato in lei:*

ERA DIVENTATA SOLA NON USCIVA MAI
...

Spunti per la riflessione e per la produzione

1. *Nel testo è descritta la camera di Francesca. Descrivi la tua stanza oppure quella in cui passi la maggior parte del tuo tempo, tenendo conto delle seguenti indicazioni:*

- comincia da un punto ben preciso della stanza (a destra, a sinistra della porta, della finestra ecc.) e prosegui con ordine, indicando tutto ciò che vedi;
- precisa se la stanza è piccola o spaziosa, se è rumorosa o silenziosa, se è più spesso ordinata o in disordine;
- descrivi un oggetto presente nella stanza che ti è più degli altri caro e che magari tieni in un posto particolare.

2. *La droga è uno dei problemi più gravi del nostro tempo. Completa lo schema che segue, aiutandoti con un'enciclopedia o con altri testi che trattino questo argomento.*

DROGHE	MODO DI ASSUNZIONE	EFFETTI
Hashish	fumato	Sensazione di euforia e leggerezza, alterazione delle percezioni. Se usato ripetutamente, danni ai polmoni e al fegato.
Eroina		
Cocaina		
Crack		

3. 1) *Che cosa faresti se conoscessi una persona che si droga?* 2) *Quali consigli le daresti?*

1) aiuterei a uscirne fuori

2) Di smettere perché la droga lo può far morire.

Un fantasma per amico

Con una coppia d'amici di famiglia, i genitori di Mirko avevano prenotato una casa di campagna, alla periferia di Todi, per trascorrervi, tutti insieme, le feste pasquali. Agli ignari vacanzieri l'idea era sembrata assai carina e, soprattutto, molto economica.[1]

– Avete fatto un vero affare, signori! – aveva detto loro il tizio dell'agenzia di viaggi incassando l'assegno. – Sarete ospiti d'un autentico, piccolo castello trecentesco, completamente ristrutturato, fornito di ogni comfort.

Sul fatto che fosse antico, a detta di Mirko, non c'era alcun dubbio ma, quanto a ristrutturazione e comfort, il "castello" lasciava alquanto a desiderare.

Premesso che, per raggiungere l'ambita meta, l'allegra comitiva dovette percorrere almeno dieci chilometri di desolata strada di campagna oltre la cittadina di Todi, c'è da aggiungere che, una volta là, si trovò innanzi un palazzo semidiroccato, appena visibile dietro un boschetto di cipressi e con annesso cimitero privato.

– Io lì dentro non ci metto piede! – aveva subito chiarito la madre di Mirko.

Ma, con altrettanta determinazione, suo marito aveva affermato: – Sei la solita disfattista! Vedrai, ci divertiremo. D'altronde non era una vacanza diversa quella che desideravi? Beh, più diversa di così!

Dentro, la vecchia casa appariva peggio che fuori:

---

1. Il racconto è ambientato in Italia ai nostri giorni.

c'era un forte odore di chiuso, e, nella penombra che avvolgeva ogni cosa, gli imponenti mobili e le suppellettili antiche assumevano un aspetto minaccioso.

Istintivamente, Mirko si strinse a suo padre.

– Ehi, giovanotto! – disse quello rivolto al figlio. – Non avrai paura del buio?! – E, detto ciò, spalancò la finestra che dava sul cortile.

Ne entrò un fascio di luce che, sorprendendo granelli di polvere a danzare leggeri, animò nell'aria magici riflessi.

Mirko sorrise.

– Così va meglio – disse il signor Rossi al figlio. – Vediamo cos'altro ci riserva questa casa.

Una curiosa processione – con i signori Rossi in testa, Mirko e suo fratello maggiore Paolo al seguito, i coniugi Misasi in coda – partì in perlustrazione del "castello".

Corridoi e scale si snodavano gli uni nelle altre. Sui primi s'affacciavano enormi stanze buie; l'insolito corteo ne contò ben diciassette, distribuite su tre piani.

Quando gli scuri di tutte le finestre furono aperti, la vecchia casa assunse un aspetto più rassicurante: certo tutto lì dentro era sepolto da una cortina di polvere e d'incuria, i pavimenti sotto i piedi traballavano, ma quel non so che di misterioso e di inquietante pareva essere svanito o almeno quella, a sentir Mirko, fu la sensazione che provarono i più: – Avevi ragione, caro – disse con fare svenevole la signora Rossi al marito. – La casa ha qualcosa di unico; mi piace.

– Sono d'accordo! – aggiunse Antonella, alias signora Misasi. – Questo posto è così romantico!

Cosa poi ci trovasse di romantico in quel luogo, per Mirko era un vero mistero. Fatto sta che lui era rimasto l'unico a pensare che in quella casa ci fosse qualcosa di strano.

Per quanto ci provasse, non riusciva a scrollarsi di

dosso quella fastidiosa impressione: si sentiva spiato, osservato, seguito…

Tenne per sé i suoi pensieri: a chi avrebbe potuto confidarli? A suo fratello meno che agli altri; Paolo stava lì, accanto a lui, ma era come se non ci fosse: con la testa tra le nuvole, non faceva che ascoltare a tutto volume il suo walkman.

La giornata trascorse in fretta. Poi, però, giunse la sera.

Per andare dalla cucina – in cui tutti erano riuniti ad arrostir salsicce – al gabinetto, bisognava attraversare un grande salone, salire tre gradini, imboccare un corridoio e, finalmente, infilare non la prima, ma la seconda porta a sinistra.

Mirko aveva con sé una candela perché nella sala da bagno la lampadina era fulminata.

Quando ne uscì anche le luci del corridoio e del salone erano spente.

Cercando l'interruttore, mandò qualche maledizione al fratello, che in cuor suo accusò d'essere stato l'artefice di quello che, sulle prime, credette uno stupido scherzo. Con la candela in una mano, procedette verso la cucina facendosi coraggio. Aveva già percorso il corridoio e ridisceso gli scalini, quando…

– Salute a te, messere! – disse una voce di bimba.

Mirko cominciò a tremare: non c'erano bambine in quella casa, proprio non ce n'erano.

Fu in quel preciso istante che la luce della candela cadde sul grande ritratto appeso sul camino: una fanciulla pallida e smunta guardava proprio nella sua direzione.

Era vestita di preziosi broccati e merletti, ma aveva un'espressione mesta e triste. Quello strano yo-yo che stringeva in una mano fu l'ultima cosa che Mirko notò prima di schizzare verso la cucina.

– Che ti prende? – domandò la signora Rossi a suo figlio vedendolo tutto tremante e bianco in viso. – Pare quasi tu abbia visto un fantasma!

Ancora una volta Mirko tacque cercando di convincersi che ciò che aveva sentito poco prima era solo frutto di suggestione.

Quella sera, passando dal salone per andare a dormire, evitò di guardare in direzione del camino. La sua camera da letto era al pian terreno, proprio accanto alla stanza da bagno: avrebbe dormito in un grande letto di ferro battuto insieme a suo fratello.

Nonostante il gran sonno, tardava ad addormentarsi e, come se non bastasse, quel gufo, proprio fuori della finestra, non cessava di ripetere il suo monotono verso.

Poi, finalmente, s'era quasi assopito quando, di nuovo, udì quella voce di bimba ripetere come in un ritornello: – Mio giovin signore, verresti con me a giocare?

Lo strattone che Mirko diede alle coperte fu così forte che Paolo, svegliandosi di soprassalto, gridò seccato: – Sei impazzito, per caso?!

– Senti anche tu questa voce? – domandò Mirko.

– Cosa vai farneticando? – disse Paolo, girandosi dall'altro lato. – Sta' zitto e fammi dormire adesso!

Il mattino seguente, passando dinanzi al ritratto, Mirko non poté fare a meno di lanciargli uno sguardo: avrebbe giurato d'aver visto uno yo-yo in mano alla bimba, la sera prima, e ora, invece, quella stringeva una piccola bambola.

"Ma sì, ho sognato tutto" pensò tra sé uscendo di casa. "Tutta colpa delle salsicce; ieri sera ne ho mangiate davvero troppe."

Le famiglie Rossi e Misasi trascorsero l'intera giornata tra Gubbio e Assisi.

Quando giunse la sera, Mirko prese le sue precauzioni: con della cera costruì due tappi e se li infilò negli orecchi.

Fu così che riuscì a riposare tranquillo quella notte, la notte seguente e la successiva ancora; tuttavia, non poté fare lo stesso l'ultima sera, quella precedente la partenza… Ciò che gli accadde allora ha davvero dell'incredibile.

Con i suoi bravi tappi di cera negli orecchi dormiva alla grande quando, improvvisamente, si sentì scuotere.

– Che vuoi, Paolo? – domandò, credendo fosse stato il fratello a svegliarlo… ma quello non rispose, russava.

Col cuore in gola tirò appena il naso dalle coperte e diede una sbirciatina alla stanza.

Non fu necessario accendere la luce per comprendere cosa stesse accadendo: nel fascio di luce che entrava dalla finestra, Mirko poté distinguere chiaramente la bimba del ritratto. Quella, sorridendo, gli faceva cenno d'alzarsi con la mano.

Per nulla al mondo Mirko avrebbe voluto uscire da quel letto, ma una inspiegabile forza lo costrinse a farlo.

Quando fu in piedi non poté fare a meno di seguire la misteriosa fanciulla.

Insieme, i due lasciarono la stanza e raggiunsero il salone: al posto del camino c'era una piccola porta, era aperta e ne usciva una morbida luce.

Quando il bizzarro duo ebbe attraversato l'uscio, Mirko si ritrovò in un'enorme stanza stracolma di balocchi. I suoi occhi non sapevano dove posarsi: non avevano mai visto nulla di simile neppure in un negozio di giocattoli.

Era tutto rigorosamente di legno, stoffa o metallo; niente motori elettrici, plastica e robotica… eppure era tutto così semplicemente bello.

– Giocheresti un po' con me, messere? – chiese la bimba.

– Cosa hai detto? – domandò Mirko liberando i suoi orecchi dai tappi di cera.

– Vuoi giocare con me, messere? – ripeté la fanciulla.

– Non mi chiamo Messere – precisò il giovane Rossi. – Il mio nome è Mirko.

– Vuoi giocare con me, messer Mirko? – chiese di nuovo la bambina. – Sono Isotta; t'aspettavo da tanto, sai?

Di colpo tutta la paura svanì: in quella stanza Mirko si trovava a suo agio. Cosa importava, in fondo, che la sua compagna di giochi fosse una bimba o invece un fantasma: era simpatica e carina e questo, per lui, era abbastanza.

Quella notte risa di bimbi echeggiarono nel castello ma, misteriosamente, nessun ospite poté sentirle.

Il mattino seguente, Mirko tardò ad alzarsi.

– Sbrigati, dormiglione! – gli urlò d'un tratto il fratello. – Le valigie sono già in macchina; non vorrai restare qui, vero?

Mirko ci pensò su: dopo i fatti di quella notte la cosa non gli sarebbe dispiaciuta, in fondo.

Pigramente s'alzò e fece per sfilarsi il pigiama, quando un piccolo yo-yo gli cadde dalla tasca.

– Cos'è stato quel rumore? – domandò Paolo incuriosito.

– Non saprei – rispose Mirko, preservando così il suo segreto.

Una volta pronto, nascose lo yo-yo nella giacca, uscì dalla stanza, percorse velocemente il corridoio e, scesi i tre scalini, fu di nuovo nel salone.

– Allora ti sbrighi?! – urlò dall'esterno il signor Rossi.

C'era solo il tempo per un ultimo sguardo al ritratto: Isotta era lì, come sempre.

Diversamente dal solito, però, non era triste e smunta: sorrideva e il suo viso s'era tinto di rosa.

da *Il piccolo Pentamerone* di Vittoria Morella, Marco Derva

SCHEDA OPERATIVA

Lavoriamo sul testo

1. *Individua nel testo a quali righi corrispondono le sequenze di cui elenchiamo i titoli, indicando la tipologia di ciascuna di esse:*

SEQUENZE	RIGHI	TIPOLOGIA
1) Un castello per le vacanze.	*1-9*	*narrativa*
2) Descrizione dell'esterno del castello e della strada.	10-19	DESCRITTIVA
3) Descrizione dell'interno del castello e sua esplorazione.	25-29	//
4) Strana sensazione di Mirko.	59-65	NAR.
5) Alla luce della candela, una vocina di bimba.	80-83	[illegible]
6) Descrizione della bambina del ritratto.	87-93	DESC.
7) La notte, il gufo e la vocina.	105-110	NAR-DIALOG.
8) Qualcosa di diverso nel ritratto.	117-123	"-RIFLES
9) L'apparizione della bimba.	132-146	" DIALOG
10) La stanza dei balocchi.	150-156	DESCR.
11) I giochi di Isotta e di Mirko.	157-174	DIALOG
12) Lo yo-yo di Isotta.	178-186	
13) Il sorriso della bimba.	188-190	DESCR

2. *Alcune frasi del testo danno la sensazione che qualcosa di misterioso aleggi nel castello. Trascrivile qui di seguito.*

Es.: *nella penombra che avvolgeva ogni cosa, gli imponenti mobili e le suppellettili antiche assumevano un aspetto minaccioso.*

I personaggi

1. *All'inizio del racconto Mirko mostra un certo timore nei confronti del castello e della bimba. Alla fine, invece, desidererebbe perfino restare.*
Trascrivi tutte le espressioni che indicano le sensazioni di paura di Mirko e quelle che rivelano invece il piacere di stare con la sua piccola amica.

PAURA

Es.: *Mirko si strinse a suo padre.* MIRKO INCOMINCIO A TREMARE - COL QUORE IN GOLA

PIACERE

era simpatica e carina

2. *Qualcosa cambia anche nella bambina: come appare il ritratto di Isotta nella prima descrizione?* PALLIDA E SMUNTA

Come appare alla fine del racconto?

sorrideva e il suo viso si era tinto di rosa

L'ambiente e il tempo

1. *Isotta è "vestita di preziosi broccati e di merletti". Anticamente i bambini erano considerati "adulti in miniatura" e, tra l'altro, avevano un abbigliamento molto simile a quello dei loro genitori.*
Oggi, invece, esistono capi di abbigliamento confezionati appositamente per i bambini. Ne elenchiamo alcuni; spiega come sono fatti:

tutina

pagliaccetto

coprifasce

cuffietta

2. *Isotta si rivolge a Mirko con l'appellativo di "messere", che nel Medioevo voleva dire "mio signore".*
Cerca sul vocabolario il significato degli altri termini medievali sotto riportati:

madonna

monna

ser

dama, damigella

Spunti per la riflessione e per la produzione

1. *Perché, secondo te, la piccola Isotta ha tanta voglia di giocare con qualcuno? Perché è così pallida e la sua* *espressione tanto triste? Che cosa può esserle successo tanto tempo prima, quando era ancora in vita? Immagina la storia di Isotta e raccontala.*

2. *Un fantasma che non fa paura: è quello di film come* Ghost *e* Ghostbusters *oppure quello immaginato dallo scrittore Oscar Wilde ne* Il fantasma di Canterville. *Esponi la trama di un film o di un racconto che abbia tra i personaggi un fantasma "buono".*

Alla ricerca di Valentina

C'era una gran confusione in IV C, quella mattina di febbraio: si distribuivano le pagelle del primo quadrimestre e, come sempre accade in questi casi, alcuni gioivano, altri si disperavano, altri ancora protestavano oppure alzavano le spalle con rassegnazione.

Valentina non faceva niente di tutto questo: era rimasta silenziosa, ferma nel suo banco, con gli occhi fissi sulla pagella.

– Vale – disse Michela, sedendosi accanto a lei – che succede? È tanto brutta?

Valentina le passò la pagella senza dire una parola, e Michela diede una rapida occhiata alla fila dei voti.

– Beh, certo, ci sono dei quattro... e quel tre in francese... ma puoi rimediare, no?

– E chi glielo dice ai miei genitori? Non posso... non posso tornare a casa... non subito... – si fermò guardandola speranzosa. – Posso venire a pranzo da te? Magari, se torno a casa di pomeriggio, c'è solo mia madre... comincio a parlare con lei, e poi... Invece a pranzo ci sarà certamente anche mio padre... posso venire da te, Micky?

– E come, no? Andiamo a telefonare.

All'uscita di scuola Michela si guardò intorno, ma non vide Valentina.

– Giorgio – chiese a un compagno – hai visto Vale? Deve venire a pranzo da me, ma non la vedo in giro.

– Forse si è trattenuta in bagno – intervenne Gloria.

– Sai com'è Valentina: sempre perfetta, capelli sempre in ordine…

– Non era in bagno: sono stata io l'ultima a uscire – disse Antonella.

– Aspetterò ancora un po' – concluse Michela e continuò a guardarsi intorno stupita finché non rimase più nessuno, se non qualche sparuto gruppetto di ragazzi che si era fermato a chiacchierare.

Allora decise di tornare a casa. Ma, mentre si incamminava lungo il viale d'accesso della scuola, le sorse un dubbio: che fosse successo qualcosa alla sua amica? Che fosse fuggita chissà dove per timore di quella maledetta pagella? Si ricordò improvvisamente di Claudia, la cugina preferita di Valentina. Entrò in un bar e cercò il suo numero sull'elenco. Per fortuna era in casa.

– Vale? Non è venuta qui. Ma che è successo?

Brevemente Michela glielo spiegò. – Non diciamo niente a nessuno – aggiunse. – Si preoccuperebbero. La cercherò io.

– Ti aiuterei, ma non posso muovermi: ho i miei nonni a pranzo e sembrerebbe molto strano, se uscissi. Chiamami più tardi e, se ancora non l'avrai trovata, ti raggiungerò… C'è un posto dove puoi cercarla: alla villa, accanto al laghetto artificiale. Ci va spesso, quando è triste. Prova là.

Prima di andare alla villa, Michela richiamò sua madre.

– Mamma, Vale e io abbiamo deciso che è meglio andare da lei – le comunicò. – Non preoccuparti. Tornerò verso le otto.

– Ma avevo già preparato anche per voi! – protestò sua madre.

– Scusaci, ma'. Valentina ha avuto una pagella un po' bruttina e non se la sente di affrontare da sola i genitori… Ci vediamo più tardi, eh? Ciao.

Attraversò i grandi viali che portavano alla villa comunale e in pochi minuti raggiunse il laghetto artificiale.

C'era un bel sole, l'acqua scintillava e alcune foglie oscillavano dolcemente, mosse dalle onde. Qualche passero svolazzava qua e là. Ma le panchine intorno al lago erano tutte deserte... tranne una.

Avvolta in un cappottone scuro, che doveva aver conosciuto tempi migliori, e seduta a godersi il sole su una panchina, c'era una vecchietta molto piccola e grinzosa. Michela le si avvicinò.

– Mi scusi, signora... ha visto per caso passare una ragazza della mia età, castana, dagli occhi verdi, con i capelli lunghi e lisci, una giacca a vento blu e uno zaino molto colorato? Aveva anche un piccolo orsacchiotto rosa legato allo zaino... è il suo portafortuna.

– E guanti rosa confetto? – volle precisare la vecchina.

– Sì! – quasi gridò Michela.

– Se n'è andata da una mezz'ora circa. È rimasta a guardare il lago per un po'; poi si è alzata e...

– Dove è andata?

– Da quella parte.

– Grazie! Grazie mille! – gridò Michela, mettendosi a correre nella direzione che la vecchina le aveva indicato. E mentre correva si accorse che stava andando verso il luna park.

Che a Vale fosse saltato in mente di distrarsi con le giostre? Non era da lei; tuttavia, era meglio chiedere se qualcuno l'avesse vista.

– Qui passa tanta gente... – le rispose, allargando le braccia, il venditore di zucchero filato.

– Ho visto solo dei catastrofici bambini di non oltre dieci anni – disse, ancora sconvolto dalla sua tragica esperienza, l'addetto alle Tazze volanti.

– Non posso ricordarmi di tutti quelli che passano – fece, burbero, l'autista del Trenino.

Le venne in mente all'improvviso la passione di Vale per i film dell'orrore. Bene, l'avrebbe cercata alla Casa delle Streghe, al Castello Incantato, al Covo dei Pirati e al Maniero di Dracula.

Ma dopo quasi un'ora fu costretta ad arrendersi. Era ancora al luna park, seduta su una panchina, senza alcuna speranza: nessuno aveva visto Valentina.

"E se avesse chiamato a casa per avvertirmi che non sarebbe venuta? In tal caso, mamma si preoccuperebbe da morire... se mi avesse lasciato un messaggio? Meglio telefonare con una scusa".

– Ma'? Sono io. Ha chiamato per caso Francesca? Doveva prestarci i suoi appunti di chimica e non si è ancora fatta viva.

– No, non ha chiamato nessuno (Michela sospirò: che sollievo!). Com'è andata con la pagella di Valentina?

– Beh... meglio del previsto. Grazie, mamma. Ci vediamo più tardi. Un bacio a Lula, che sento abbaiare come una pazza. Che succede?

– Niente di grave, è tornato papà e Lula gli sta facendo le feste. Vado a mettere in tavola. A più tardi, allora.

Michela riagganciò con tristezza. Lula che abbaiava, il pranzo tutti insieme, le battute dei suoi fratelli più piccoli... come le mancava, in quel momento, la sua famiglia! E che fame aveva... del resto erano quasi le tre. Claudia! Forse Claudia aveva finito di mangiare e poteva venire ad aiutarla nelle sue ricerche! Inserì la scheda nel telefono.

– Sì? – rispose una voce maschile.

– C'è Claudia, per cortesia? Sono Michela.

– Un momento... te la chiamo subito.

Attese con impazienza che Claudia rispondesse. Passò un minuto interminabile; poi una voce disse: – Claudia viene subito.

– Eccomi! – disse finalmente, dopo altri lunghissimi secondi, la voce affannata di Claudia. – L'hai trovata?

– No. Da nessuna parte. Puoi venire a darmi una mano? Sono al luna park.

– Va bene... però non posso uscire subito... Facciamo così: fra tre quarti d'ora alla fermata della metropolitana accanto al luna park. Va bene?

– Okay – gemé Michela. Altri quarantacinque minuti di attesa! Beh, poteva mangiare qualcosa, nel frattempo.

Comprò un pacchetto di pop-corn e li divorò in pochi minuti. Non aveva molti soldi in tasca, perciò andò a bere a una fontana. Poi gironzolò un po' tra le giostre e, mentre si guardava intorno, vide a terra un piccolo oggetto rosa. Si avvicinò e lo raccolse. Era Pinky! Era proprio Pinky, il portafortuna di Valentina.

Allora era stata lì...

Fu con grande impazienza che, alle quattro meno venti, andò ad aspettare Claudia all'ingresso del metrò.

Alle quattro meno dieci Claudia non si vedeva ancora. Michela sbuffò e sedette sullo zaino. Guardò giù per le scale: niente. Si guardò intorno disperata: ancora niente. Cominciava a sentirsi molto stanca e le passavano davanti agli occhi brutte scene con Vale come protagonista. Qualcuno le aveva forse strappato lo zaino? Qualcuno le aveva fatto del male? Vale non si sarebbe mai separata da Pinky...

Guardò l'orologio. Erano le quattro e di Claudia neanche l'ombra. Decise allora di telefonare a casa sua per chiedere da quanto tempo fosse uscita. Si alzò, si caricò lo zaino sulle spalle e raggiunse un telefono pubblico. Mentre stava per inserirvi una scheda, sussultò: non era Valentina, quella ragazza che scendeva di corsa i gradini della Metropolitana, dalla parte che andava verso la stazione? Ritirò in fretta la scheda, afferrò lo zaino e cominciò a correre forsennatamente verso la ragazza.

Le scale mobili danzavano davanti ai suoi occhi in un balenìo di metallo, le luci le correvano incontro, i pendolari stanchi che si lasciavano trasportare dal nastro la guardavano stizziti quando, nella sua corsa, lei li urtava.

Raggiunse col fiatone la pensilina. Eccola! Stava aspettando il treno in arrivo sul binario 2, e la locomotiva aveva già imboccato la curva che immetteva nella stazione. Si precipitò presso la snella figuretta dai lunghi capelli castani. – Vale! – urlò, e gettò a terra lo zaino per poter correre più in fretta. – Vale! – La ragazza si voltò proprio quando Michela giunse a pochi passi da lei. – Chiamavi me? – le chiese, un po' stupita. Aveva almeno vent'anni, gli occhi scuri e un trucco molto pesante. Non era lei...!

– Scusami – le disse Michela. – Ti avevo scambiata per una mia amica.

– Oh, ecco il mio treno! Ciao! – gridò la ragazza, e saltò nel vagone, salutandola con la mano.

Sconsolata, Michela tornò indietro per recuperare il suo zaino. Che delusione! Aveva proprio sperato... le tornò in mente all'improvviso l'appuntamento con Claudia e, con le gambe che ormai le si piegavano per la stanchezza, risalì all'ingresso della metropolitana.

Claudia era lì e guardava con impazienza l'orologio.

– Finalmente! – esclamò, vedendola. – Ho fatto una corsa per raggiungerti, ho dovuto inventare un pretesto con i miei nonni e con i miei genitori, e...

– Scusami – la interruppe Michela – ho visto una ragazza che mi sembrava lei e l'ho seguita.

Claudia sospirò. – Nessuna novità?

Michela prese Pinky dalla tasca e glielo mostrò.

– Oh – mormorò Claudia.

– Senti... – disse Michela – forse è salita su un treno per andare da qualche parte...

– Non ha mai molti soldi in tasca – obiettò Claudia.

– E non è certo il tipo che viaggia da sola senza problemi. Lo sai, è piuttosto timida.

– Ma è l'ultima possibilità che abbiamo... e poi, quando uno è disperato, fa cose che normalmente non farebbe... andiamo a vedere alla stazione, ti prego.

Claudia scrollò le spalle. – E andiamoci. Ma credo che ormai abbiamo pochissime speranze di ritrovarla.

La stazione non era molto affollata, a quell'ora. Comunque, Valentina non c'era.

– Guarda! – A un tratto Michela indicò a Claudia un gruppo di ragazzi. – Sono Paolo, Daniela, Simona e Alice, i miei compagni di classe... ehi! – chiamò.

– Michela! – esclamò Paolo, voltandosi. – Che ci fai da queste parti? Sei in partenza?

– Cerco Valentina. L'avete vista, per caso? Questa è Claudia, sua cugina.

– Ciao, io sono Paolo. No, non l'ho vista. Avevate appuntamento qui? Ma non capisco... se dovevate vedervi qui, che ci faceva Valentina un'oretta fa nei dintorni di casa tua? Perché non siete venute insieme?

– Che cosa? – gridarono insieme Claudia e Michela.

Paolo le guardò stupito, e fu ancora più stupito quando Michela lo abbracciò e lo baciò su tutte e due le guance. – Sei grande! Grazie, Paolo! Corri, Claudia, dobbiamo raggiungerla!

– Ehi! gridò Paolo, accarezzandosi una guancia, alle due ragazze che fuggivano via come lepri. – Ti dirò molto più spesso di aver visto Valentina, se reagisci sempre così!

Michela rise e continuò a correre.

– Il 49 rosso! – ansimò Claudia, senza fiato. – Prendiamolo!

Saltarono sull'autobus, e mai era loro sembrato che un autista fosse più lento e imbranato di quello che era capitato su quel 49 rosso.

Raggiunto finalmente il capolinea, scesero, sempre correndo, attraversarono la piazza e imboccarono la strada dove abitava Michela.

– Ecco il mio portone! È quello laggiù! Ma… ma non c'è nessuno! – Michela aveva le lacrime agli occhi per la delusione.

Rallentarono entrambe il passo. – Va bene – disse tristemente Claudia – noi abbiamo provato. Non ci resta che avvertire i miei zii. Mi dispiace, perché credo che quando poi troveranno Valentina saranno dolori per la poveretta... altro che sgridata... Abbiamo fatto del nostro meglio, Michela... soprattutto tu...

– Figurati – disse Michela che, una volta caduta la tensione, sentiva addosso tutta la stanchezza di quella strana giornata. – Valentina è la mia migliore amica... io volevo aiutarla e non ci sono riuscita... anzi, forse ho peggiorato le cose perché non ho avvertito subito i suoi genitori. Sono molto preoccupata per lei... che succederà, se non torna a casa? E se le fosse già successo qualcosa?

A passo lento avevano ormai raggiunto il portone.

– Telefonerò subito ai suoi genitori – disse Michela.

– Ti chiamerò stasera per avere notizie – Claudia le strinse la mano.

In quel momento si udì un lievissimo sussurro:

– Micky.

Le due ragazze si voltarono all'unisono. Seduta sulle scale, con lo zainetto colorato ai piedi e un'aria molto depressa, c'era Valentina.

– Vale! Eri qui...! Ti abbiamo cercata per tutta la città... Che spavento ci hai fatto prendere! – gridò Michela, ansimando per l'emozione. – Dove sei stata tutto questo tempo?

Valentina, un po' pallida, taceva con gli occhi bassi.

– Che ti è successo? Ti senti bene? – chiese ansiosamente Claudia.

Valentina continuava a tacere. Passarono alcuni secondi che a Michela sembrarono secoli. Poi Valentina si alzò lentamente dal gradino.

– Ho aspettato che tu tornassi – disse a Michela. – Pensavo... ho riflettuto, durante queste ore, e ho capito che, dopo tutto, una brutta media nel primo quadrimestre non è una disgrazia irreparabile. Certo, mi prenderò una bella sgridata. Me la sono meritata, ho preso le cose un po' alla leggera... Certo, per un po' di tempo papà non mi lascerà mettere il naso fuori casa... però rimedierò. Mi metterò a studiare e riconquisterò la sua fiducia...

Sospirò, esitando per un attimo, e continuò: – Sarà un po' dura affrontarlo... sapete com'è mio padre quando va su tutte le furie... Però, visto che devo affrontarlo, è meglio farlo subito... aspettare non può far altro che peggiorare le cose... e poi, prima arriverà il castigo e prima finirà. Studierò come una pazza, lo giuro. Vuoi aiutarmi a recuperare, Michela? Sei così brava, in francese...

– Questi sì che sono discorsi intelligenti! – approvò Michela. – Una brutta pagella non è una bella cosa, ma non è neppure la fine del mondo...

– E io giuro che non uscirò con te per un mese – disse Claudia. – Fino al prossimo compito in classe di francese. Vuoi il nostro conforto morale per affrontare i tuoi?

– No... grazie, Claudia. È meglio che li affronti da sola... Però adesso devo confessarvi una cosa.

– Che cosa? – chiesero insieme Claudia e Michela.

Un sorriso apparve prima negli occhi verdissimi e poi sulle labbra di Valentina.

– Ho una fame incredibile! Non ho mangiato niente, a pranzo...

– Allora saliamo, no? – propose Michela. – Mamma

aveva preparato anche per noi... – All'improvviso le sorse un dubbio: – Non è che, per caso, hai citofonato su da me?

– Certo che no – Valentina scosse la testa. – Sapevo che non potevi essere in casa, perché ero sicura che tu mi stessi cercando.

– Queste sono le vere amiche! – esclamò Claudia, ridendo. – Quelle che ti conoscono meglio di te stessa! Bene, allora, mentre andate a mangiare, io torno a casa.

– Telefonerò subito a mamma – disse Valentina, mentre aspettava l'ascensore con Michela. – Magari comincerà a preparare papà... – sospirò. – E speriamo in un po' di fortuna...

– A proposito – Michela si frugò nella tasca della giacca a vento e ne estrasse un orsacchiotto rosa.

– Pinky! – esclamò Valentina, afferrandolo tutta contenta. – Beh, allora tutto andrà benissimo... ne sono sicura.

E risero insieme di cuore, mentre l'ascensore saliva.

Lalla De Angelis (inedito)

Lavoriamo sul testo

1. *Completa i periodi, ponendo accanto agli elementi del Gruppo A quelli dei gruppi B e C:*

Gruppo A

1) In IV C c'è grande agitazione
2) Michela, vedendo l'espressione di Valentina,
3) Poiché Valentina non vuole tornare subito a casa
4) Michela, dopo aver telefonato a Claudia,
5) Dopo aver chiesto alle persone che lavorano al luna park,
6) Michela arriva in ritardo all'appuntamento con Claudia
7) Mentre Claudia e Michela parlano

Gruppo B	Gruppo C
4	6

Gruppo B

1) accanto al portone di casa di Michela
2) la cugina preferita di Valentina,
3) Michela richiama Claudia, nella speranza
4) perché si distribuiscono le pagelle
5) perché, mentre aspettava,
6) si avvicina alla sua amica
7) chiede a Michela

Gruppo C

1) decide di cercare la sua amica al laghetto artificiale.
2) per cercare di aiutarla.
3) di andare a pranzo da lei.
4) che possa accompagnarla nella ricerca.
5) Valentina chiama dall'interno la sua amica.
6) relative al primo quadrimestre.
7) ha visto passare una ragazza che sembrava Valentina.

2. *Nella ricerca di Valentina Michela procede per ipotesi o supposizioni. Elenchiamo alcune fasi della sua ricerca. Quali ipotesi fa Michela in queste occasioni?*

OCCASIONI	IPOTESI
– All'uscita di scuola	*Forse è successo qualcosa alla sua amica.*
– Andando verso il luna park	....
– Pensando ai gusti di Valentina in fatto di film	....
– Quando trova l'orsetto rosa	....

Anche Claudia, nel corso della prima telefonata, fa un'ipotesi. Quale? ....

....

I personaggi

1. *Quali sentimenti prova Michela durante la sua affannosa ricerca di Valentina? Elenchiamo qui di seguito alcune situazioni; poni accanto a ciascuna le sensazioni e i sentimenti provati dalla protagonista:*

SITUAZIONI	SENSAZIONI O SENTIMENTI
– Quando, all'uscita di scuola, non vede Valentina	*stupore*
– Quando la vecchina nomina "i guanti rosa confetto"	....
– Quando riaggancia dopo aver sentito abbaiare la sua cagnolina	....

- Quando si accorge che la ragazza che ha seguito non è Valentina ....
- Quando Paolo le dice di aver visto Valentina nei pressi di casa sua ....
- Quando viaggia in autobus con Claudia ....
- Quando non vede Valentina sotto casa ....
- Quando Valentina le comunica la sua decisione di tornare a casa e di studiare di più ....

2. *Valentina, dopo aver inizialmente deciso di non tornare subito a casa, cambia idea.*

a) Con quali argomentazioni motiva queste scelte diverse?...

....

....

....

b) Nel complesso, ti sembra che alla fine del racconto Valentina sia più matura che all'inizio? Perché?..................

....

....

....

Spunti per la riflessione e per la produzione

1. *Un tuo amico ha avuto una pagella non del tutto positiva o decisamente negativa. Che cosa gli diresti? Sei d'accordo con il discorso che Valentina fa a Claudia e a Mi-*

chela? Quali altri argomenti potresti aggiungere a quelli da lei addotti?

2. *La ricerca di Valentina conduce Michela al luna park. Ne hai certo visitato qualcuno. Quali sensazioni provi in un luna park? Quali sono i tuoi divertimenti preferiti?*

3. *Valentina ha un portafortuna, l'orsetto rosa di nome Pinky. Hai anche tu un oggetto particolarmente caro, dal quale non ti separeresti facilmente? Descrivilo e spiega i motivi per cui sei tanto affezionato a quest'oggetto.*

E per finire, pensieri e parole sull'amicizia...

Quando due persone si comprendono nel profondo del cuore, le loro parole sono dolci e forti come il profumo delle orchidee.
Confucio (VI-V sec. a.C.)

È bene essere ricchi ed è bene essere forti, ma la cosa migliore è essere amati da molti amici.
Euripide (V sec. a.C.)

Che cos'è un amico? È un'anima sola che vive in due corpi.
Aristotele (IV sec. a.C.)

La natura non ama affatto la solitudine e poggia sempre su qualche sostegno; e il sostegno più dolce lo si trova negli amici più cari.
Cicerone (I sec. a.C.)

Che cosa è più dolce che avere qualcuno con cui tu possa parlare di tutto come con te stesso?
Cicerone (I sec. a.C.)

Chi rimira un vero amico rimira come un'immagine di se stesso.
Cicerone (I sec. a.C.)

Di tutte le felicità, la più incantevole è quella di un'amicizia sicura e gentile. Essa addolcisce ogni nostra preoccu-

pazione, dissolve i dolori e ci consiglia in tutte le situazioni gravi.

Seneca (I sec. d.C.)

Può esserti tolto il conforto di avere un amico, ma non quello di averne avuto uno.

Seneca (I sec. a.C.)

AMICIZIA

È un tacito contratto fra due persone sensibili e virtuose. Dico "sensibili", perché un monaco, un solitario possono non essere affatto insensibili, e tuttavia vivere senza conoscere l'amicizia. Dico "virtuose", perché i malvagi non possono avere che dei complici; i dissoluti, dei compagni di bagordi; le persone interessate, dei soci; i politici si circondano di partigiani faziosi; la massa degli sfaccendati ha delle conoscenze; i principi hanno attorno a loro dei cortigiani: solo gli uomini virtuosi hanno amici.

Voltaire (XVIII secolo)

Voglio qualcuno che rida con me, qualcuno che sia serio con me, qualcuno che mi compiaccia e mi aiuti nelle scelte con le sue osservazioni e qualche volta, non c'è dubbio, che ammiri la mia acutezza e perspicacia.

Robert Burns (XVIII secolo)

Una gioia condivisa è una gioia doppia.

Johann Wolfgang Goethe (XVIII-XIX secolo)

Quando i miei amici hanno un occhio solo, li guardo di profilo.

Joseph Joubert (XVIII-XIX secolo)

Io con te, tu con me, le miglia sono brevi in compagnia.

George Eliot (XIX secolo)

Fintanto che amiamo siamo utili, fintanto che siamo amati dagli altri oserei dire che siamo indispensabili; e nessuno è inutile finché ha un amico.

Robert Louis Stevenson (XIX secolo)

L'amore e l'amicizia sono la scoperta di noi stessi negli altri, e la nostra goia nell'identificazione.

Alexander Smith (XIX secolo)

Sono gemello di coloro che amo.

Paul Eluard (XX secolo)

Non esiste negozio al mondo dove si possa comprare l'amicizia.

Antoine de Saint-Exupery (XX secolo)

Esiste un solo vero lusso, ed è quello dei rapporti umani.

Antoine de Saint-Exupery (XX secolo)

Voglio solo il mio braccio sopra un altro braccio amico e spartire con gli altri occhi quello che guardano i miei.

Luis Cernuda (XX secolo)

L'amicizia esisteva all'epoca di Confucio ed esiste oggi. Non c'è alcun motivo di pensare che debba scomparire nel futuro.

Francesco Alberoni (XX secolo)

L'amicizia, come la casa, è dove andiamo quando nessun altro ci vuole.

Julie Burchill (XX secolo)

Brevi biografie degli autori

Ariosto, Ludovico
Nacque a Reggio Emilia nel 1474. Costretto a provvedere al sostentamento della famiglia, entrò al servizio del cardinale Ippolito d'Este e poi di suo fratello Alfonso, signore di Ferrara. Per incarico di quest'ultimo divenne governatore della Garfagnana, regione infestata dai briganti, e solo negli ultimi anni, tornato a Ferrara e acquistata una casetta in contrada Mirasole, poté dedicarsi tranquillamente alla letteratura. In quegli anni corresse instancabilmente il suo poema, l'*Orlando furioso*, e incontrò il pittore Tiziano, che fece il suo ritratto. Morì a Ferrara nel 1533.

Calvino, Italo
Nacque nel 1923 a Santiago de Las Vegas, Cuba, dove il padre si trovava per motivi di lavoro; visse poi in Liguria fino al 1943, anno in cui si unì ai partigiani. Su questa esperienza sono incentrati il suo primo romanzo, *Il sentiero dei nidi di ragno*, e alcuni racconti della raccolta *Ultimo viene il corvo*. La realtà ha sempre, in Calvino, un alone fiabesco; in seguito, infatti, lo scrittore approdò alla narrativa fantastica, con i tre racconti riuniti sotto il titolo *I nostri antenati*. Tra le sue opere più celebri ci sono i racconti di *Marcovaldo*. Calvino curò anche una raccolta di *Fiabe italiane* tradotte da vari dialetti. Morì a Siena nel 1985.

Dalù, Luisanna
Autrice di vari testi di narrativa destinati alla scuola.

Di Giacomo, Salvatore
Nacque a Napoli nel 1860. Iscritto alla facoltà di medicina, se ne allontanò ben presto per dedicarsi al giornalismo e alla lette-

ratura. Collaborò a vari giornali e riviste, ma fu soprattutto poeta e novelliere. Scrisse anche per il teatro: *'O voto*, *'O mese mariano* e *Assunta Spina* sono tra i suoi drammi più conosciuti. Nelle novelle si riallacciò al Verismo e trasse dalle povere e umili cose accenti di delicata poesia. Importante la raccolta *Novelle napolitane*. Nelle sue opere Di Giacomo usò il dialetto come testimonianza di un mondo che andava pian piano scomparendo. Morì a Napoli nel 1934.

GOZZANO, GUIDO

Nacque a Torino nel 1883 e visse quasi sempre nella sua città, ma si recò spesso ad Agliè, nel Canavese, dove, nella sua villa "Il Meleto", trovava sollievo alla tisi, manifestatasi fin dal 1904. Iscrittosi alla facoltà di giurisprudenza, non terminò gli studi e cominciò a frequentare poeti e letterati. Collaborò attivamente a giornali e riviste con articoli, novelle e fiabe per ragazzi, e fu uno dei maggiori poeti crepuscolari. La sua prima raccolta di versi, *La via del rifugio*, ebbe subito successo, ma le poesie più originali sono quelle raccolte nei *Colloqui*. Nel 1912 Gozzano si recò in Oriente, sia perché ne era affascinato, sia perché sperava che il clima caldo avrebbe giovato alla sua salute. Ma il suo male si aggravò ed egli morì a Torino, a soli trentatré anni, nel 1916.

MAHFUZ, NAGIB

È nato al Cairo nel 1912 e vive in Egitto. È narratore, giornalista e sceneggiatore cinematografico; nelle sue opere ha rappresentato con grande realismo la vita della sua città e la sua vitalità talvolta caotica. Tra le più importanti, ricordiamo la *Trilogia del Cairo*, *Il nostro quartiere* e la raccolta di racconti *La taverna del gatto nero*. Mahfuz è stato il primo scrittore arabo insignito del Premio Nobel, che gli è stato conferito nel 1988.

MASUCCIO SALERNITANO

Il suo vero nome era Tommaso Guardati. Nacque a Salerno (o forse a Sorrento) nel 1410 circa. Di famiglia nobile, partecipò alla vita della corte aragonese, frequentando l'aristocrazia napoletana; divenne poi il segretario del principe Roberto Sanseverino e si stabilì a Salerno. Scrisse cinquanta novelle, che inviò a personaggi famosi dell'epoca, accompagnandole con una lettera di dedica, e che poi raccolse sotto il nome di *Novellino*. La raccolta fu pubblicata dopo la sua morte, avvenuta a Salerno nel 1475.

MAUPASSANT, GUY DE
Nacque nel 1850 a Château de Miromesnil, in Normandia. La madre, amica dello scrittore Flaubert, lo introdusse nel mondo letterario. Nel 1870 partecipò alla guerra franco-prussiana, da cui trasse spesso materiale per i suoi racconti. L'amicizia con gli scrittori Flaubert e Zola fu determinante per l'inizio della sua attività letteraria. Dopo il successo della sua novella *Palla di sego*, Maupassant scrisse ininterrottamente; pubblicò tre romanzi e circa trecento novelle. Morì, al colmo della fama, nel 1893, a soli quarantatré anni, in una clinica di Parigi dove era stato ricoverato per una malattia mentale.

MORELLA, VITTORIA
Autrice di testi di narrativa scolastica.

OMERO
Le notizie su questo poeta sono incerte. Visse probabilmente nell'VIII secolo a.C.; gli sono attribuiti due tra i maggiori poemi epici dell'antichità, l'*Iliade* e l'*Odissea*, che narrano rispettivamente le vicende della guerra di Troia e le peripezie di Ulisse. I due poemi nacquero dalla fusione e dalla rielaborazione di vari canti che erano stati trasmessi oralmente da aedi e rapsodi, cantori girovaghi che narravano le imprese degli antichi eroi. Omero fu probabilmente uno di essi e decise di trascrivere quei canti.

PROVENZAL, DINO
Nacque a Livorno nel 1877 e fu professore e poi preside di istituti magistrali. Collaborò a molti giornali e riviste e descrisse la vita della scuola in molti suoi libri. Tra questi ricordiamo:

Manuale del perfetto professore, *Uomini, donne e diavoli*, *Coi pargoli innocenti*. Scrisse anche commenti scolastici ai classici e vari libri per ragazzi.

PULCI, LUIGI
Nacque a Firenze nel 1432. Poiché la sua famiglia si trovava in gravi ristrettezze a causa della morte precoce del padre, entrò in casa Medici, dove la madre di Lorenzo de' Medici lo incitò a cominciare il suo poema *Il Morgante*; più tardi anche Lorenzo gli affidò incarichi di fiducia. Ma, entrato in contrasto con alcuni personaggi della corte medicea, Pulci lasciò Firenze. Morì a Padova nel 1484, accusato di eresia e sepolto in terra sconsacrata.

STUPARICH, GIANI
Nacque a Trieste nel 1891. Studiò alle università di Praga e Berlino e si laureò in lettere a Firenze, dove collaborò alla rivista *La Voce* di G. Prezzolini. Combatté da volontario nella prima guerra mondiale e fu decorato con una medaglia d'oro. Tornato a Trieste, si oppose al fascismo e fu inoltre perseguitato per motivi razziali; militò nelle file della Resistenza e assunse una posizione particolarmente aperta sul problema dell'irredentismo. Alcuni suoi romanzi e racconti rievocano con commozione il paesaggio natio e gli affetti familiari, come *L'isola*, *Trieste nei miei ricordi* e *Ricordi istriani*. È morto a Roma nel 1961.

TECCHI, BONAVENTURA
Nacque a Bagnoregio (Viterbo) nel 1896. Fu germanista e insegnò letteratura tedesca all'Università di Roma. Esordì nella narrativa con *Il nome sulla sabbia*, pubblicando poi una serie di romanzi e racconti che trattano, secondo un'ottica cristiana, problemi morali e psicologici. Tra le sue migliori opere narrative si ricordano: *Il vento tra le case*, *Tre storie d'amore*, *Storie di bestie*, *Valentina Velier*. Morì a Roma nel 1968.

VIRGILIO
Publio Virgilio Marone nacque ad Andes, presso Mantova, nel 70 a.C. Visse a lungo tra Napoli e Roma, fu amico dell'impera-

tore Augusto e fece parte del circolo di Mecenate, un nobile romano che aveva raccolto intorno a sé un importante gruppo di poeti. Nonostante la fama conseguita, Virgilio rimase sempre di carattere timido e schivo. Tra le sue opere principali c'è l'*Eneide*, poema epico che, attraverso le vicende di Enea, intende celebrare Roma e l'età di Augusto. Si ammalò durante un viaggio in Grecia e morì a Brindisi nel 19 a.C. Si tramanda che sul letto di morte chiese agli amici di distruggere il manoscritto del poema, di cui non era soddisfatto, ma essi si rifiutarono e, dopo la sua morte, Augusto volle che fosse pubblicato. Virgilio fu sepolto a Napoli, la città che aveva prediletto e nella quale aveva scritto la maggior parte dell'*Eneide*.

VOLTAIRE
Il suo vero nome era Françoise-Marie Arouet; nacque a Parigi nel 1694 da un'agiata famiglia borghese. Il suo amore per la satira gli procurò parecchie inimicizie e un anno di prigionia alla Bastiglia. Le sue opere, però, ebbero grande successo ed egli fu molto ricercato, amico di nobili e ben visto a corte. Dopo una lite con un nobile, fu costretto a lasciare la Francia; andò prima in Inghilterra e poi a Berlino, alla Corte di Federico II di Prussia. Quando i rapporti con il sovrano si guastarono, Voltaire si recò in Svizzera, dove D'Alembert gli propose di collaborare alla grande opera del pensiero illuminista, l'*Enciclopedia*. Benché le sue opere fossero spesso proibite in Francia, Voltaire era al culmine della gloria e, tornato a Parigi nel 1778, ottenne un grande trionfo. Ma dopo tre soli mesi di soggiorno a Parigi, lo scrittore, ormai vecchio, morì. Tra le sue opere più famose c'è il romanzo breve *Candido*.

Indice

Stockmann / Osterberg
So einfach wird Ihr Boxer erzogen,
gut aufgezogen, richtig ernährt –
. . . vom Welpen bis zum alten Hund

Friederun Stockmann
Dr. med. vet. Renate Osterberg

So einfach wird Ihr Boxer erzogen

... gut aufgezogen, richtig ernährt
... vom Welpen bis zum alten Hund

Hinweise zur Ernährung
und Gesunderhaltung
des Boxers

Mit einem Vorwort von Horst Volkmann

Mit 69 Zeichnungen im Text
von Friederun Stockmann
und 23 Fotos

Verlag Gollwitzer · Weiden i. d. Opf.

Zeichnungen im Text Friederun Stockmann. Die Fotos wurden uns freundlicherweise von Boxer-Freunden zur Verfügung gestellt.
Titel-Bild zeigt die Boxer-Hündin Dido v. Otterloh
Besitzerin: Frau Ilse Sieber
Aufnahme: Hans Gollwitzer

Umschlaggestaltung und Gestaltung des Buches: werkstatt igoll

Die Fotos wurden eingesandt:

Volkmann	Bildseite: 1, 3, 5, 7, 8, 10, 11
Tengelmann	Bildseite: 2, 3, 6, 8, 9, 12, 13
Schreyer	Bildseite: 4
Osterberg	Bildseite: 5

1. Auflage 1984

Printed in Germany.
ISBN: 3-923555-01-6

Inhalt:

Prolog

Hunde sind seit Jahrtausenden des Menschen bester Freund, und wir können es als passionierte Liebhaber nicht verantworten, sie zu vernachlässigen. Wir wissen, daß alle Hunde mehr oder weniger auf uns angewiesen sind.

Es ist unsere Aufgabe, die vorhandenen wertvollen Fähigkeiten, die die Natur den Hunden mitgegeben hat, zu fördern – statt diese Nützlichkeiten unter der immer stärker werdenden Domestikation zu dezimieren. Nicht umsonst ist die Bezeichnung »Gebrauchshund« für viele Rassen geschaffen, was nichts weiter sagt, als daß diese Rassen nach bestimmten Grundsätzen gezüchtet und für den Menschen nutzbringend ausgebildet werden.

Schon mit der ersten Angewöhnung zum Gehorsam in seinem neuen Heim wird die Grundlage zu einem weiteren Ausbau seiner Veranlagung, die in jedem Hund von Geburt an vorhanden ist, geschaffen. Man muß diese große Verantwortung sehr ernst nehmen, damit das Zusammenleben von Hund und Mensch harmonisch verläuft, ebenso hängt das Gelingen jeder späteren Ausbildung von den ersten Erfahrungen, die der Hund machte, ab.

Von Anfang an ist in keinem Falle ein Hund ein Spielzeug, so niedlich wie er als Welpe auch ist!

Je früher er auf seine Aufgaben im Leben hingeführt wird, desto unproblematischer gestaltet sich später seine exakte Ausbildung. Es ist fast unmöglich, ihm dann im Alter von sechs Monaten oder danach, wenn der Hund sichtbar dem Babystadium entwächst, wieder abzugewöhnen, was in frühester Jugend verdorben wurde. Wer sich einen Hund anschafft, weil er nur mit seinem Vierbeiner repräsentieren will, der wird am wenigsten glücklich.

Man muß ein begeisterter Freund seiner Rasse sein, den Hund verstehen, fördern und pflegen wollen, dann wird man die ausführlichen

Abhandlungen in diesem Buch mit viel Interesse, Aufmerksamkeit und Gewinn lesen.

Über Ausbildung sind bereits viele Veröffentlichungen in der kynologischen Literatur erschienen, jedoch vorwiegend über den Sporthund. Es fehlt eine einfache Anleitung für den eigentlichen Hundeliebhaber, der von seinem Hund »nur« und nichts weiter erwartet, als daß er ein treuer Gefährte für Haus und Familie ist.

Aber gerade für diese Hundefreunde ist diese Neuerscheinung, mit einfachen, leicht zu verwirklichenden Angaben besonders geeignet. Sie ist aus dem Nachlaß von Friederun Stockmann, die 60 Jahre Boxer züchtete und ihre Hunde »erzogen« hat. Sie hat in einzigartiger Weise gerade das aufgeschrieben, was die meisten wissen wollen: Wie man den Hund von kleinauf mühelos in seine Umgebung und seine Familie eingliedert. Befolgt man ihre in 60 Jahren erprobten Ratschläge, wird es wenig Probleme geben; auch wer später weiter ausbilden will, wird es viel leichter haben und kann, wenn er will, den Hund weiter aufbauen.

Auch die Passagen über Ernährung und erste Unfall- und Krankenhilfe von Dr. Renate Osterberg sind nicht willkürlich angefügt, sondern sie sind für jeden Halter so wichtig und hier so ausführlich behandelt, wie sie in keinem Stichwortverzeichnis stehen. Wie wichtig und unerläßlich für die ordentliche Entwicklung des Hundes ist die Kenntnis über Zusammensetzung und Menge des Futters.

Der Hund kann ja nicht in Worten zusammenfassen, was ihm bekommt oder was notwendig ist. So ist in diesem Buch eine komplette Anleitung besonders für den Boxerfreund geschaffen, die darüber hinaus aber für alle Rassen gültig und nicht auf einzelne spezialisiert ist.

Der Hund allgemein steht doch im engen Kontakt zur Familie, eigentlich sogar in einem Abhängigkeitsverhältnis und ist auf den Menschen angewiesen. Mit seiner Behandlung durch uns werden wir das Treueverhältnis stärken und ihm die Sicherheit geben, die auch er für sein ganzes Hundeleben braucht.

Für Liebe, Sorgfalt und Aufmerksamkeit, die wir dem Hund angedeihen lassen, wird er uns vielfältig – sein ganzes Hundeleben lang – mit Zuneigung, Frohsinn und Anhänglichkeit beschenken.

Horst Volkmann
Präsident der ATIBOX
(Association technique internationale du Boxer)

Friederun Stockmann

Wie ich meine Boxer erziehe.

Eine Wegleitung für alle,

die Hunde lieben.

Die Summe der Erfahrungen

einer großen Züchterin.

Ihr Boxer
wird
Sie meistens
an Geduld
übertreffen!

ERZIEHUNG:

Abführung oder Dressur?

Wie oft richten Hundebesitzer die Frage an mich: »Soll ich meinen Hund dressieren lassen oder kann ich das selbst tun? Wird er dann die Unarten ablegen, die er hat?«

Drei so einfach scheinende Fragen. Um sie aber erschöpfend zu beantworten, müßte man ein Buch schreiben.

Erziehe den Hund selbst

Wer das richtige Gefühl und Liebe zu seinem Hund hat, der übernehme getrost die Abrichtung selbst! Die Mühe und Arbeit, denn solche wird es geben, lohnt sich. Zum Schluß wird wohl mancher Hundeführer ausrufen: Ich weiß nicht, wer am meisten gelernt hat, mein Hund von mir oder ich von meinem Hund.

Deshalb möchte ich jedem raten: Versuche es selbst! Leicht ist es nicht. Aber es macht Freude.

Zu allem Anfang möchte ich jedem Anfänger zwei goldene Regeln mit auf den Weg geben:

Zwei goldene Regeln

1.) Streiche das Wort »STRAFE« aus deinem Repertoire. Setze statt dessen die Regel: Mache deinem Hund, was er tun soll angenehm, und was er nicht tun soll unangenehm.

2.) Wenn du dich über den Hund ärgerst, brich die Lehrstunde ab und geh nach Hause. Versuche nie, deinem Hund schön zu tun, wenn du deinen Verdruß nicht überwinden kannst. Dein Hund hat ein sehr feines Gefühl dafür, ob du lügst oder nicht.

Die große innere Macht

Ein Hund folgt nicht nur seinem Gefühl und Verstand. Er folgt einer großen inneren Macht. Sie ist das, was wir mit dem viel umstrittenen Wort »Instinkt« bezeichnen. Das sind tausendjährige Verhaltensgesetze, entstanden durch Tradition und Erfahrungen und persönliche Umwelterlebnisse. Sie sind dem Tier im wahrsten Sinne des Wortes in Fleisch und Blut übergegangen und werden von Generation zu Generation weiter vererbt. Das sind die Mächte, mit denen der Hundeführer in erster Linie lernen muß, fertig zu werden. Sie sind die Triebfedern zu all dem tierischen Verhalten, die man lernen muß, auszubauen oder einzudämmen.

Der Fachmann spricht von »Meutetrieb, Selbsterhaltungstrieb, Jagdtrieb, Paarungstrieb, Suchtrieb . . .« und vielen anderen Trieben mehr. Mit diesen Eigenschaften ausgestattet – mal stärker, mal schwächer – tritt das junge Wesen ins Leben. Hier muß der Abrichter seine Erziehung aufbauen. In ihnen findet er die Hilfsquelle für seine Arbeit.

Auch der junge Hund ist ein ABC-Schütze

Wir können nicht einem kleinen ABC-Schützen ein Buch in die Hand geben und sagen: »Da, lies!«. Wir müssen mit Buchstaben und Silben anfangen. Wir können genausowenig zum Hund sagen: »Spring dem Stock nach über die Hürde und bring ihn über die Hürde wieder zurück.« Für den Hund wäre dies ein absolut unbegreiflicher Widersinn, da das Umgehen der Hürde für ihn leichter und bequemer wäre.

Das Kind kann fragen: »Warum soll ich lesen?« Der Hund kann nicht fragen: »Weshalb soll ich etwas vollkommen Sinnloses tun?« Wer weiß, wie oft er sonst an unserem Verstand zweifeln würde.

Nicht Dressur – Erziehung ist die Grundlage

Wir wollen deshalb mit der ERZIEHUNG beginnen. Mit ihr ist die Grundlage zu schaffen, die eine später folgende ABRICHTUNG sehr erleichtert. Am Anfang soll die Erziehung aber das richtige Verstehen zwischen Lehrer und Schüler einleiten.

Der kleine Boxer kommt ins Haus . . .

Wenn so ein kleiner BOXER – einige Wochen alt – ins Haus kommt, ist er für viele nur ein reizendes Spielzeug, das einem aber auch zusätzlich allerhand Arbeit machen kann. Er ist nicht nur ein mit Fell überzogenes, süßes Etwas. Diese Annahme ist ein absoluter Trugschluß. Er ist ein überaus mit Energie geladenes, kleines Wesen, das dank seiner gesunden Instinkte genau weiß, was es will und wie es seine Sinnesorgane einzusetzen hat.

Der Hund sieht mit der Nase

Das wichtigste SINNESORGAN für den Hund ist seine Nase. Aus seinem Geruchs-Sinn baut sich sein ganzes Leben auf. Alles, was man riecht, hat eine Seele. Es ist e t w a s. Was keinen Geruch hat, ist nichts und hat für den Hund keine Seele.

Zuerst: Die Stubenreinheit

Betritt nun so ein kleiner Kerl – geben wir ihm vorerst den Namen »Wastel« – das neue Heim, so tritt als erstes sein Geruchssinn in Aktion. Jeder Gegenstand, jeder Mensch wird beschnüffelt. Wastel beginnt damit, sich ein Bild von seiner Umwelt zu machen.

Da er eine lange Reise hinter sich hat, melden sich auch »gewisse Bedürfnisse«, und er beginnt eifrig am Boden zu schnüffeln: Ob er nicht ein Plätzchen findet, dessen Aroma ihm zusagt und das zu den »Geschäften« geeignet ist?

Hier wird nun sofort die kluge Erziehung einsetzen. Man muß den Kleinen schnellstens an einen entsprechenden Platz bringen und ihn dann für das erledigte Geschäft loben.

Die »Visitenkarte« des Hundes

In der freien Natur dienen diese Stellen – der oft bewitzelte »Stammbaum« nicht nur zu gewissen Zwecken, sondern sie sind wichtige Nachrichten – Zentralen, Witterungsmarken von Hund zu Hund. Deshalb auch der Trieb der Hunde ihre »Visitenkarten« auf bestimmten Gegenständen zu hinterlassen. Wir können sie nicht sehen, für die Hunde aber bleibt die Witterung lange erhalten. Deshalb sind Rasenflächen, Teppiche und Papier ebenso wichtige Nachrichtenzentralen, wie dies auch Hausecken und Bäume für die Artgenossen sind.

Je eher wir den Kleinen mit dem für ihn bestimmten, gewissen Plätzchen bekannt machen, um so schneller wird er begreifen, wo und was er zu tun hat. Ich habe nie Schwierigkeiten mit der Stubenreinheit gehabt. Meine Hunde können jederzeit, wenn nötig, hinaus und können bei verständiger Fütterung auch nachts ohne weiteres durchhalten.

Der Hund ist von Natur aus »stubenrein«

Der Hund hat den Trieb in sich, sein Lager sauberzuhalten, sobald er nur etwas krabbeln kann. Diese Gewohnheit behält er bei, dehnt sie erst auf seinen Wohnraum, danach auf das ganze Haus aus. Verunreinigt ein Hund sein eigenes Lager, so liegen schwere Fehler, nicht des Hundes, sondern des Erziehers vor.

Ein im Zwinger geborener Welpe, der ständig einen offenen Schlupf ins Freie hat, wird schon oft mit 8 Wochen »sauber« sein. Man hat dann anschließend gar keine Mühe mit ihm. Umgekehrt ist es bei Welpen, die in der Wohnung geboren und groß geworden sind. Sie haben ihre angeborenen Instinkte verloren und auf die neue Umwelt müssen sie sich langsam einstellen. Ich brauche nie einen Hund wegen der Stubenreinheit zu schlagen oder zu bestrafen: Er lernt sie ganz von selbst.

Mit Güte erzieht man einen Freund!

Überhaupt, »Schläge« gibt es nur sehr sehr selten! Wo sie vermeidbar sind, soll man sie vermeiden. Mit Güte zieht man sich einen Freund, mit Schlägen einen Sklaven! Und das wollen wir doch nicht.

Konsequent sein!

Damit ist aber jedoch nicht gesagt, daß man unkonsequent und nachgiebig sein soll. Bei der Dressurprüfung, bei den Springkonkurrenzen für Pferde ist es zum Beispiel gestattet, daß bei einem mißglückten Sprung, der an sich nicht mehr gewertet werden kann, der Reiter den Sprung wiederholen darf, damit das Pferd nicht den Eindruck bekommt: Ich brauche nur zu streiken, dann bekomme ich meinen Willen. Durch ein falsches Nachgeben kann ein Hund oder Pferd unter Umständen für's ganze Leben verdorben sein.

Niemals: Rohe Gewalt

Keinesfalls darf aber jetzt rohe Gewalt eingesetzt werden. Man ziehe alle Umstände mit in Betracht, die vielleicht von außen her das Versagen verursacht haben können. Den Hund lasse man sofort in Ruhe, wenn er die verweigerte Übung richtig ausgeführt hat, lobe ihn, mache mit ihm einen kleinen Spaziergang oder was ihn freut. Leckerbissen vermeide ich konsequent. Diese lenken nur ab. Ein gutes Wort tut oft dasselbe.

Erfinderisch sein!

Freilich, es gibt noch Situationen, wo alles versagt und man nicht weiterkommt. Da wird man auch mal probeweise zu einem verpönten Mittel greifen. Ob es hilft, steht auf einem anderen Blatt. Man kann sich aber auch etwas ganz Neues ausdenken. Oft hat uns ein hartnäckiger Sünder zu wahren Erfindern gemacht. Im Grunde genommen geht die ganze Abrichtung mehr oder weniger auf ein Überlisten des Hundes hinaus! Denn aus reiner Liebe zu uns wird kein Hund etwas tun, was ihm selbst unangenehm ist.

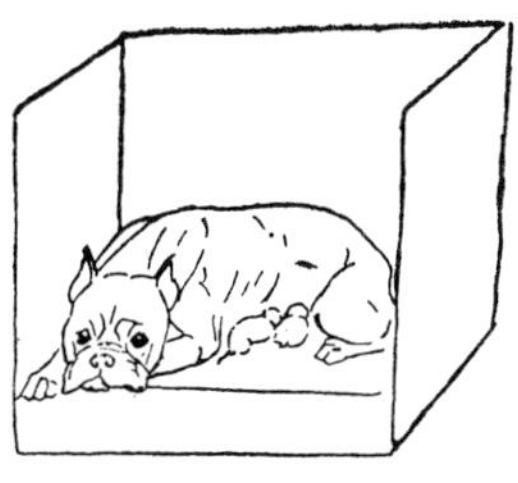

Zwei Dinge sind es vor allem, die ein Hund als Gesellschafter des Menschen lernen muß. Als erstes: Leinenführigkeit. Als zweites: Auf den für ihn hergerichteten Schlafplatz gehen und dort bleiben.

Warum: Schrecken vor der Leine?

Für einen Neuling ist das Leinenführigmachen ein Problem. Der Hund will nicht. Er setzt seinem Lehrer jeden auch nur denkbaren Widerstand entgegen. Er stemmt die Pfoten in den Boden. Er wirft sich auf den Rücken. Er beißt in die Leine oder bellt, daß die ganze Nachbarschaft rebellisch wird. Das liebe Publikum mischt sich ein, und zum Schluß sind Hund und Führer gleich verärgert. Wenn der Zögling endlich nachgibt und schließlich leinenführig ist, bleibt ihm für lange Zeit ein Schrecken vor der Leine.

Wie man es im Guten erreicht ...

Es geht aber auch anders. Ich besorge für den Kleinen ein ledernes Halsband, 1 – 2 cm breit, keinen Würger. Das Halsband muß so knapp sitzen, daß der Hund es nicht abstreifen kann, es darf ihn jedoch nicht im geringsten behindern, reiben oder drücken. Ich lege also dem Kleinen das Halsband um, schmeichle mit ihm und lasse ihn laufen.

Die erste Reaktion wird sein, daß er sich hinsetzt und herzkraft kratzt. Ich habe einmal einen Junghund gesehen, der sich hingesetzt hat und sich einen halben Tag nicht mehr aufzustehen traute, nur weil er ein Halsband bekommen hatte.

Gewöhnung an Halsband und Leine

Dieser Zustand wird aber verhältnismäßig kampflos überwunden. Nun fasse ich den Kleinen jedesmal, wenn ich mit ihm spreche, am Halsband an, halte ihn fest und lobe ihn. Sehr bald hat er sich daran gewöhnt. Habe ich einen Garten oder ein Gelände, wo wir ungestört sind, hänge ich ihm eine leichte Leine an und lasse ihn damit laufen. Auf diese Weise ist eine Gewöhnung an Halsband und Leine auf die »humanste« Weise zu erreichen. Mit Güte, Zureden und Geduld kommt man sicher bald ans Ziel. Eine große Hilfe kann auch ein älterer, bekannter Hund sein, den man beim ersten Ausgang mitlaufen läßt. Die Ruhe und Selbstverständlichkeit des erfahrenen Hundes gibt dem Kleinen Sicherheit und Beruhigung.

Güte und Geduld sind die Hilfsmittel, mit denen ein erfahrener Hundeführer immer sein Ziel erreicht.

Am »Platz« bleiben . . .

Als nächstes soll der Kleine lernen, was »Platz« bedeutet. Er soll sein weiches, warmes Lager haben. Einen Ort, der nur ihm gehört, und den er zeitweise aufsuchen und dort bleiben muß. Es ist schon eine gute Vorübung für das »Platz« auf dem Dressurplatz. Natürlich bedeutet es nicht, daß der junge Hund nun den ganzen Tag auf seinem Lager zu verbringen hat.

Der Hund braucht Bewegung und Ruhe

Ein Hund bedarf der Bewegung so dringend wie ein heranwachsendes Kind. Aber er muß lernen, sich 1 – 2 Stunden auf Befehl still und ruhig zu verhalten und an seinem Platz zu verharren. Das sind Regeln, auf die der Hundehalter nicht verzichten darf. Damit ist aber schon der Grund gelegt für die spätere Abrichtung.

Der Hund muß gehorchen

Das Wichtigste, was der kleine Wastl nun lernen muß, ist das Folgen. Das bedingungslose Gehorchen. Sei es beim Herankommen, beim Liegenbleiben oder beim Verhalten Fremden gegenüber. Es gibt unzweifelhaft verschiedene Hundecharaktere. Es gibt Hunde, denen das Gehorchen angeboren zu sein scheint, und solche, die direkt aus Prinzip den Anruf überhören. Hier liegt sehr viel am Hundebesitzer.

Bei uns im Haus gehorchen die Hunde eben . . .

Bei uns im Haus ist es einfach undenkbar, daß ein Hund nicht folgt – und deshalb folgt er eben. Wer aber zu Unarten die Achseln zuckt oder lacht, der hat von vorneherein verloren. Ein Hund kennt das menschliche Lachen genauso wie eine ungezogene kleine Göre.

Im Zwinger ist es schwieriger

Was soll man also tun? Bei uns im Zwinger ist es oft doppelt schwer, da wir eine ganze Meute beisammen haben, die sich bei jeder handgreiflichen Erziehungsmethode mit einschaltet. Es gibt zwar häufig ältere Hunde, die sich im guten Sinn einschalten, die z. B. liegen bleiben, wenn der junge Zögling aufsteht, die sofort umkehren, wenn der Junghund lieber weiterlaufen will, kurz und gut, dem Führer helfen.

Leider ist aber die Menge, die sich im gegenteiligen Sinn einschaltet, viel, viel größer. Läuft der Junghund mal davon und bleibt auf Anruf stehen, so sind sie sofort da. Sie stoßen ihn an, gehen ihm ums Maul, springen ihm ins Genick: Er solle doch die schöne Hetze nicht aufgeben und weitermachen, der Lehrer hat ja Zeit genug, ihnen nachzurennen! Ist ein Junghund wirklich so weit, daß er ein verbotenes Futter unberührt läßt, so sind die anderen da und spielen mit Wonne die Eva im Paradies.

So lernt man sich beherrschen

Reißt einem wirklich einmal die Geduld und man greift zur Peitsche, dann tun auch da diejenigen, die es gar nichts angeht, mit Begeisterung mit. Alle stürzen sich auf den Gemaßregelten. Können sie den nicht erreichen, gehen sie auf den erstbesten anderen los. Man kann nun dabeistehen und sehen, wie man des Hexenkessels Herr wird, ehe es Schwerverletzte oder gar Tote gibt. Dadurch lernt man automatisch, sich eisern selbst zu beherrschen und Methoden zu finden, wie man mit Ruhe und Konsequenz seine Hunde in die Hand bekommt.

Der kleine Boxer lernt zuerst seinen Namen!

Der gewöhnliche Mensch hat es ja fast immer nur mit einem Zögling zu tun. Aber auch der kann einem das Leben schon sauer genug machen. Zuerst gewöhnt man den Kleinen an seinen Namen. Stellt man ihm das Futter hin, so wird er mit seinem Namen herbeigerufen. Wird er gelobt, so heißt es: »So ist es recht ›Wastl‹!« Schon der Name soll etwa Angenehmes bedeuten. Geht man aus, so heißt es: »Komm mit ›Wastl‹!« Schon kleine Welpen an der Mutter lernen ihren Namen kennen. Im Haus hat man es ja leicht. Kommt der Hund nicht auf den Ruf, nun, so holt man ihn, ohne zu schelten!! Im Freien wird dann ab und zu die Versuchung zu groß, nicht hinzuhören und etwas Interessanteres zu unternehmen statt bei seinem Herrchen zu bleiben.

Jetzt heißt es, mit allen Mitteln erzwingen, daß der Hund »freiwillig« herbeikommt. Da gibt es nun allerhand Möglichkeiten. Zuerst versuche ich, sofort kehrtzumachen und in entgegengesetzter Richtung wegzugehen, wenn möglich, mich zu verstecken. Man wird sich wundern, wie schnell der Zögling zur Stelle ist und aufgeregt nach seinem Lehrer sucht. Hat er uns gefunden, lobt man den Hund, vermeidet es aber, ihn anzuleinen, sonst registriert das Hundegehirn sofort: Da war eine Falle!

Weglaufen darf nur der Herr . . .

Wenn man es aber verkehrt machen will, laufe man seinem ungeratenen Wastl laut rufend nach. Das Wettrennen wird immer der Hund gewinnen und das umstehende Publikum wird, wie der Hund, seine helle Freude daran haben.

. . . nachlaufen soll nur der Hund!

Hat man Glück und ist unter den Zuschauern ein Bekannter, kann man den veranlassen, dem Flüchtling einen kurzen aber spürbaren Hieb zu versetzen. Schnell kehrt der Hund wieder zu dem zurück, bei dem er sich geborgen fühlt. Dieses Mittel kann helfen, aber es kann auch bei einem jungen Tier unerwünschte Reaktionen hervorrufen. Der Hund kann entweder furchtsam Fremden gegenüber werden oder auch zu aggressiv. Beides nicht erwünscht.

Solange der Hund noch ein Kind ist, rate ich vor aller weiteren Zwangsdressur ab. Es wird immer zum Ziel führen, vom Hund wegzulaufen wie oben beschrieben, ihn das Folgen zu lehren. Wer mit einer Schleuder einigermaßen umzugehen versteht, kann dem Hund, wenn er gar nicht hören will, gleichzeitig mit dem Anruf ein Steinchen oder Schrotkorn auf den Leib schießen. Das ist für das Tier absolut ungefährlich. Der leichte Schmerz, den es bereitet, macht gar nichts. Man tut dabei ganz unschuldig. Wenn der Hund nicht versteht, woher die fühlbare Mahnung kam, wirkt sie um so besser. Hat man die Geschicklichkeit oder das

Der eigentümlich lange Arm des Herrn . . .

Glück, den Hund zwei- oder dreimal spürbar zu treffen, so wird es schon genügen, wenn das Steinchen in der Nähe des Hundes aufschlägt. Der Sünder versteht sehr schnell, um was es geht. Da sein Herrchen einen seltsam weit reichenden Arm hat, wird es sich rentieren, lieber zu folgen und sich freundlich loben zu lassen, als seiner Wege zu gehen.

Schleuder, Wurfkette, Kieselsteinchen, Ackererde . . .

Statt der Schleuder kann man auch eine Wurfkette – ein zusammengeknotetes Kettenhalsband – verwenden. Hat der Hund damit einige empfindliche Treffer erhalten, genügt oft schon das Rascheln mit der Kette. Eine umstrittene Methode. Viele fürchten, dem Hund bleibe zeitlebens die Furcht vor Kettengerassel . . . Meiner Ansicht nach müßte es sich da um ein nervöses Tier handeln. Der Wurf tut dem Hund ja nicht weh, sondern soll ihm nur zeigen, daß er auch aus der Ferne für seinen Herren erreichbar ist. Übrigens tut eine Hand voll Kieselsteinchen, ja, sogar ein Brocken Ackererde genau den selben Dienst. Diese auseinanderspritzenden Wurfkörper haben überdies den Vorteil, daß sie eher treffen!

All diese Ratschläge sind in der Praxis hundertmal bewährt. Wer das richige Gefühl für den Hund hat, wird damit die gewünschten Erfolge haben.

Viele Köche verderben den Brei!

Man kann aber auch alles verkehrt machen. Ich habe es schon einige Male erlebt, daß sich die ganze Familie bei der Abrichtung des Hundes beteiligt hat. Wie beim Kochen gilt auch hier der Spruch: Viele Köche verderben den Brei. Es handelte sich einmal um einen jungen Boxer, das andere Mal um einen jungen Airedale-Terrier. Es war, als ob das selbe Stück nur mit verschiedenen Darstellern gegeben wurde.

Dem Hund sollte sein Name und das Folgen beigebracht werden. Die ganze sechsköpfige Familie umstand den Hund. Jede dieser Personen rief den Hund mit Namen. Er mußte von einem zum anderen laufen.

Er sollte Pfötchen geben und sich legen, dann wieder aufstehen usw. Einer steckte ihm ein Stückchen Wurst zwischen die Zähne, der andere ein Stück Keks. Der dritte brachte Milch . . . und so ging es weiter.

Jeder Mensch an des Hundes Stelle wäre übergeschnappt oder gar davon gelaufen. Der arme Hund setzte sich zwischen seine Peiniger und tat - nichts mehr. Den ganzen Tag war der Hund nicht mehr aus seinem passiven Widerstand aufzurütteln.

Am Anfang soll der Hund nur einen Herren haben

Aus diesem Grunde mache man sich zur Regel: Der Hund soll, solange er lernt, nur einen Herren und Lehrer haben und nur im Notfall einen Assistenten, der dem Lehrer beistehen kann.

Ob es überhaupt ratsam ist, darüber entscheiden die Situation und die beteiligten Personen. Es schadet nie, wenn man einen schon fertig ausgebildeten Hund dabei hat. Richtig eingesetzt, kann dieser viel helfen. Im übrigen aber stören Familienmitglieder mehr als sie helfen. Ebenso stören fremde Hunde, die gerade Schlachtenbummler spielen. Für Abrichter, die nur einen Hund haben, hat das Letztgesagte ja weniger Gültigkeit.

Einen Dressurplatz suchen

Einem Anfänger möchte ich den guten Rat geben, sich zu erkundigen, wo in der Nähe ein Dressurplatz ist. Sobald sein Zögling das erste Stadium der Erziehung hinter sich hat, ist es schier unerläßlich, öfters dorthin zu gehen, wo Sportler mit ihren Hunden arbeiten. Will man seinen Hund wirklich fit machen, kann man dort regelmäßig mit ihm arbeiten und selbst viel dabei lernen.

Das Abführen

Die Grundbegriffe müssen sitzen!

Mit einem halben Jahr soll der Wastl schon die Grundbegriffe erlernt haben. Sie sollen wie seine Instinkte ihm in Fleisch und Blut übergegangen sein.

Nach 6 Monaten der tote Punkt. Nicht verzweifeln!

Er muß seinen Namen kennen und das Folgen (Appell) muß fast automatisch funktionieren. An der Leine läßt er sich willig führen, das Wort »Platz« kennt er. Auf diesem Wissen kann man nun aufbauen.

Es gibt noch so viel zu lernen für Hund und Führer. Es kommen immer wieder Stunden, wo der Herr an seinem Hund und der Hund an seinem Herrn verzweifeln möchte. Aber das muß durchgestanden werden. Der Augenblick kommt bestimmt, wo auch der folgsamste Hund plötzlich nicht mehr will.

Das ist der tote Punkt, auf den jeder erfahrene Abrichter wartet, und ehe der nicht überwunden ist, wird der Führer seinen Hund auch nicht hundertprozentig in der Hand haben.

Bei der Erziehung schon an die Prüfungen denken

Bei jeder Prüfung gibt es drei Abteilungen:
Fährtenarbeit   Unterordnung   Schutzdienst.

Es gibt drei Prüfungsstufen. Schutzhund I, II und III. Jede Prüfung baut auf der vorhergehenden auf. Weitaus die meiste Arbeit macht die Schutzhund I, obgleich sie an sich die leichteste ist. Aber in ihr wird die Basis errichtet, auf der die anderen fußen.

Ich bin für Abwechslung

Es gibt Abrichter, die erst wieder mit einer neuen Übung einsetzen, wenn die vorhergehende sitzt. Ich habe aber immer gefunden, daß ein Tier viel schneller lernt, wenn es Abwechslung hat, wenn eine Übung die andere ablöst. Es hat jeder seine eigene Ansicht und sein eigenes Schema.

Am wenigsten Zwang bei der Fährtenarbeit!

Die Übung, bei der wir am wenigsten Zwang anwenden können, wo wir nur auf die Willigkeit des Hundes angewiesen sind, ist die Fährtenarbeit. Es gibt Hunde, die aus reiner Passion Fährten ausarbeiten, die sich selbst freudig eine Spur suchen und sie ausarbeiten. Bei anderen Hunden scheint alle Mühe vergeblich zu sein. In alten »Dressurbüchern« wird sogar geraten, dem Hund zwangsweise das Apportieren beizubringen und ihn dann »zwangsweise« auf die Fährte zu setzen. Was man damit erreichen kann, wird eine ewig unlustige und ungenügende Leistung werden, wenn der Hund nicht ganz verweigert. Mit Gewalt ist auf der Fährte gar nichts zu erreichen, aber schon wirklich gar nichts.

Gewalt = ewig unlustiger Hund!

Die Fährte

Die Arbeit auf der Fährte können wir schon in sehr frühem Alter beginnen. Natürlich gibt es dafür die verschiedensten Systeme – jeder hat seine eigene Methode. Wir sind von dem Standpunkt ausgegangen: Mit Gewalt ist gar nichts zu erreichen! Also müssen wir auf einen angeborenen Trieb des Hundes zurückgreifen. Und zwar auf einen, der schon in frühester Jugend vorhanden ist, das ist neben dem Suchtrieb der Spieltrieb. Der Sinn der Übung ist der, den Hund zu veranlassen, seine Nase zu gebrauchen.

Praktische Winke für das Fährten!

Nutze den Spieltrieb aus

Wir nehmen zu diesem Zweck einen Ball oder eine Stoffetzen. Wir halten ihn dem Hund vor die Nase und veranlassen ihn durch Hin- und Herbewegen danach zu schnappen. Das Spiel ist im Gang. Nun hängt man den Lehrling an die Leine, zeigt ihm sein Spielzeug, läuft eine kurze Strecke weit, zeigt ihm das Spielzeug wieder. Dann legt man es auf den Boden und kehrt so schnell wie möglich zum Hund zurück. Jetzt löst man ihn von der Leine und zeigt ihm mit dem Ruf »Such« die Richtung der Fährte. Es gibt gerade unter den jungen Tieren eine große Anzahl, die sofort verstehen, und nach interessiertem Herumschnüffeln sofort die Spur aufnehmen. Damit ist schon viel gewonnen. Man merke sich nur eines: Fährtenarbeit kann nur im Freien auf möglichst unbegangenem Gelände geübt werden.

»Such!«

Den Hund niemals ermüden

Man vermeide streng, den Hund zu ermüden. Nie mehr als höchstens zwei Fährten am Tage. Die ersten Fährten möglichts gerade, ohne Winkel.

Geht der Hund nach den ersten Übungen freudig, so ist schon viel gewonnen. Auf keinen Fall darf diese Freude gestört werden. Man verlängere nun von Mal zu Mal die Entfernung, auch lege man Winkel ein. Der Hund wird diese erschwerte Aufgabe gern annehmen.

Verschiedene Methoden, eine Fährte zu legen

Statt des Spielzeuges legt man nun zwei bis drei Gegenstände, die man einige Stunden vorher bei sich getragen hat, aus. Der Hund soll nach der Prüfungsordnung die Gegenstände entweder aufnehmen oder sie verweisen: Durch Stehenbleiben, sich Setzen oder durch Ablegen. Der Hundeführer muß nur dem Richter bei der Prüfung vorher mitteilen, wie der Hund verweist.

Man kann die Suche aber auch auf andere Weise beginnen. Man bindet den Hund an und entfernt sich, so daß der Hund mit den Augen nicht folgen kann.

Pflege die Suchfreude deines Hundes!

Man kann auch einen nicht zu kleinen Gegenstand deponieren. Dann kommt man auf demselben Weg zurück oder schlägt einen größeren Bogen. Da, wo man weggegangen ist, setzt man den Hund auf die Fährte. Der Hund ist neugierig. Er muß feststellen, wo sein Führer war, und was er in der Zeit seiner Abwesenheit getan hat. Er sucht eifrig herum, bis er die Spur gefunden hat und nimmt sie gerne auf. Am Führer liegt es nun, die Suchfreude seines Hundes weiter zu pflegen, immer andere Gegenden zu seinen Übungen zu benutzen. Es ist nämlich ein großer Irrtum zu glauben, daß ein Hund auf einem bekannten Grund besser fährtet. Gerade das ist ein großer Fehler.

Nicht alle Hunde sind gleich . . .

Einer großen Anzahl von Hunden kann auf oben beschriebene Weise das Fährten beigebracht werden. Leider sind nicht alle Hunde gleich. Im ganzen zählt der Boxer nicht zu den ausgesprochenen fährtenfreudigen Hunden. Doch sind bestimmt auch unter den Boxern gute Sucher. Auf alle Fälle kann er es lernen. In der Praxis kommt es oft darauf an, wie der Junghund seine Riechfähigkeit zu verwenden gelernt hat, auch wenn er nicht gerade ein »Nasenspezialist« ist.

... und wenn der Hund keine Lust hat?

Mancher Hund bereitet einem die größten Schwierigkeiten. Da heißt es nun, alles daranzusetzen, dem Hunde die Arbeit im wahrsten Sinne des Wortes »schmackhaft« zu machen. Hier ist die einzige Ausnahme, wo ich einen Leckerbissen gestatten würde. Ich besorge mir zwei bis drei alte Geldbörsen. Leder ist an sich etwas, das der Hund gern aufnimmt. In diese Geldbörsen stecke ich einen Leckerbissen. Ich fange nun genauso an wie mit dem Spielzeug. Der Hund muß erst begreifen, wie er seine Nase verwenden soll. Der Leckerbissen soll ihm die Übung nur schmackhafter machen. Hat der Hund erst einmal begriffen, wird der Leckerbissen nicht in den Suchgegenstand, sondern in die Tasche gesteckt und nach dem Finden als Belohnung mit der Hand gegeben. Ich für meinen Teil würde aber diese Methode nur als Hilfsmittel in ganz schwierigen Fällen ansehen. Ein wirklich guter Suchhund braucht sie nie.

Leckerbissen? Nur in schwierigen Fällen!

Auch können allerhand Zwischenfälle eintreten. Der Hund hat z. B. keinen Hunger oder einen verdorbenen Magen. Dann ist der Leckerbissen an sich zwecklos. Es kann auch sein, wie es mir einmal passiert ist, daß der Hund, statt die Fährte aufzunehmen, schwänzelnd vor seinem Herrn stehen bleibt und die Nase an dessen Tasche drückt, als wenn er sagen wollte: »Warum soll ich denn suchen? Die guten Dinge hast du ja bei dir, gib sie mir doch gleich, ist doch für uns beide viel einfacher!«

Vorsicht! Der Hund durchschaut die List

Einen Hund abzuführen, dazu gehört unendlich viel Geduld, Feinfühligkeit und auch Gedankenarbeit. Versagt eine Arbeitsmethode, muß man sich eine andere ausdenken. Man kann z. B. selbst weggehen,

Suchen – nicht stöbern!

sich verstecken und eine Hilfsperson nimmt den Hund. Nach seinem Herrn zu suchen, ist einer der natürlichsten und stärksten Triebe des Hundes. Es muß schon ein hoffnungsloser Fall sein, wenn der Hund hier nicht reagiert. Geht er auf der Fährte seines Herrn, soll diese nicht zu kurz sein, sonst könnte es sein, daß der Hund die Nase hochnimmt und zu stöbern anfängt, in diesem Fall ganz falsch. Der Herr kann nach einer kurzen Strecke seine Joppe liegen lassen, man beobachte, wie der Hund darauf reagiert. Später wird die Fährte länger, die Joppe wird durch kleinere Gegenstände ersetzt. Alle ausgelegten Gegenstände müssen sehr gut verwittert sein: Sie müssen die Witterung des Fährtenlegers haben. Deswegen soll dieser die Gegenstände mindestens ein bis zwei Stunden bei sich getragen haben.

Ausgelegte Gegenstände müssen gut »verwittert« sein!

Von den Hunden gern aufgenommen werden: Holz, Leder und Stoff. Ungern genommen werden: Schlüssel, Messer, Steine, weil sie von Natur aus für das Tier ohne Bedeutung sind. Hier muß eben die Witterung den Anreiz geben. Da Metall und Steine schwer Witterung halten, ist dies keine einfache Sache. Die Kriminalpolizei kann aber nicht darauf verzichten, weil oft gerade diese zur Klarstellung eines Verbrechens sehr notwendig sind.

Die große Freude des Ausbilders

Aus dem hier Gesagten wird jeder Laie ersehen können, welch ein umfassendes »Spiel« die Abrichtung ist. Vielleicht ist das gerade der Reiz für den Abrichter. Der Augenblick, in dem der Hund anfängt zu begreifen und freudig seine Arbeit tut, ist ein ebensolcher Höhepunkt, wie die Besteigung eines Berggipfels für einen alpinen Sportler.

Das Apportieren

So nennt man das Bringen eines dem Führer gehörenden Gegenstandes. Dies ist eine umstrittene Übung. Sie macht oft die größte Mühe. Sie ist in Güte nur in den seltensten Fällen einem Hund korrekt beizubringen, und hat sie denn einen praktischen Wert? Ich habe lange Zeit selbst damit gehadert, doch habe ich dann einsehen müssen, daß das Apportieren das A und O der ganzen Abrichtung ist. Durch diese Übung erst bekommen wir den Hund fest in die Hand.

Jede Übung mit dem Hund braucht ein besonderes Utensil.

Brustgeschirr
Suchleine

Zur Fährtenübung verwendet man für den Hund neben seinem üblichen Halsband ein Brustgeschirr und eine lange Suchleine. Das Brustgeschirr hat den Einhängring auf dem Rücken, so daß die daran befestigte Leine den Hund beim Laufen nicht stört. Auch hier haben einzelne Führer ihre eigenen Methoden, doch ist meines Erachtens das einfache Brustgeschirr das beste. Es kann aus Gurten oder Leder sein. Als Suchleinen benutzt man schmale Gurte und Stricke. Bestimmt nicht die schlechtesten sind Leinen, die man sich aus Nylon-Wäschestricken selbst herstellen kann. Als Suchgegenstände, die ich ja schon erwähnt habe, benützt man Taschentücher, Handschuhe, Geldbeutel und sonstige kleine Gebrauchsgegenstände.

Such-Gegenstände

Bringholz
Lederwürger

Zum Apportieren benötigen wir ein schmales Lederhalsband mit Würger und eine gewöhnliche Leine, dazu ein leichtes Bringholz. Die nett aussehenden Apportierblöcke aus Gummi lasse man lieber weg. Alle meine abgeführten Hunde haben sie nur ungern ins Maul genommen. Vielleicht stört sie der starke Gummigeruch. Jedoch muß ein gut abgeführter Hund, z. B. ein Diensthund, jeden Gegenstand aufnehmen oder verweisen, vom kleinen Papierschnitzel bis zu einer Schußwaffe. Dieses gilt aber in erster Linie für die Fährtenarbeit.

Ich habe schon erwähnt, daß es viele Abrichter gibt, die mit dem Apportieren beginnen und darauf das Fährten aufbauen. Ich habe das als einen großen Fehler erkannt.

Apportieren, es geht nicht ohne Zwang!

Das Apportieren ist eine Arbeit, wo wir ohne Zwang nicht durchkommen können. Doch ist es gerade diese Übung, die dem Führer den Hund sicher in die Hand gibt. Selbst ein sehr apportierfreudiger Hund wird seinem Führer das Leben nicht leicht machen. Die Kunst des Hundeführers ist es nun, den kritischen Punkt zu überbrücken und aus der Zwangsarbeit eine angenehme Übung zu machen. Anders gesagt, die Fährte bauen wir auf dem Spieltrieb des Hundes auf. Er soll nur die Gegenstände suchen und sie finden. Jeder Zwang bleibt weg. Das Anlegen des Brustgeschirrs muß dem Hund schon das Zeichen geben, was er tun soll. Er weiß, daß nun das fröhliche Spiel beginnt, eine Aufgabe, die ihm immer Freude machen soll. Sein Herr wird ihn nicht zwingen und ihm nicht helfen. Er tut alles, dem Hund die Freude an dieser Arbeit zu erhalten.

Apportieren widerspricht den Instinkten des Hundes, es ist aber das A und O der ganzen Abrichtung

Beim Apportieren ist es ganz anders. In der Prüfungsordnung wird verlangt, daß der Führer die Grundstellung einnimmt. Das heißt, der Führer steht, der Hund sitzt links neben ihm. Kommando: »Fuß«. Der Führer wirft nun das Bringholz. Der Hund muß eisern sitzen bleiben. Erst auf das Lautzeichen »Bring« hat sich der Hund vom Führer zu trennen, auf schnellstem Wege den Wurfgegenstand zu fassen und damit zum Führer zurückzukommen. Kurz vor dem Führer setzt er sich hin, behält aber den Gegenstand im Maul. Auf die Aufforderung »Aus« legt er das Bringsel in die Hand des Führers. Man sieht, was hier verlangt wird, ist ziemlich kompliziert und widerspricht in vielem den natürlichen Instinkten des Hundes.

Das Apportieren ist für den Führer bei jedem Hund ein Problem, das es jedesmal neu zu lösen gilt.

Worüber sich der Anfänger freut: Es geht von selbst . . . das ist ein Trugschluß

Wie oft sind Anfänger strahlend zu mir gekommen: »Denken Sie sich, unser Hund bringt schon, nur mit dem Abgeben hapert es noch. Wenn es gut geht, wirft er uns den Gegenstand vor die Füße oder er läuft damit davon und wir können ihn suchen. Wenn wir ihn schelten, wirft er das Apportel weg und mag nicht mehr.« Das ist haargenau der Vorgang, der sich mit kleinen Variationen immer wiederholt. Bei jedem Hund. Auch wir alten, erfahrenen Abrichter verfallen immer wieder der Versuchung, es doch im Spiel zu versuchen, obgleich wir genau wissen, daß ohne Zwang ein korrektes Apportieren nicht zu erzielen ist.

Also: Fangen wir systematisch an!

Also beißen wir gleich in den saueren Apfel und fangen systematisch an. Erst muß der Hund lernen, einen Gegenstand auf Befehl in's Maul zu nehmen und ihn zu tragen ohne ihn wegzuwerfen. Wir lassen den Hund vor uns sitzen und öffnen ihm das Maul, indem wir über den Fang fassen und die Lefzen leicht gegen die Zähne drücken. Der Hund wird vorerst einmal unserem Wunsch ohne großen Widerstand entgegenkommen. Den Augenblick benützen wir nun, ihm den gewünschten Gegenstand zwischen die Zähne zu schieben. Mit einer Hand unterstützen wir den Unterkiefer und verhindern damit das Öffnen des Mauls. Der Hund wird ausdauernd gelobt und gestreichelt. Als Kommando wird das Wort »Bring« verwendet. Bei Beendigung der Übung heißt es »Aus«.

»Bring« und »Aus«

Mehrmals am Tage üben

Diese Übung wird mehrmals am Tage ausgeführt. Schon halb gewonnen hat man, wenn der Hund auf das Kommando »Bring« hin den Fang selbst öffnet. Läßt der Hund das Apportel fallen oder sträubt er sich, den Gegenstand überhaupt zu nehmen, dann muß man ihn wohl oder übel zwingen. Bei den Schäferhunden wird zu dieser Übung das Stachelhalsband hergenommen. Ich verwerfe Stachelhalsbänder für Boxer ein für alle Male. Er hat weder das dichte Fell noch die derbe Haut des Schäferhundes, und das Stachelhalsband zu verwenden, bis der Hals wund und der Hund vielleicht für immer verschreckt ist, lehne ich von vornherein ab.

Kein Stachelhalsband, bitte!

Hier muß meine Regel, die ich anfangs erwähnte, besonders beachtet werden: Man muß dem Hund was er tun soll angenehm, und was er nicht tun soll unangenehm machen. Jetzt lege ich ihm das dünne Würghalsband um. Es kann auch nur ein dünner Riemen sein, an dessen Ende ein fester Ring befestigt ist. Durch den Ring ziehe ich das andere Ende der Leine, so daß eine sehr lockere Schlinge entsteht, die leicht anzuziehen, aber auch im Augenblick wieder leicht zu lösen ist.

Aber: Die Luft wird knapp

Nun lege ich dem Hund entweder das Halsband oder die Schlinge locker um den Hals. Der Hund sitzt vor mir. Mit der einen Hand halte ich die Leine, mit der anderen den Apportiergegenstand vor seinen Fang. Beim Befehl »Bring« ziehe ich die Schlinge an. Der Hund öffnet das Maul, weil ihm die Luft etwas knapp wird. In diesem Moment bekommt er das Apportel zwischen die Zähne und ich lasse den Zug am Halsband nach. Man muß nun viel loben und schmeicheln, um einen eventuellen Schock zu überbrücken. Nun sieht man streng darauf, daß der Gegenstand vom Hunde gehalten wird, bis das Kommando »Aus« ertönt. Jeder Versuch, sich des Apportels zu entledigen, wird durch Anziehen der Leine bestraft.

Mit viel Lob den Schock überbrücken!

Es gelingt nicht auf Anhieb

Es wird nun nicht gleich auf den ersten Anhieb gelingen, aber es wird auch nicht übermäßig lang dauern, bis der Hund begreift, daß es angenehmer ist, den Gegenstand zu halten, als ihn wegzuwerfen. In einigen Tagen wird der Lehrling die Aufforderung

»Bring« soweit begriffen haben, daß er das Apportel längere Zeit im Fang hält oder längere Zeit neben seinem Herrn trägt.

Schwierig: Vom Boden aufnehmen

Nun kommt der schwierigste Punkt, die Probe auf das Exempel. Der Hund muß jetzt lernen, den Gegenstand nicht aus der Hand zu nehmen, sondern vom Boden aufzuheben. Grundstellung: Der Führer steht, der Hund sitzt an dessen linker Seite. Der Führer wirft den Apportierblock einige Schritte weit. Er führt dann den Hund zu dem Gegenstand und gibt das Kommando. Natürlich mag der Hund nicht. So läßt man den Hund sich legen, drückt seinen Kopf auf den Boden, zieht die Schlinge an »Bring«, und schiebt ihm dabei den Gegenstand ins Maul und sehe streng, daß er ihn nicht fallen läßt. Bei dieser Übung heißt es viel Geduld haben, streng konsequent, aber nicht grob sein.

Ist denn das überhaupt wichtig?

Mancher Laie wird fragen: Was nützt es, wenn mir der Hund etwas bringt oder nicht? Darauf kann ich nur erwidern: Das Bringen ist bei all dem vielleicht gar nicht die Hauptsache. Die Hauptsache ist, daß der Hund sich seinem Herrn unterordnen lernt. Er muß begreifen, auch Dinge zu tun, die für ihn sinnlos erscheinen. Vor allem soll er seinem Herrn bedingungslos folgen. Schläge bekommt er nur in ganz seltenen Ausnahmefällen. Oft trägt aber dann nicht der Hund, sondern der Herr die Schuld.

Apportieren ist der Grundstock der ganzen Ausbildung

Ich habe die Methode, dem Hund das Apportieren beizubringen, so ausführlich wie möglich geschildert, weil er meiner Ansicht nach den Grundstock zur ganzen Abrichtung ist. Freilich, es wird einen Kampf geben, der durchgestanden werden muß, aber mit etwas Geduld und Geschick wird man in acht Tagen schon sehr weit kommen.

Man vergrößert nun die Entfernung, aus der der Gegenstand geholt werden muß. Man verwendet kei-

Frei arbeiten. Loben.

nen zu schweren und keinen zu leichten Gegenstand und einen, den der Hund gern nimmt. Anfangs läßt man den Hund nur an der Leine bringen.

Später läßt man ihn frei arbeiten. Der Hund wird, richtig gelobt, mit der Zeit wieder freudig bringen.

Wenn der Hund mit dem Apportel herankommt, geht man ihm schnell ein paar Schritte entgegen und bleibt dicht vor ihm stehen mit dem Befehl »Sitz«. Er muß sitzen bleiben bis man ihm den Apportierblock abnimmt, erst dann wird er gelobt. Von allem Anfang an achtet man, daß der Hund exakt arbeitet. Es ist viel schwerer, Fehler wieder auszubügeln, als sie erst gar nicht einreißen zu lassen.

Exakt arbeiten!

Bringen über die Hürde

Als Erweiterung der Übung Apportieren sehen wir das Bringen über die Hürde. Ist der Hund auf ebenem Gelände ein sicherer Apportierer geworden, so macht der Sprung über die Hürde wenig Arbeit. Die Höhe der Hürde beträgt 1 m. Der Hund soll darüberspringen ohne aufzusetzen.

Wie man sich ein Hindernis baut

Wir nehmen erst ein niedriges Gestell. Früher trieb ich zwei Holzstempel in den Boden und versah jeden mit zwei bis drei kräftigen Nägeln in der Breitseite. Darüber spannte ich einen leichten Strick, auf den ich einen alten Sack hängte. Dieses Hindernis soll zuerst niedrig sein bis der Hund begriffen hat.

Ich nehme nun meinen Hund an die Leine und führe ihn dicht an dem Hindernis vorbei. Beim Ruf »Hopp« muß er darüberspringen. Wird es ihm leicht gemacht, wird er es sehr schnell begriffen haben. Ist er hinübergesprungen, so mache man sofort kehrt und lasse den Hund zurückspringen, natürlich an der Leine.

Hat der Hund einmal die Technik des Springens begriffen, so kann man ohne weiteres einen Sprung 1 m hoch von ihm verlangen.

Kein Sprung ohne Rücksprung

Man merke sich nur: Kein Sprung ohne den Rücksprung! So viele Hunde scheitern bei Prüfungen, weil sie beim Holen des Bringsels wohl über die Hürde springen, aber beim Bringen den Sprung vermeiden und neben der Hürde zurückkommen. Das muß eben vermieden werden. Deshalb soll von allem Anfang darauf geachtet werden, daß dem Hund in Fleisch und Blut übergeht: Kein Sprung ohne Rücksprung!

Sind wir nun soweit, daß dem Hund das Springen Freude macht, er es auch ohne Leine tut, so veranlassen wir ihn, das Bringholz aufzunehmen. Wir legen ihm die Leine wieder an und lassen ihn so etliche Male hin und her springen.

Nur so kommt man zum Ziel

Man merke sich bei jeder Übung:

1. Den Hund nicht zu ermüden,
2. Eine Übung nur abbrechen, wenn sie richtig ausgeführt wurde.

Nur so kommt man zum Ziel.

Springt der Hund mit dem Apportel über die Hürde, so kann man versuchen, diese Übung mit dem unangeleinten Hund zu machen. Sie wird genau wie das einfache Bringen ausgeführt.

Der Führer steht in der Grundstellung, den Hund neben sich, vor der Hürde. Er wirft den Gegenstand. Der Hund muß sitzenbleiben, bis er das Kommando bekommt: »Hopp, bring's!« Dann hat er die Hürde zu nehmen, den Gegenstand aufzunehmen und mit diesem zurückzuspringen und sich vor seinen Führer hinzusetzen.

Wenn der Hund die Hürde umgeht . . . wiederholen!

Natürlich wird der Hund immer wieder versuchen, außerhalb der Hürde zurückzulaufen oder sie ganz zu umgehen. Oder er wird wohl über die Hürde springen, aber den Gegenstand liegenlassen. Da nützt dann nur eines: Den Hund wieder an die Leine nehmen und den ganzen Hergang fehlerlos wiederholen lassen bis es klappt. Dann aber sofort aufhören.

Für die Schutzhund-II-Prüfung muß der Hund eine 180 cm hohe Schrägwand überklettern und einen

Bringen über die Schrägwand

leichten Gegenstand bringen. Während die Hürde im Freisprung genommen wird, muß die Wand im Klettern bewältigt werden.

Man beginnt mit einer niedrigen Wand, vielleicht 80 cm hoch. Man setzt den Hund etwa 50 cm in Grundstellung vor die Wand, leint ihn an und stellt sich auf die andere Seite der Wand. Dann ruft man den Hund an und zieht ihn mit der Leine vorsichtig über die Wand. Der Hund soll so die zweite Art, ein Hindernis zu nehmen, kennenlernen. Sobald er die Technik des Kletterns verstanden hat, geht man mit ihm weiter von der Wand weg und erhöht diese um 30 oder 40 cm. Man laufe nun neben dem Hund her, um ihn zu einem schnellen Tempo zu animieren. Bei der Wand unterstützt man ihn mit dem Zuruf »Hopp« und wenn nötig durch Hilfe mit der Hand. Das Tempo, mit dem der Hund anläuft, reißt ihn an der Wand hoch und veranlaßt ihn, die ganze Strecke im Klettern zu überwinden. Danach soll er ohne anzuhalten wieder zurückklettern. Im allgemeinen stellt der Boxer sich bei dieser Übung recht geschickt an und bringt es zu Höhen, die von anderen Rassen nur schwer geschafft werden.

Vielfache Unterordnungsübungen

Übung und Veranlagung

Das Apportieren gehört auch zu den Unterordnungsübungen wie Leinenführigkeit, Platzmachen, Ablegen, Sitzen, Fußgehen, Herankommen und Vorausschicken. Das sind alles Übungen, die rein mechanisch jedem Hund beizubringen sind, bei denen man mit mehr oder weniger Zwang zum Ziele kommen kann.

Anders ist es beim Fährten und dem Schutzdienst. Da muß die Anlage dazu im Hund selbst vorhanden sein. Wenn sie fehlt, hat der Kaiser das Recht verloren. Beim Schutzdienst ist von einem feigen Hund wohl eine Scheinarbeit zu erreichen, aber die kleinste außer

Programm laufende Kleinigkeit bringt das Kartenhaus zum Einsturz. Ich werde zum Schluß mich noch eingehend mit diesem Thema befassen.

An der Leine: Man gewöhne ihm schleunigst das Vorprellen ab!

Zurück zu der Unterordnung. Bei der Erziehung habe ich mich schon ausführlicher mit der Leinenführigkeit befaßt. Unser Hund läßt sich nun schon willig Halsband und Leine gefallen. Er freut sich sogar, wenn man damit kommt, weil er weiß, daß man sich nun intensiver mit ihm befassen wird. Er prellt ungestüm voran. Jetzt zerrt er nicht mehr nach hinten, er zieht nach vorne. Auf alles, was ihn interessiert, stürzt er los. Kurz: Er benimmt sich ausgesprochen so, wie es die Hundefeinde am liebsten beschreiben. Man nimmt nun den Hund an die im Würger eingehakte Leine, gibt den Befehl »Fuß« und macht sich auf den Weg. Jedes Vorprellen des Hundes straft man mit einem kurzen Ruck am Würger, befiehlt »Fuß«.

Kein Stachelhalsband, bitte!

Viele legen dem Hund ein Stachelhalsband um, damit er das manierliche Gehen lernt. Bei einem sehr sturen Zögling mag es Erfolg haben, aber ich möchte doch von seiner Verwendung abraten. Ein korrektes Fußgehen nur unter Stacheln hat gar keinen Wert, da der Hund genau weiß, ob jetzt die Stacheln in Tätigkeit sind oder nicht und sich danach richtet. Auf Prüfungen ist das Verwenden von Stachelhalsbändern überhaupt verboten.

»Fuß« an der Leine

Man versuche es, wie ich bereits schrieb, mit einem Würger. Man wird genauso schnell damit zurechtkommen und hat dabei den Vorteil, daß der Hund immer dasselbe Halsband anhat und nicht im voraus merkt, ob er jetzt die scharfe oder die sanfte Halsung trägt.

Man übe jeden Tag!

Man übe jeden Tag mit dem Hund. Bei seinen Gängen ändere man häufig das Tempo und lege häufige Rechts- und Linkswendungen ein. Wenn man stehen bleibt, muß der Hund sofort links bei Fuß sitzen.

Das Sitzen haben wir dem Hund schon zu allem Anfang zu Hause gelehrt: Auf das Kommando »Sitz« zieht man den Hund am Halsband etwas an und drückt ihn mit der anderen Hand hinten nieder. Das ist eine Übung, die in wenigen Tagen begriffen ist.

Im Freien, wenn ihm die Übung schon genug bekannt ist, läßt man den Hund sich setzen. Die Leine bleibt dabei am Halsband. Mit dem Kommando »Sitz, bleib da« entfernt man sich langsam einige Schritte und behält dabei den Hund scharf im Auge. Steht er auf, wird er sofort zurückgeführt und energisch verwiesen.

»Sitz – Bleib da!«

Ist man auf dem Dressurplatz mit anderen Abrichtern, hat man es um vieles leichter. Auch lernen die Hunde, mit den anderen in Kolonnen zu gehen, sich nicht ablenken zu lassen.

Das Ablegen. »Platz«

Wie das »Sitzen« wird nun auch das Ablegen geübt. Kennt der Hund schon von seiner Zimmerdressur die Bedeutung des Wortes »Platz«, so hat er nun Gelegenheit, dieses Können hier zu verwerten.

Während des Bei-Fuß-Gehens heißt es jetzt auch »Platz«! Der Hund muß sich sofort hinlegen und liegenbleiben. Kennt der Hund das Kommando schon, ist vielerlei vorgearbeitet worden. Kennt er es nicht und will er nicht, so kann ein großer Hund einem schon allerhand Widerstand entgegensetzen.

Wie man ihn zu Boden kriegt . . .

Man versucht, ihn auf den Boden zu drücken. Geht es nicht, so zieht man ihm einfach die Beine unter dem Körper weg und lege ihn um. Ist er einmal am Boden, so ist es vorerst gleichgültig, wie er liegt. Ob er die Beine in die Luft streckt oder eine normale Lage einnimmt. Er muß nur so am Boden liegen, daß man den Fuß schnell auf die am Halsband befestigte Leine stellen kann. Damit liegt der Hund fest und er kann sich in Ruhe überlegen, daß es doch am besten ist, sich in sein Schicksal zu ergeben und liegenzubleiben. Die Übung »Platz« ist so wichtig und muß so strikt einge-

»Platz« eine wichtige Übung

halten werden, daß dem sich nicht fügenden Hund auch diesmal ein Schlag über den Rücken gegeben werden darf.

Er muß liegenbleiben –

Liegt der Hund sicher, so entfernt man sich von ihm, bleibt stehen, geht wieder zu ihm, stellt sich an seine rechte Seite. Man kann den Hund auch umkreisen, über ihn hinwegsteigen: Er muß liegenbleiben. Dann entfernt man sich 20 – 30 Schritte und bleibt stehen. Der Hund darf sich nicht rühren.

und erst auf Befehl »Hier« kommen.

Dann wird der Hund herangerufen, Kommando: »Hier!«. Der Hund muß sich in schneller Gangart seinem Herrn nähern und sich vor ihn hinsetzen. Dann erhält er das Kommando »Fuß« und muß sich ohne weitere Hilfen in die Grundstellung begeben, sich also zur linken Seite seines Führers hinsetzen.

Auch die Kehrtwendungen werden beim Fußgehen immer wieder geübt.

Ist der Hund sicher geworden, was nach fleißigem Arbeiten in 3 – 4 Wochen der Fall sein wird, muß all das, was jetzt an der Leine geübt wurde, frei vorgeführt werden, also »frei bei Fuß«. Der Hund soll so an der linken Seite gehen, daß sein Kopf in Kniehöhe ist.

Nachhängen vermeiden!

Vorprellen ist ebenso fehlerhaft wie Nachhängen, nur läßt sich letzteres durch Änderung der Gangart ausgleichen, gegen das Nachhängen ist viel schwerer anzukommen. Man muß versuchen, durch freundliches Zureden und Ermuntern den Hund zu animieren, schneller zu werden. Gewaltmittel würden nur das Gegenteil bewirken.

Im Schritt und im Lauf üben!

Alle diese Unterordnungsübungen sollen im Schritt und im Lauf ausgeführt werden, angeleint und unangeleint.

Dann trainiert man noch das Gehen durch eine Gruppe stehender Personen.

Außerdem übt man das Ablegen entfernt vom Führer, während ein anderer Hund arbeitet. Von dieser Übung wird der Hund nie abgerufen, immer abgeholt.

Das Ablegen entfernt vom Führer

Für Sch. I bleibt der Führer in Sicht des Hundes. Bei den weiteren Prüfungen muß der Führer für den Hund unsichtbar sein.

Dieses Ablegen macht dem Führer allerhand Sorgen, denn es ist immerhin eine lange Zeit, während der sein Hund liegenbleiben muß.

Die zweite lange Leine

Bei dieser Übung sowie auch bei den ersten »Frei-bei-Fuß-Gängen« arbeitet man bei unsicheren Hunden mit der gewöhnlichen Hundeleine. Zusätzlich bindet man dem Hund aber noch eine zweite lange Leine oder einen leichten Strick an das Halsband, den man nachschleifen läßt. Der Hund kennt das Klicken des Karabiners ganz genau: Es bedeutet »Freiheit«. Aber ehe er abpreschen kann, gibt der Führer das Kommando »Fuß« und tritt auf den Strick. Der Hund wird zurückgerissen, er ist noch in der Gewalt seines Herrn. Gerade dieses ist der Zweck der Übung. Auch einen bei einer lästigen Übung ausbrechenden Hund kann man an der nachschleifenden Leine leicht fangen.

Jedenfalls ist ein junger Hund auf diese Art leicht zu übertölpeln. Mit der langen, schleppenden Leine und der Schleuder überzeugen wir den Schüler bald, daß aus unserem Machtbereich nicht auszubrechen ist. Dabei gibt es so gut wie nie Schläge. Alles was dem Hund wirklich Schmerzen bereitet, wird vermieden.

Wir lernen auch: Engelsgeduld!

Nur wir selbst müssen etwas lernen: Wenn wir sie bisher nicht gekannt hatten – eine Engelsgeduld.

Wie wir's mit dem »Fuß gehen« machten, so verfahren wir mit dem »Ablegen«. Der Hund muß auch hier fühlen, daß der Herr einen langen, unsichtbaren Arm hat, dem man nicht entrinnen kann.

Übungen beim Ablegen

So wird der Hund beim Ablegen ebenfalls mit der Leine abgelegt. Es gibt Hunde, die sich absolut dareinfügen. Denen entfernt man nach einiger Übungszeit die Leine. Macht der Hund die geringste Schwierigkeit, bekommt er die zweite lange Leine. Steht er nun auf, was meist sehr langsam mit schlechtem Gewissen geschieht, so rufe man ihm sofort »Platz« zu. Legt er sich nun oder legt er sich nicht? Man sehe, daß man so schnell wie möglich die Leine erwischt, geht zum Hund hin und führt ihn zu dem Platz zurück, den er eben verlassen hat. Dort kommandiere man ganz energisch »Platz«. Wenn er sich gelegt hat, geht man so weit weg wie es die Leine gestattet, behält diese aber in der Hand. Will der Hund wieder das Aufstehen versuchen, erfolgt von neuem ein scharfer Ruck an der Leine.

Der Hund darf nicht ohne Erlaubnis aufstehen

Es ist nicht ein Hund wie der andere. Einer lernt es leicht, der andere braucht lange bis er kapituliert. Man achte nur darauf, daß die Geduld des Führers länger aushält als die des Hundes!

Das Voraussenden

Zu den Unterordnungsübungen gehört noch eine, die viel umstritten ist: »Das Voraussenden«. Auf den Ruf »Voraus« löst man den Hund von der Leine. Er soll sich schnell von seinem Führer entfernen, 30 - 40 m vorauslaufen und auf »Platz« sich hinlegen. Eine Übung, die im Polizeidienst zur Sicherung der Strecke benötigt wird.

Im Freien üben

Steht einem ein Hohlweg oder eine eingezäunte Bauernstraße zur Verfügung, geht man diese entlang und versucht, den Hund zu veranlassen, vorauszulaufen. Man kann auch irgendwo auf einer Wiese ein Kleidungsstück hinlegen, ohne daß der Hund es sieht. Dann kommt man mit ihm von einer anderen Seite und schickt ihn »Voraus«. Sobald der Hund das Kleidungsstück erreicht hat, heißt es »Platz«. Man kann auch einen, dem Hund lieben Gegenstand, wie sein Bringholz, auslegen. Auch kann man von ferne eine bekannte Person auf den Hund zukommen lassen.

Alles in allem ist es eine Übung, die schwer zu erlernen ist, und bei der es fraglich ist, ob der praktische Nutzen die große Mühe wert ist. Auf alle Fälle beenden wir mit dieser Übung die Lehrstunde. Wenn

»Voraus« auf dem Heimweg bedeutet Freude

der Hund das schöne Nachhausekommen mit diesem Kommando »Voraus« gleichschaltet, dann wird er die Übung wenigstens freudig ausführen.

Somit haben wir nun die zweite Abteilung der Abrichtung hinter uns gebracht. Wir begannen spielerisch mit der Erziehung und der Fährtenarbeit und bauten darauf das System der Unterordnung auf.

Nun haben wir keinen ungezogenen Wildling mehr, wir haben einen guten erzogenen Kameraden. Viel haben wir ihm beigebracht. Auch wir selbst haben einiges gelernt durch den Hund. Vor allem, uns selbst zu beherrschen, und das ist viel wert.

Schutzdienst

Der Hund mag Schutzdienst-Übungen sehr!

Von allen Übungen sind die Schutzdienst-Übungen für den Anfänger die interessantesten. Sie machen auch dem Hund die meiste Freude. Ist der Hund vielleicht durch etwas zu streng durchgeführte Unterordnungsübungen vergrämt, so bringt ein kleiner Kampf mit einem Verbrecher ihn meistens umgehend auf andere Gedanken. Es stärkt sein Selbstvertrauen und die gute Laune ist wieder da.

Der Führer macht leicht vieles falsch

Man glaube aber ja nicht, daß der Führer in diesem Lehrabschnitt mit seinem Zögling keinen Fehler begehen kann. Leider macht er gerade hier vieles falsch. Der junge Führer denkt sich: Es ist doch herrlich, wenn mein Hund auf den Verbrecher losgeht wie eine Kanone. Wenn er beißt, daß die Fetzen fliegen. Daß er auf sich herumdreschen läßt wie ein Narr, jawohl, wie ein »blindwütiger Narr«.

Unzählige solcher Hunde, leider in erster Linie unsere Boxer, sind im Weltkrieg abgestochen worden, weil sie sich todesmutig im Feind verbissen. Dessen Kameraden haben ihn dann ganz bequem und in aller Ruhe abstechen können. Da hat sich dann die Überlegenheit des Schäferhundes gezeigt, dessen Art das blitzschnelle Zufassen und Auslassen ist. Unter Umständen ist sogar ein Hund im Vorteil, der fern seines Führers gar nicht beißt und den Feind nur durch Umkreisen in Schach hält; der für den Führer wünschenswerteste Hund.

Mannarbeit erst beginnen, wenn die Unterordnung sicher sitzt

Man soll mich nicht mißverstehen. Ich sehe selbst eine schneidige Mannarbeit gern und möchte sie am Hund nicht missen, doch soll sie im Rahmen bleiben. Der Hund soll nicht zu oft gehetzt werden und nur, wenn er mit der Unterordnung soweit ist, daß ihn sein Führer unbedingt in der Hand hat.

Die Prüfungen. Wie sie sich aufbauen

In der Sch.-I-Abteilung muß der Hund vor allem seine Schärfe und seinen Mut zeigen.

Bei der folgenden Prüfungsabteilung, der Sch. II, muß der Hund beweisen, daß er im Appell und der blinden Angriffslust gleich gut ist.

Bei Sch. III soll der Hund zeigen, daß er der treue Freund seines Herrn ist. Fast wie ein willenloses Werkzeug, dennoch über ein solches weit hinauswachsend durch seine Intelligenz und seine scharfen Sinne. Wie sein Herr auf einen Verdächtigen nicht wahllos schießen darf, so darf auch er nicht wahllos beißen.

Ein wehrhafter Hund gehört in zuverlässige Hände!

Ein wehrhafter Hund ist wie eine entsicherte Schußwaffe. Sie gehören beide nur in zuverlässige Hände.

Ganz privat . . .

Noch eine rein private Beobachtung in der Arbeit mit Hunden: Je weiter es einem Hundebesitzer selbst an Mut fehlt, umso wütender wünscht er sich seinen Hund. Dieses ist ein Test, auf den Sie Gift nehmen können. Es ist in jeden Fall schade um die beiden, denn diese Typen sind nicht gerade gute Reklame für sich und ihre Rasse.

Nicht experimentieren!

Natürlich gibt es zur Erlernung des Schutzdienstes alle möglichen Systeme. Ohne einen erfahrenen Gehilfen wird man nicht durchkommen. Mit unerfahrenen Laien zu experimentieren, davor warne ich dringend.

Sie brauchen einen guten Figuranten

Jeder gute Figurant (Hetzer) hat seine eigenen Kniffe und Tricks, die er zum Teil nie verraten wird, genau wie der Hundeführer. Ein ungeschickter Schlag kann den Hund vergrämen, sogar verletzen. Ein zu ungelenkiger Figurant kann dem Hund jede Freude nehmen. Ein Hund will nämlich an den Ernst seiner Arbeit glauben. Wenn er merkt, daß alles nur ein Spiel ist und ein schlechtes dazu, verliert er die Freude am Ganzen.

So fängt man es an

Sie nehmen also ihren Wastl an die Leine. Verwenden sie am besten ein breites, kräftiges Halsband. Der Hund muß unbedingt in der Gewalt seines Herrn bleiben. Er muß demnach so angeleint sein, daß er bei der Arbeit am Mann wohl in der Gewalt des Führers ist, das Halsband aber keinen zu großen Druck oder gar Schmerz verursacht. Die Arbeit, die dem Hund nun bevorsteht, soll absoluter Ernst und kein Spiel für ihn sein. Dazu muß der Hund aber mindestens 12 Monate alt sein.

Das darf man keinesfalls tun:

Es gibt viele, die notgedrungen aus Mangel an Helfern ihren Hund selbst hetzen. Dazu besorgen sie sich einen eigenen gesicherten Ärmel und animieren den Hund zu einem Kampfspiel und zum Beißen in den Schutzärmel. Auf das Kommando »Aus« muß der Hund sofort auslassen.

Man treibt so ein doppelt gewagtes Spiel

Ich kann nur dringend vor dieser Art abzurichten warnen. Es kann sogar sein, daß der Hund dieses Spiel gerne betreibt und sich auch ohne weiteres auf einen Fremden umstellt. Es ist und bleibt aber aus zwei Gründen ein gewagtes Spiel.

Der Führer muß unter allen Umständen tabu für seinen Hund sein und muß es bleiben. Der Herr ist der Herr und der Hund der Untergebene. Auch bei größter Liebe muß hier der Abstand gewahrt bleiben.

Nimmt man den Hetzärmel selbst, so ist, was nun folgt, für den Hund ein Spiel. Es kommt ihm gar nicht in den Sinn, seinen Herrn ernsthaft zu beißen. Es ist aber eben nur ein Kampfspiel, genauso wie er es als Welpe mit seinen Geschwistern übte.

Niemals darf der Hund gegen seinen Herrn kämpfen!

Wenn dieses Kampfspiel nicht damit endet, daß der Hund wirklich in Wut gerät, wird er nie eine richtige Mannarbeit hinlegen können. Diese Wut ist der Sporn, der ihn rücksichtslos vorwärts treibt, die ihn auch schmerzhafte Schläge nicht empfinden läßt. Gerade das ist ein Punkt, der beim Spiel mit dem eigenen Herrn nie eintreten darf. Denn entweder wird ihn die anerzogene Unterordnung hindern, aus sich herauszugehen, oder, und das ist tausendmal schlimmer, er vergißt bei einer Gelegenheit einmal die Unterwürfigkeit, und ihm fällt ein, daß er ja auch gegen seinen Herrn angehen kann. Zu welch fürchterlichen Katastrophen das führt, haben wir leider schon oft erleben müssen.

Der Fehler liegt am Führer

Wie bei so vielem, liegt aber der Fehler in diesem Fall beim Führer selbst. Es gibt Hunde, bei denen Spiel und Ernst so nah beieinanderliegen, daß das Tier die Grenzen selbst nicht kennt. Da liegt es eben am Führer, den Hund zu leiten, er muß bei allem das Werkzeug seines Herrn bleiben.

Was tut der Hund beim Schutzdienst?

Die Übung für Schutzdienst I ist folgende: Der Führer geht mit seinem, an der linken Seite frei folgenden Hund eine ihm bezeichnete Strecke. Der Hund muß streng am Führer bleiben, weder vorprellen noch nachhängen.

Plötzlich erfolgt aus dem Hinterhalt ein Überfall auf den Führer. Der Hund muß sofort reagieren und den »Verbrecher« fassen und auf den Befehl »Aus« sofort auslassen. Der Hund wird nun festgehalten. Nach kurzer Zeit gibt der Richter dem Figuranten das Zeichen, die Flucht zu ergreifen. Der Hund wird, sobald der Scheintäter weit genug ist, hinterhergeschickt. Der Hund hat umgehend zu folgen und den Fliehenden zu fassen. Auf das Kommando »Aus« muß

er auslassen, aber hart am Mann bleiben und ihn an einer weiteren Flucht hindern. Er soll »Verbellen«.

... und so viel Arbeit steckt darin

Diese Übung ist an sich die kürzeste und attraktivste des ganzen Tages. Wieviel Arbeit hinter ihr steckt, weiß nur, wer schon einen Hund richtig abgeführt hat.

Fragen Sie einen Sachverständigen oder, sagen wir lieber, einen der sich dafür hält, worauf es denn bei dieser Übung hauptsächlich ankommt? Er wird antworten: »Auf das Wesen des Hundes!«. Fragt man, was er unter »Wesen« versteht, so kommt eine kurze und sehr primitive Antwort: Der Hund hat ein gutes oder ein schlechtes Wesen und da muß der Abrichter eben sehen, wie er damit fertig wird!

Was ist: »Das Wesen des Hundes«?

Diese Antwort ist aber keine Antwort. Das Wesen oder der Charakter eines Hundes setzt sich, genau wie der des Menschen, aus einer Menge einzelner Bausteine zusammen. Charakteranlagen, Erziehung, Umwelteinflüsse, hohe oder niedere Reizschwelle der tierischen Empfindungen spielen eine große Rolle.

Beides ist nicht gut: Die verkümmerten und die übertrainierten Anlagen des Hundes

Die Arbeit, die der Hund nun leisten soll, baut sich vor allem auf seinen Schutz- und Kampftrieb auf. Diese Triebe können bei einer Erziehung, wo sie ständig unterdrückt werden, verkümmern. Sie können aber auch derart übertrainiert und überreizt werden, daß der Hund zur Bestie wird. Eines ist natürlich so falsch wie das andere. Ein Hund, dessen Kampftrieb verkümmert, ist als Schutzhund unbrauchbar. Hat er eine sehr feine Nase und einen guten Suchtrieb, so kann er noch als Suchhund Verwendung finden. Eine Bestie aber, die wahllos auf alles stürzt und deren höchste Passion es ist, alles zu beißen und Amok zu laufen, ist nicht nur untauglich, sondern gemeingefährlich und soll von der Zucht und dem Sport ausgeschlossen werden. Wenn so etwas bei einem Boxer überhaupt passiert, liegen meist schwere Erziehungsfehler vor. Ich wünschte, daß solche Fehler meinen Lesern nicht unterlaufen.

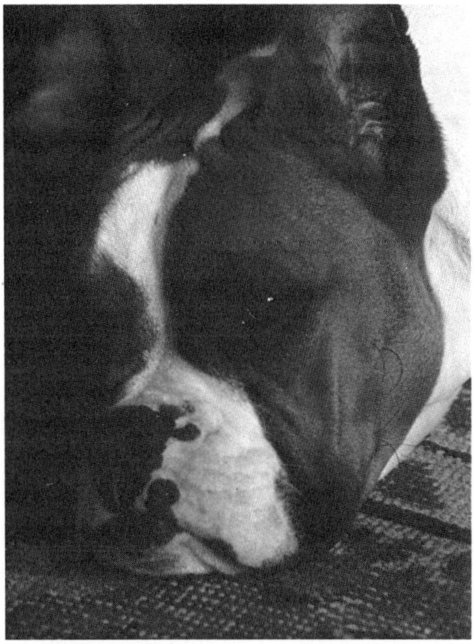

TYPISCH BOXER!

Wachsam, würdevoll, wesensstark

Am besten ist es, man sucht mit seinem Lehrling jetzt den Dressurplatz auf. Unter einem Jahr würde ich es nicht für ratsam halten, mit dem Hund die Mannarbeit zu beginnen. Auf dem Platz lasse man den Lehrling erst einmal zuschauen.

Mannarbeit: Jetzt muß man auf den Dressurplatz!

Ich setze voraus, daß er sich schon an die Umgebung gewöhnt hat: An die fremden Hunde und das Arbeiten unter diesen fremden Menschen. Zeigt der Hund sich interessiert an dem Kampfspiel und hat er keine Furcht, so ersuche man den Figuranten, einen Angriff auf den Herrn und nicht auf den Hund zu machen.

Mancher Hund, der einem Angriff auf sich selbst ausweicht, wird sich unter Umständen schneller einsetzen, wenn sein Führer bedroht wird. Tatsächlich habe ich diese Beobachtung schon öfters gemacht. Sei die Ursache nun, daß der Hund sich sicherer fühlt, weil ja nicht er, sondern sein Herr angegriffen wird, oder, was ich für wahrscheinlicher halte: Er fühlt sich mit seinem Herrn solidarisch, weil dieser nun mitkämpft.

Weicht der Hund dem Angriff aus?

Der Trieb zur Eifersucht und der Schutztrieb sind eng miteinander verbunden. Als Beispiel: Die Hündin liebt ihre Jungen. Furcht, sie zu verlieren, zwingt sie dazu, die Welpen vor jedem Fremden zu schützen.

Eifersucht und Schutztrieb sind eng miteinander verbunden

Hat ein Hundehalter eine größere Hundemeute um sich, so kann er immer wieder beobachten, wie leicht durch Eifersucht Raufereien entstehen. Diese sind aber nichts anderes, als das Gefühl, aus dem sich der Schutztrieb entwickelt.

Treten wir nun dieser Eifersucht entgegen, erlauben wir keine Rauferei unter den Hunden, so können wir diese Urinstinkte des Hundes so weit zurückdrängen, daß er sie zum Teil verliert. Beim Schutzdienst müssen wir, was wir verschüttet haben, wieder wachrufen und alles in die Bahnen lenken, die für uns nützlich sind.

Aus diesem Grunde beginnt der Figurant mit dem Angriff auf den Führer. Es ist ganz verschieden, wie der Hund reagiert. Gerade der mutige, etwas phlegma-

Der Figurant tritt in Aktion!

tische Hund, wird längere Zeit brauchen. Er kennt keine Gefahr und sieht keinen Grund einzugreifen.

Wir wecken den Kampftrieb im Spiel

Gelingt es nicht, den Hund durch einen Angriff auf den Führer zu reizen, versuchen wir, seinen Kampftrieb dadurch zu wecken, daß wir ihn in einen Sack oder sonstigen weichen Gegenstand beißen lassen. Jeder normale Hund beißt und zerrt gern. Zuerst ist es Spiel, aber die Grenzen zwischen Spiel und Streit liegen oft eng beisammen, nicht nur bei unseren Hunden, wie auch oft bei unseren Kindern.

Von diesem Spiel, sobald der Hund Freude am Beißen zeigt, ist der Weg zum ernsten Angriff nur noch ein Katzensprung. Mit der Zeit muß der Hund nun auch lernen, leichte Schläge mit in Kauf zu nehmen. Manch ein phlegmatischer Lehrling wird durch einen Hieb erst richtig warm, und wenn er mal richtig in Wut ist, spürt er auch empfindliche Hiebe nicht mehr.

Angreifen und – Auslassen

Daß der Hund angreift, haben wir nun erreicht. Es wird jedoch Zeit, jetzt für die wilde Fahrt die Bremsen einzubauen.

Die »Bremse« einbauen

Auf den Befehl »Aus« muß der Figurant sofort stillstehen und der Hund muß sofort auslassen. Eine herrliche Übung, den Hund unter den Willen seines Herrn bringen, ohne ihn zu vergrämen. Nun wird der Hund festgenommen und der Scheintäter läuft davon. Auf ein Zeichen des Richters wird der Hund hinterdrein geschickt. Der Hund muß den Figuranten verfolgen und fassen. Steht dieser still, so muß der Hund auslassen und verbellen.

Immer wieder üben

Das sind Übungen, die viel Schweiß kosten können. Nur ein gut durchgearbeiteter Hund wird von selbst ohne Hilfen durch den Führer auslassen. Eine Übung, die immer wieder trainiert werden muß.

Das Verbellen

Das Verbellen, so wünschenswert es ist, ist doch oft unendlich schwer zu erreichen. Gerade die besten Hunde bringen, wenn sie einmal richtig wütend sind, keinen Ton heraus. Es ist so, als wenn ein Mensch sagen würde: Weshalb soll ich meinen Gegner erst lange schimpfen. Ich haue ihm lieber gleich eine herunter und unter der Rauferei habe ich keine Zeit, Worte zu machen.

Tatsächlich gibt es Hunde und oftmals gute Hunde, die nicht dazu zu bringen sind, auch nur einen Ton von sich zu geben. Dadurch verderben sie sich aber jede Chance, weitere Prüfungen zu bestehen.

Der Hund ist stumm – vor Wut!

Man versucht nun, den Hund, der natürlich dazu schon firm beim Hetzen sein muß, vom Figuranten reizen zu lassen, ohne daß er fassen darf. Erst wenn er verbellt hat, darf er fassen. Der Befehl heißt: »Gib Laut«.

So lernt er das Lautgeben

Man kann auch auf andere Art versuchen, ihm das Lautgeben beizubringen: Man bindet ihn an und läßt ihn allein, fordert ihn auf »Gib Laut«! Sobald der Hund begriffen hat, um was es sich handelt, daß er abgeleint wird, wenn er »Laut« gibt und endlich den Figuranten fassen darf, befolgt er dieses Kommando. Dann wird er auch mit der Zeit anfangen, es ohne »Hilfen« zu tun.

... und so kann man es auch versuchen

Die Prüfungsordnungen sind streng. Jede Ungenauigkeit bei der Arbeit, jede Unterstützung – die wir Hilfen nennen – durch den Führer kostet Punkte. Trotzdem wird es sich der Hundebesitzer oftmals überlegen: Helfe ich jetzt meinem Hunde und büße Punkte ein? Oder: Helfe ich ihm nicht und er verpatzt die Übung ganz, weil er fehlerhaft oder gar nicht arbeitet? Also? Das sind Gewissensfragen, die an jeden Führer einmal herantreten.

Etwas oder nichts, manchmal muß man helfen!

Schutzhund II und III

Schutzhund I ist, wie gesagt, die leichteste aller Prüfungen. Trotzdem macht sie dem Führer und dem Hund die meiste Mühe. Die zwei folgenden Prüfungen bauen auf der ersten auf und auf dem, was der Hund

Jetzt wird alles schwieriger ...

bisher gelernt hat. Die einzelnen Übungen werden genauer durchgearbeitet, gefestigt und vertieft.

Die Verleitungsfährte

Sehen wir uns die Fährtenarbeit an. Diese wird erschwert durch ein höheres Alter der Fährte, durch mehr eingelegte Winkel und eine größere Anzahl ausgelegter Gegenstände. Außerdem wird die Fährte nicht mehr vom eigenen Führer, sondern von einem Fremden gelegt. Dazu wird sie nochmal von einer Verleitungsfährte, die jünger ist als die richtige Fährte, gekreuzt. Der Hund darf sich nicht verleiten lassen, die falsche anzunehmen. Das sind nun alles Dinge, die man dem Hund zeigen muß, das heißt, man muß es ihn erleben lassen.

Woran erkennt der Hund die Fährte?

Einen Hund von der Führer-Fährte auf eine fremde umzustellen, macht meist viel weniger Arbeit als man erst fürchtet. Das kommt daher, daß nicht der Eigengeruch des Menschen die Fährte ausmacht, sondern der Geruch des verletzten Bodens, die zertretenen Gräser, Käfer usw. Daß der Hund nun auf dieser Fährte bleibt, liegt wohl in seinen Instinkten verankert. Denn in freier Wildbahn wird sich ein Tier auch auf eine Fährte festlegen müssen, sei es von Wild oder einem Artgenossen. Würde das Tier der Wildnis dieses nicht tun und jedesmal eine neue Fährte aufnehmen, ginge es wohl in die Irre und käme nie ans Ziel.

Fährtentreue ist dem Hund angeboren

Die Fährtentreue oder -reinheit ist also dem Hund angeboren. Er wird sich danach richten, es sei denn, die Verleitungsfährte erregt aus irgend einem Grund sein besonderes Interesse. Manches Mal ist sein mangelnder Geruchssinn schuld, auch Uninteressiertheit oder Faulheit, weil die Verleitungsfährte jünger und deshalb leichter zu finden ist.

Der Führer kann dem Hund nicht helfen

Im allgemeinen wird man sich wundern, wenn der Hund nur etwas Suchpassion hat, wie er diese Klippen alle meistert. Besäße der Hund menschliche Eitelkeit, würde er seinen Führer tief verachten. Dieser kann ihm in nichts helfen und ihm nichts zeigen, obgleich die ganze Angelegenheit für den Hund ein klarer Fall ist.

Für die Fährtenarbeit ist vorgeschrieben: Brustgeschirr und lange Leine. Man wollte damit erreichen, daß der Führer beim Üben auf der Eigenfährte dem Hund Hilfen geben kann. Wenn der Hund z. B. einen Winkel überläuft und zu schnell wird, so daß der Führer nicht folgen kann. Gedacht war dabei natürlich nicht an die Prüfung, sondern an Hilfen beim Üben.

Der Hund auf der Fremdfährte. Er irrt sich selten!

Sobald der Hund auf Fremdfährte geht, soll der Führer sich blind auf seinen Hund verlassen. Irrt der Hund wirklich mal, nun so hat man Pech gehabt, das kann jedem passieren. Denkt aber der Führer, jetzt irrt der Hund, da kann der Fährtenleger gar nicht gegangen sein, so beherrsche er sich mit der Korrektur. Meist wird doch der Hund den richtigen Weg einschlagen!

Man soll den Hund gewähren lassen!

Der Hund wird in den allerseltensten Fällen direkt auf der Fährte gehen. Bei starkem Seitenwind wird die Witterung seitlich abgetrieben. Der Hund muß da gehen, wo er sie am besten mit der Nase erfassen kann. Eine lange Fährte, die abwechselnd über Grasboden, Straßen, Ackerboden führt, stellt allerhand Ansprüche an den fährtenden Hund. Der Führer kann seinem Hund nicht helfen. Er gebe nur acht, daß er ihn nicht bei der Arbeit stört.

Je öfter er fährtet, umso besser wird der Hund

Ich selbst habe meinen Hunden auf der Fährte die größtmögliche Freiheit gelassen, am besten sie ohne Leine arbeitend auf die Suche geschickt. Nur wenn der Hund zu schnell wird, lasse ich ihm die schleppende Leine. Je öfter man einem Hund eine Fährte legt, um so besser wird er sich einarbeiten. Der Hund braucht auch Erfahrungen, die er selbst machen muß. Nur so wird sich seine Riechfähigkeit fortlaufend entwickeln, wenn dem Hunde immer neue und interessante Aufgaben gestellt werden.

Die Fährte ist sehr anstrengend für den Hund

Das Fährten ist auch für den Hund eine Anstrengung. Ist ein Hund einmal einer Fährte von 5 km gefolgt, so merkt man ihm eine gewisse Erschöpfung an, während er die fünffache Strecke in gewohnter Gangart spielend erledigt. Also soll sich jeder Führer merken: Arbeitet mit eueren Hunden, aber ermüdet sie nicht. Einen auf der Fährte einmal vergrämten Hund kann nur ein Künstler in der Hundeabrichtung wieder in die Reihe bringen.

Überanstrengung vergrämt den Hund

Noch einmal: die Unterordnung für Fortgeschrittene

Es funktioniert wie am Schnürchen

Alle Übungen, die wir bereits kennen, werden noch exakter ausgeschliffen. Es schaut ja etwas nach Exerzieren aus, wenn der Hund flott bei Fuß nebenher geht, »Sitz«, »Platz« macht, auf dem Platz ablegt, das Bringholz sofort bringt, sich vor seinem Herrn hinsetzt und auf »Fuß« sich wieder auf der linken Seite niederläßt. Zugegeben, es sieht etwas militärisch aus und ein gewisser Drill ist ja auch dabei. Aber einen guten Eindruck macht es eben doch.

Für den Hund ist es keine Quälerei

Für den Hund ist es keine Quälerei. Er freut sich schon auf den Gang zum Übungsplatz, denn sein Herr hat ihn todsicher in der Hand. Er kann den Hund schon eine ganze Strecke voraussenden und ihm von weitem »Platz« befehlen. Der Hund wird folgen, und wenn er bei einem richtigen Lehrmeister ist, wird er es freudig tun.

Er wird auch wieder leidenschaftlich und gern apportieren, denn der Führer wird in der Zwischenzeit gelernt haben, auch hier zwischen dem Zwang und dem Spiel zu überbrücken. Das ist viel Arbeit. Doch

... wenn Sie gelernt haben,

der Abrichter, der dieses fertigbringt, ist in seiner Art ein Künstler. Seine Hunde werden es ihm danken durch die Erfolge, die sie auch unter schwerer Konkurrenz erringen.

zwischen Zwang und Spielerei zu überbrücken!

Bei den Unterordnungsübungen schiebt sich noch eine Übung ein, die meist auch mehr Arbeit bereitet als sie vielleicht wert ist. Es ist die Übung »Steh« und »Bleib stehen«. Der Hund, der ja bisher nur »Sitz« und »Platz« gewohnt ist, schaltet zum Teil schwer auf diese Übung um. Am einfachsten wäre es wohl, sie gleich zum Anfang mit den anderen zu üben. Man hält den Hund am Halsband fest, so daß er sich nicht hinlegen kann und unterstützt ihn dabei in der Nierenpartie mit der anderen Hand, so daß er stehenbleiben muß. Dabei gebraucht man langsam und gedehnt das Kommando.

Die Übung »Steh!«

Neue und interessante Übungen bringen die Schutzhund-II- und III-Übungen. Hier soll der Hund nicht seine wilde Beißlust austoben. Er muß zeigen, daß er Selbstzucht und Disziplin besitzt und seinem Führer blind ergeben ist.

Neue und interessante Übungen für Sch. II u. III

Die Übungen beginnen mit dem Kommando: »Revier«. Der Hund muß eine Fläche absuchen, und zwar in Zickzack-Suche. Er muß auf Anweisung seines Herrn in schnellstem Tempo in Rechts- und Linksschlägen das Gelände absuchen, den ruhig stehenden, versteckten Scheintäter stellen und verbellen ohne ihm etwas zu tun.

»Revier«

Dann nähert sich der Hundeführer dem Figuranten und befiehlt: »Hände hoch!« Der Figurant gehorcht, der Hundeführer untersucht nun den Scheintäter auf eventuell versteckte Waffen. Der Hund muß indessen Platz machen und den Scheintäter im Auge behalten, ihn aber nicht beißen.

»Hände hoch!«

Dann folgt der Seitentransport. Auf die Aufforderung hin: »Kommen Sie mit!«, stellt sich der Figurant auf die linke Seite, dann geht rechts der Hundeführer

Seitentransport

Der Fluchtversuch des Täters

und zwischen beiden der Hund. Dieser darf den Figuranten weder beißen noch anstoßen, muß aber bei einem Fluchtversuch sofort zufassen. Der Transport geht weiter, bis der Führer dem Scheintäter den Befehl gibt stillzustehen. Der Hund wird dicht beim Figuranten abgelegt. Der Führer geht nun und bleibt in einiger Entfernung stehen.

Der Hund darf sich vom Figuranten nicht entfernen und muß sich absolut ruhig verhalten. Auf Anweisung des Richters macht nun der Scheintäter einen Fluchtversuch. Der Hund muß sofort aufspringen und zufassen. Steht der Scheintäter ruhig, muß der Hund sofort auslassen und verbellen. Nun kommt der Führer, befiehlt dem Hund »Fuß« und läßt den Figuranten vorangehen. Er selbst folgt mit dem Hund »bei Fuß«. Das sind die zwei Arten zu transportieren (Seitentransport und Rückentransport).

Der Hund soll exakt arbeiten, aber sein Temperament drosseln

Damit können wir vorerst unseren Lehrplan als beendet ansehen. Wir müssen lediglich nur noch unseren Hund so führen, daß er wirklich exakt arbeitet. Bei den letzten Arbeiten legen wir weniger Wert darauf, den Hund zu animieren, als sein Temperament so zu drosseln, daß er absolut in der Hand seines Führers bleibt.

So übt man das »Revieren«

Um ihn das Revieren zu lehren, sollten wir zwei Gehilfen haben. Zum Trainieren muß uns ein großer Platz mit Möglichkeiten, die Gehilfen zu verstecken, zur Verfügung stehen. Wir bringen nun z. B. an der linken Seite den ersten Scheintäter in einem Versteck unter, den Scheintäter Nr. 2 stellen wir in etwas größerer Entfernung an der rechten Seite auf. Wir holen nun den Hund, der natürlich nichts gesehen hat, und schicken ihn mit dem Kommando »Voraus Revier« nach links. Der Hund, der ja schon das erste Kommando kennt, wird sich in der gewiesenen Richtung fortbewegen. Hier kann der Figurant eine Hilfe geben, indem er sich dem Hund zeigt. Um den Eifer

Der Figurant gibt Hilfen

des Hundes zu erhöhen, darf der Figurant bei dieser ersten Übung auch einen kleinen Angriff einschalten. Ist nun Figurant Nr. 1 gefunden, wird er verbellt. Dann geht's mit Kommando »Revier« auf die andere Seite hinüber. Sobald der Hund begriffen hat, lasse man das Kommando »Voraus« sofort weg, denn der Hund soll es nicht als Aufforderung zur Mannarbeit ansehen lernen. Er reviert also auf die rechte Seite, findet den 2. Figuranten und stellt ihn.

So geht es im Zick-Zack über den Platz

Während sich die Aufmerksamkeit des Hundes auf Figurant Nr. 2 konzentriert, verläßt Nr. 1 seinen Platz und versteckt sich an der linken Seite weiter hinten. Nun wird der Hund mit »Revier« wieder nach links hinübergeschickt und das Spiel wiederholt sich, bis der Hund wenigstens einen Begriff von dem bekommen hat, was er tun soll.

»Revieren« – nicht fährten!

Zu bemerken ist, daß die Figuranten ihre Plätze so zu betreten haben, daß der Hund ihre Fährte nicht wittern kann. Der Hund soll »revieren« und nicht »fährten«.

Sehr bald wird man die Scheintäter weiter voneinander entfernt verstecken, so daß man ein Versteck, in dem niemand ist, dazwischenlegen kann. Schnell wird der Hund verstanden haben, daß er einen Verbrecher suchen soll. Er wird das Gelände planmäßig abrevieren, wird selbst bestrebt sein, alle Plätze, wo einmal etwas war, abzusuchen. Das ist der Zweck der Übung.

Zur Not wird man auch auf einen zweiten Helfer verzichten können, sobald der Hund begriffen hat, daß der böse Mann überall versteckt sein kann. Ja, wir haben es schon so gemacht, daß wir den Figuranten, als der Hund bereits das ganze Gelände abreviert hatte, ganz vorne am Anfang hinstellten. Das Revieren ist eine schöne und sehr eindrucksvolle Übung, besonders wenn der Hund ganz in der Hand seines Herrn ist und auf den leisesten Wink gehorcht.

Man kann auch mit nur einem Figuranten üben

Der Hund darf den Figuranten nicht anfallen

Die größte Schwierigkeit bereitet es natürlich, daß der Hund den endlich gefundenen Scheintäter nicht sofort anfällt und aus dem Versteck herausholt. Bei der Wehrmacht wurden deshalb die Figuranten mit langen Fuhrmannspeitschen versehen. Mit diesen mußten sie dem anstürmenden Hund eine oder mehrere Schläge verabfolgen. Ein Hund, der diese Art von Peitschen nicht kennt, läßt sich bluffen. Er versteht nicht, was eigentlich los ist, bleibt stehen und bellt: Das ist der Zweck der Übung. Hunde, die auf oben geschilderte Weise stellen und verbellen gelernt haben, werden die Übung immer in diesem Sinn durchführen.

Er soll verbellen lernen

Es ist logisch, daß ich mich nur im groben Umriß mit den einzelnen Kniffen und Tricks befassen kann, die einem Abrichter die Arbeit erleichtern können.

Schwitzen muß der Hundeführer!

Mancher Abrichter wird sich denken: Mein Hund hat's gut! Er braucht sich nicht zu überanstrengen, aber ich muß schwitzen! Es ist schon so: Schwitzen muß der Hundeführer, und wenn er nach einer Prüfung die Waage betritt, wird er sehen, daß ihm die Sch. H. I seines Hundes etliche eindrucksvolle Pfunde Körpergewicht gekostet hat.

Ein guter Hundeführer sagte mir einmal: Für jeden abgeführten Hund zahle ich mit 20 Pfund Körpergewicht darauf! Gewiß interessant für manchen Führer.

Auch für den Hund ist die Anstrengung sehr groß

Wer aber meint, für den Diensthund sei die Arbeit die reine Freude, der irrt sich. Für ihn ist sie ermüdend und anstrengend.

Ich habe schon erwähnt, daß die Ausarbeitung einer 5 km langen Fährte einen Hund bis an das Ende seiner Kraft erschöpfen kann, denn er muß ja seine Sinne bis aufs äußerste konzentrieren.

Auch der Schutzdienst stellt seine Anforderungen. Bei der Ausbildung der Diensthunde im Weltkrieg wurde eine Streifensuche verlangt, bei der der Hund zehn Minuten lang in vollster Rage revieren und dann den gestellten Figuranten verbellen mußte. In der Praxis war es aber so, daß der Hund, endlich am Ziel, überhaupt keinen Ton herausbringen konnte, weil ihm der Atem fehlte. Der Führer aber hatte die Erfahrung gemacht, eben die längsten zehn Minuten seines Lebens überstanden zu haben. Es ist seltsam, wie lang oder wie kurz einem zehn Minuten manchmal vorkommen können.

Die längsten zehn Minuten . . .

Eine Frage möchte ich aber noch beantworten, die immer wieder gestellt wird: »Wie lange dauert die Ausbildung eines Hundes?«

Das hängt natürlich von den verschiedensten Umständen ab. Vom Hund, vom Führer und von der Kinderstube des Hundes. Im Durchschnitt werden wir für Schutzhund I mit acht Wochen rechnen müssen. In dieser Zeit kann der Hund, wenn keine besonderen Schwierigkeiten auftreten, schon eine ganz schöne, ausgewogene Arbeit zeigen.

Wie lange dauert die Ausbildung eines Hundes?

Es spielt ja auch eine große Rolle, wieviel Zeit der Herr für seinen Hund hat. Auch die Jahreszeit (Sommer, Winter), Hitze, Kälte, Regen usw. sind von Bedeutung: Starker Wind erschwert die Fährtenarbeit ungeheuer, ebenso wie brennende Hitze.

Wie viel Zeit haben Sie für den Hund?

Der Übergang zu den höheren Schutzhund-Stufen wird sich schneller bewältigen lassen. Während der Arbeit lernt ja der Hund ständig. Jedoch benötigt er, genau wie der Mensch, für die höchste Leistung auch eine entsprechende innere Reife.

Hiermit glaube ich, dieses Thema beenden zu können. Ich hoffe, manchem Hundebesitzer eine Anregung gegeben zu haben. Vielleicht versucht er es einmal aus Neugierde? Ich bin überzeugt, wenn er erst mal sieht, wie sein Hund begreift und Freude an der Arbeit bekommt, dann wird er freudig die Ausbildung selbst in die Hand nehmen. Es ist auch das Praktischste.

Viele haben schon erleben müssen, daß ein Hund bei einem bezahlten Abrichter wie am Schnürchen spurte. Seinen Herrn sah er aber nur erstaunt an als wenn er sagen wollte: Kommst du jetzt auch mit dem neumodischen Kram? Darauf gehe ich nicht ein, zwischen uns bleibt es wie bisher! So ist es schon manchem ergangen!

Zwei goldene Regeln

Noch einmal möchte ich jedem Anfänger zwei goldene Regeln mit auf den Weg geben:

1.) Streiche das Wort »STRAFE« aus deinem Repertoire. Setze statt dessen die Regel: Mache deinem Hund, was er tun soll angenehm, und was er nicht tun soll unangenehm.

2.) Wenn du dich über deinen Hund ärgerst, brich die Lehrstunde ab und geh mach Hause. Versuche nie, deinem Hund schön zu tun, wenn du deinen Verdruß nicht überwinden kannst. Dein Hund hat ein sehr feines Gefühl dafür, ob du lügst oder nicht.

Ausdrucksvoll und harmonisch in jedem Alter. Die älteste der Hündinnen ist 13 Jahre alt!

So fängt
es
immer an!

Zwölf Jahre
– ein erfülltes
Hundeleben!

Dr. med. vet. Renate Osterberg

So wird Ihr Boxer
richtig ernährt,
aufgezogen und
gesund erhalten –
vom Welpen bis
zum alten Hund.

. . . und
ich
soll
ein Boxer
werden?

das fängt offensichtlich
oben an:
Die Ohren stimmen
schon!

I.

Wenn der Hund ins Haus kommt . . .

Sie haben Ihren »Wastel« ausgewählt, einen gesunden, munteren gepflegten Welpen. Schon bevor Sie ihn heimholen, werden Sie allerlei Vorbereitungen treffen:

Wichtig:

Ein geordnetes Zuhause vorbereiten!

Schon vom allerersten Tag braucht Ihr Hund ein geordnetes Zuhause: Einen zugfreien Liegeplatz, möglichst in der Nähe der Familie, von wo er das Kommen und Gehen beobachten kann, Leine, Halsband, Bürste, Freßnapf, Wassernapf.

. . . und Sie werden Überlegungen anstellen, wie Sie den Hund nun ernähren und aufziehen sollen, denn nur ein gesunder, kleiner Boxer wird Ihnen bei der Erziehung und Ausbildung uneingeschränkte Freude machen können.

Zwei wichtige Punkte:

Damit von Anfang an alles klappt:

Dann ist es soweit: Sie holen den Winzling vom Züchter ab und sollten sich dabei gleich soviel wie möglich vom Züchter über die Eigenarten berichten lassen, die dieser bei Ihrem Hund beobachten konnte. Besonders wichtig ist aber, daß Sie die folgenden Punkte ganz genau fragen und sich notieren:

1. Bitten Sie den Züchter um einen genauen Speiseplan für Ihren Hund.

Fragen Sie den Züchter gründlich aus!

Besorgen Sie sich für die erste Zeit das gewohnte Futter oder lassen Sie sich etwas davon vom Züchter mitgeben. Selbst wenn Sie mit der bisherigen Fütterung nicht einverstanden sind, müssen Sie vorsichtig sein:

Eine Futterumstellung sollte sehr vorsichtig und über mehrere Tage hinweg erfolgen, indem man nach und nach das bisherige Futter gegen die neuen Nahrungsmittel austauscht!

Sie können selbst an der Verdauung des Hundes feststellen, ob er das neue Futter verträgt: Reagiert er mit Durchfall oder Verstopfung, ist Vorsicht geboten!

Plötzliche Futterumstellungen verursachen sehr häufig schwere Verdauungsstörungen, die im Welpenalter, wo ja jeder Tag zählt, bleibende Schäden hervorrufen können!

2. Informieren Sie sich über bereits erfolgte Impfungen!

Wann muß wieder geimpft werden? (Impfausweis!) Wurmkuren? Wann wiederholen?

Heute sind gegen die meisten Infektionskrankheiten vorbeugende Impfungen möglich, z. B. gegen Tollwut, Staupe, ansteckende Leberentzündung, Stuttgarter Hundeseuche, Parvovirose und Zwingerhusten.

Am besten, Sie zeigen Ihrem Tierarzt, welche Impfungen der Welpe bereits beim Züchter bekommen hat. Dabei wird dann auch gleich der Hund vom Tierarzt angesehen, Sie können sich allerlei Ratschläge erbitten, und für den Hund ist der Tierarzt künftig kein Fremder mehr. Er wird sich nicht fürchten, wenn er zum Impfen oder einer anderen Behandlung muß, und der Tierarzt kann auch später besser beurteilen, ob sich der Hund gut entwickelt.

Der Tierarzt wird Sie auch darauf hinweisen, daß jede neue Umgebung auch neue Ansteckungsgefahren mit sich bringen kann. Vielleicht müssen Sie als erstes den Impfschutz auffrischen bzw. vervollständigen lassen.

Noch mehr, bitte!

... und nun wird Ihr Wastel sorgfältig und richtig aufgezogen!

»Wastel« ist nun im neuen Heim und es ist an der Zeit, sich über seine *richtige* Ernährung Gedanken zu machen. Bitte, bedenken Sie, daß unzählige Hunde aus zwei Gründen oft buchstäblich zu Tode gefüttert werden:

Das sollten Sie unbedingt als erstes wissen

Es ist ebenso ein Irrtum, wenn man annimmt, daß man dem Hund etwas Gutes tut, wenn man ihm die gleiche Ernährung gibt, wie der ganzen Familie, wie es ein Irrtum ist, daß der Hund künftig einfach alle anfallenden Essensreste bekommen kann. Was dem Menschen gut bekommt, ist keinesfalls für den Hund gut – und mit Essensresten und Küchenabfällen kann man vielleicht (?) Schweine mästen, nicht aber einen Hund sachgerecht aufziehen.

Hunde brauchen Spezialnahrung:

Der Hund ist ein Fleischfresser, sein Körperbau und die Funktion seiner Verdauungsorgane ist – trotz aller Anpassungsfähigkeit des Hundes – bis zu einem gewissen Grad dem seiner wilden Urahnen treu geblieben und daher auf die ursprüngliche Ernährung der Hunde – das Vertilgen von Beutetieren – abgestimmt.

Eine gute Hundenahrung muß eiweißreich und hochverdaulich sein, sie muß alle erforderlichen Nähr- und Aufbaustoffe in den richtigen ausgewogenen Mengen enthalten. Alle Futtermittel müssen von guter Qualität sein.

Ernährungsfehler führen zu oft schweren Entwicklungsstörungen

Ernährungsfehler wirken sich beim wachsenden Hund wesentlich stärker aus als beim ausgewachsenen Tier. Bei schnell wachsenden, großen Hunderassen sieht man Ernährungsfehler schneller, auch sind die Folgen – ganz erhebliche Entwicklungsstörungen – schwerwiegender als bei kleinen Rassen, die ja nicht ein so erhebliches Wachstumspensum haben.

Während seiner raschen Wachstums- und Entwicklungszeit »verbraucht« der Hund, damit er sich rundherum gut entwickeln kann, *im Verhältnis erheblich mehr Nahrung* als der ausgewachsene Hund.

Der Eiweiß- und Energie-, d. h. Futterbedarf des acht Wochen alten Hundes pro kg Körpergewicht, ist etwa doppelt so hoch, wie der des erwachsenen.

Er braucht etwa 22 IE Vitamin D (erwachsen 11 IE) und 220 IE Vitamin A (erwachsen 110 IE) pro kg Körpergewicht und Tag und doppelt soviel Kalk und Phosphor wie im ausgewachsenen Zustand. Der Bedarf geht dann langsam zurück, so daß der etwa neun Monate alte Hund nur noch um ein geringes mehr braucht, als der ausgewachsene. Aber auch hier gibt es individuelle Unterschiede, bei sehr starken Wachstumsschüben, Zahnwechsel u. ä. muß man z. B. der Kalkzufuhr besondere Beachtung schenken, was versäumt wird, läßt sich niemals wieder aufholen!

Wieviel Futter braucht ein junger Boxer?

Glücklicherweise ist die sachgerechte Ernährung des Hundes inzwischen gründlich erforscht und erprobt und es ist wirklich ganz einfach, wenn Sie die folgenden Richtlinien für die Aufzucht und auch für die spätere Ernährung Ihres Hundes beachten:

Futtermengen – Richtwerte – Boxer

Boxer:		*Futtermengen:*	
Alter	*Gewicht*	*naß*	*trocken*
8 Wochen	6 kg *)	800 g	240 g
14 Wochen	10 kg	900 g	260 g
7 Monate	20 kg	1100 g	350 g
12 Monate	30 kg	1400 g	420 g

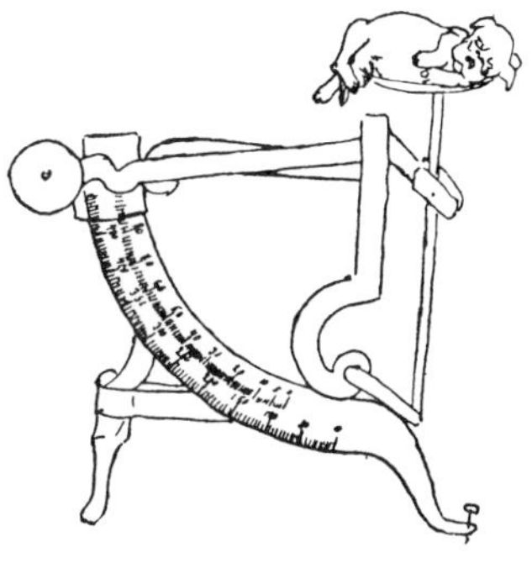

*) Vergleichen Sie selbst: Während ein Welpe im Wachstum so viel Futter wie oben angeführt benötigt, würde ein *erwachsener* 6 kg schwerer Hund *einer entsprechenden anderen Rasse* beispielsweise nur ca. 400 g Naß- und 120 g Trockenfutter für seine ordentliche Ernährung brauchen!).

Diese Zahlen sind *Richtwerte,* an die Sie sich bitte nicht stur Gramm um Gramm halten müssen. Die tatsächlich benötigte Futtermenge schwankt sehr stark von Hund zu Hund, und Sie werden bald selbst das richtige Maß herausfinden.

Was ist richtig:

Große oder kleine Rationen?

Wieviel der einzelne Hund »braucht«, ist von sehr vielen Einflüssen abhängig, z. B. davon: hat Ihr Hund viel oder wenig Bewegung. Sie stellen die Futtermenge, die Ihr Hund braucht, am besten wie folgt fest:

Ißt der Hund seine ihm angebotene Tagesration schnell und restlos auf und ist dabei in einem dem Alter entsprechenden Ernährungszustand, so ist alles in Ordnung. Läßt er regelmäßig Reste übrig, bekommt er zu viel, ißt er fast die Schüssel mit und ist er dauernd hungrig, sollten Sie etwas zulegen. Es ist im übrigen vollkommen normal, daß im Wachstumsalter Zeiten großen Hungers mit Zeiten abwechseln, in denen Ihr Hund »so gut wie nichts« zu sich nimmt!

Wie oft muß ich füttern?

Der wachsende Hund sollte sein Futter über *mehrere Mahlzeiten verteilt* bekommen, um Organe und das noch nicht ganz feste Gebäude nicht zu überlasten.

Faustregel:

Verteilen Sie die gesamte Tagesfuttermenge des Hundes
bis zum Alter
von 3 Monaten auf täglich 4 Mahlzeiten
6 Monaten auf täglich 3 Mahlzeiten
ab 6 Monaten auf täglich 2 Mahlzeiten
ab etwa 12 Monaten täglich 1 Mahlzeit*)

*) wobei eben diese eine Mahlzeit tatsächlich den gesamten Futterbedarf des Hundes enthalten muß!

Fastentage sollten, außer auf Anordnung des Tierarztes, auch erst erwachsenen Hunden auferlegt werden. Dort sind sie durchaus gesund.

Grundsätzlich: Welche Futtermittel kommen in Frage?

Welches Fleisch?

Alle Fleischsorten können verwendet werden: Muskelfleisch vom Rind, Schwein, Pferd, Wild, Geflügel, Fisch und die Innereien dieser Tierarten. Muskelfleisch enthält nur sehr geringe Vitaminmengen, Leber dagegen unter Umständen erhebliche Mengen an Vitamin A.

Milch

Quark

Käse

Milch, Quark, Käse, Eier, Getreideflocken, Reis, Brot und viele andere in der menschlichen Ernährung genutzte Nahrungsmittel können in Hundefutterrationen eingesetzt werden.

Kalk

Vitamine

Zur notwendigen Wirkstoffergänzung: Kalkpräparate, Lebertran, Vitaminpasten u. a. m.

Bei der Zubereitung des Hundefutters tauchen allerlei Fragen auf, die ich gleich beantworten möchte:

»Fleisch roh oder gekocht?«

Fleisch nur gekocht

Im Gegensatz zu früher ist dazu zu raten, daß Fleisch und Fisch *immer gekocht* werden sollten, um eine Übertragung von Parasiten oder Viren zu verhindern. Wird die Brühe mitverfüttert, ist der Nährstoffverlust minimal. (Die Aujeszkysche Krankheit, eine tödliche Virusinfektion, meist übertragen durch rohes Schweinefleisch, breitete sich in den letzten Jahren über ganz Deutschland aus!)

»Verdorbenes Fleisch«

Vorsicht bei verdorbenem Fleisch und Wurst

Keine Wursthaut füttern!

Im Zweifelsfalle wegwerfen! Hunde lieben zwar leicht in Verwesung übergegangenes stinkendes Fleisch und vertragen es meist auch sehr gut, sind aber fleischvergiftende Bakterien vorhanden, so werden auch Hunde sehr krank! Verdorbenes, *gekochtes* Fleisch darf grundsätzlich nie verfüttert werden! Ebenso nicht verdorbene Wurst und keine Wursthaut!

Wie bereits gesagt, ist der Hund kein Restefresser, und die falsch verstandene Sparsamkeit: »Das kann der Hund noch bekommen ...« kann sehr teure und qualvolle Folgen haben!

»Knochen«

Knochen sind gar nicht so wichtig!

Wie oft hört man den seltsamen Satz: »Die Knochen kann der Hund dann haben ...« Tatsächlich braucht der Hund überhaupt keine Knochen als Nahrung!

Wenn man ihm dennoch einmal einen besonders fleisch- und knorpelreichen Knochen geben möchte, ist unbedingt folgendes zu beachten: Kleine Knochen oder Knochensplitter können gierig verschluckt werden und führen dann zu Verletzungen der Verdauungsorgane oder sogar zu einem Darmverschluß. Besonders gefährdet sind junge, verspielte Hunde und gierige Fresser. Gibt man dem Hund gar regelmäßig Knochen und noch dazu in großen Mengen, bekommt der Hund oft steinharten Kot. Das bedeutet qualvollen

Kotabsatz, chronische Verstopfung, und der Darm und das umliegende Gewebe können dabei so geschädigt werden, daß Operationen notwendig werden, um das Leben des Tieres zu erhalten.

Also Vorsicht, wenn Sie Knochen füttern! Geben Sie weiche, nicht splitternde Knochen wie Kalbsknochen, in nicht zu großen Mengen, also *nur als Beigabe.*

Der junge Hund im Zahnwechsel:

Nichts ist vor seinen Zähnen sicher!

Insbesondere, wenn der junge Hund im Zahnwechsel ist, wird ihn die Beschäftigung mit einem schönen Kalbsknochen davon abhalten, Stuhlbeine, Schuhe usw. anzukauen. Aber: Überwachen Sie, ob Ihr Hund Knochen verträgt; ein Hund kann auch ohne Knochen glücklich leben; nachteilige Auswirkungen auf die Zähne hat ein Weglassen der Knochen nicht.

»Pansen, Leber, Milz, Innereien«

Innereien – aber welche?

Häufig werden Innereien als Hundefutter vorgeschlagen. Sehr gut und außerordentlich gesund ist roher Wiederkäuermagen, allerdings nicht der weiße, bereits gebrühte, den Sie beim Metzger leichter bekommen, sondern der »grüne«, der noch alle angedauten Grünfutteranteile enthält.

Grüner Pansen ist das ideale »Mischfutter«, wie es der in der Natur lebende Hund fressen würde, d. h. Fleisch mit all den anhaftenden Grünfutteranteilen, wie sie im Wiederkäuermagen vorhanden sind. Wenn man es bekommen kann, sollte man zugreifen.

Innereien nie in großen Mengen und immer gekocht!

Dafür sind Leber und Milz, auch Euter nicht unbedenklich zu verfüttern: sie haben eine abführende Wirkung, also Vorsicht! Diese Futtermittel nie in zu großen Mengen einsetzen. Andere Schlachtabfälle wie Lunge, Ohren, Gekröse usw. haben geringen Wert und dürfen auch keinesfalls ungekocht verwendet werden, um eine Infektion des Hundes auszuschließen.

»**Milch**«

Kuhmilch kann zu Durchfall führen

Kuh-Milch ist im natürlichen Ernährungsfahrplan des erwachsenen Hundes nicht vorgesehen, sie ist völlig anders zusammengesetzt als die Hundemilch und hat überdies bei Hunden, die nicht daran gewöhnt sind, häufig eine abführende Wirkung.

Im Gegensatz zur landläufigen Meinung darf auch, wenn man bei einem sehr jungen Welpen »Milch« füttern muß, Kuhmilch keinesfalls verdünnt werden. Sie ist u. a. erheblich magerer als Hundemilch und muß – genau nach Anweisung – sogar mit Sahne angereichert werden!

»**Eier**«

Nur Ei-Gelb!

Wenn man hin und wieder ein Ei-*Gelb* dem Futter untermischt, ist dagegen nichts einzuwenden. Vorsicht ist aber bei *rohem Eiereiweiß* geboten: Am besten, man läßt es vorsichtshalber vollständig weg, denn es enthält einen Stoff, der Biotin (ein B-Vitamin) zerstört, das der Hund dringend benötigt.

»Kohlenhydratreiche Futtermittel«

Wenn auch Fleisch die Grundlage der Hundeernährung ist, führt eine reine Fleischnahrung zu ebensolchen Mangelerscheinungen, wie auch eine fleischlose Ernährung es tun würde.

Ihr Hund braucht nicht nur Fleisch!

Man muß also *auf ausgewogene Nahrungszusammensetzung achten* und kann Nudeln, aufgeschlossene Getreideflocken und Brot zumischen, sie sollten allerdings in der Futterration Ihres Junghundes nicht mehr als die Hälfte, besser etwa ein Drittel ausmachen, da sie hauptsächlich als Energie- und Ballaststofflieferanten anzusehen sind.

Harte Brotkanten eignen sich vorzüglich zur Reinigung des Hundegebisses, man kann sie aufheben und hart werden lassen. Wenn der Hund Brotkanten zernagt, führen diese nicht zu Verdauungsstörungen, wie es die, aus gleichem Grund verfütterten Knochen leicht tun.

»Mineralstoffpräparate, Vitaminpräparate«

Wenn man das Futter selbst zubereitet, muß man die durch Kochen etc. verlorengegangenen Vitamine und auch Mineralstoffe zusetzen. Ihr Anteil muß auf die Futterration abgestimmt werden! Im Zweifelsfalle: Fragen Sie Ihren Tierarzt, ob das gewählte Präparat für Ihre Fütterungsart geeignet ist. Über- oder Unterdosierungen dieser Wirkstoffe können schwerwiegende Folgen haben!

Vitamine – zuviel macht krank!

Denken Sie daran, Ihrem Tierarzt tatsächlich *alle* verwendeten »Mittel« aufzuzählen, auch z. B. irgendwelche Pillen, die zu einem besseren Haarkleid oder Pigment verhelfen sollen. Diese »Pillen« enthalten häufig größere Mengen an Vitaminen! Insbesondere wenn Sie vollständig auf Fertignahrung umgestellt haben, dürfen keinerlei Zusatzpräparate mehr gegeben werden, da bereits alles Notwendige im Fertigfutter enthalten ist und schwere Erkrankungen aus derartigen Überdosierungen entstehen können.

»Industrie-Futtermittel, Futtermischungen:
Alleinfuttermittel,
Ergänzungsfuttermittel«

Selber kochen oder Fertigfutter?

Früher oder später taucht die Frage auf: Fertigfutter oder nicht? Es ist häufig eine reine Zeitfrage, ob man das Futter selbst zubereitet, ob man die Fleischmengen ausreichend bevorraten kann und ob sich der Gang – wenn er überhaupt möglich ist – zum Schlachthof lohnt. Es ist auch eine Kostenfrage. Man muß es sich selbst ausrechnen, wieviel Zeit und wieviel Geld die eine und die andere Fütterungsweise kostet und dann selbst entscheiden!

Es werden eine Vielzahl unterschiedlicher »Hundefutter« angeboten: Vergleichen Sie die Packungsaufschriften mit den Inhaltsangaben etc., die von Marke zu Marke abweichen können, sorgfältig und beachten Sie, wenn Sie sich für das eine oder andere entschlossen haben, die Fütterungsanleitungen (Menge je Gewicht des Hundes, Inhalt, Hinzufügen von Wasser etc.) sorgfältig!

Grundsätzlich müssen Sie zunächst zwischen »Alleinfuttermitteln« und »Ergänzungsfuttermitteln« unterscheiden.

Was Sie beim Kauf von Fertigfutter beachten müssen

Ergänzungsfuttermittel oder Beifutter sind z. B. Hundeflocken, Hundekuchen, Trockenfleisch, Stärkungspräparate u. a. m., *die man dem selbstzubereiteten Futter beifügt.*

Alleinfutter (Vollnahrung) enthalten alle erforderlichen Nähr- und Wirkstoffe in den richtigen, ausgewogenen Mengen.

Zusätzliche Wirkstoff- z. B. Vitamingaben sind, wie gesagt, unnötig, ja sogar schädlich.

Achtung: Spezial-Welpenfutter sind meist besonders hochwertige Alleinfutter, also keinesfalls noch mit allerlei ergänzen!

Hundevollnahrung kommt als *Trockenfuttermittel, Halbfeucht- oder Dosenprodukt* auf den Markt.

Dosenprodukte enthalten die gleichen Futterzutaten, die auch in der hausgemachten Hundeernährung Verwendung finden. Sie sind Vollkonserven, enthalten also keine Konservierungsmittel. Es muß kein Wasser zugesetzt werden, d. h. der Wasseranteil ist hoch.

Einmal geöffnete Dosen müssen aber schnellstens verbraucht werden, da sie keine chemischen Konservierungsstoffe enthalten; verdorbene Konserven dürfen keinesfalls mehr verfüttert werden!

Hundefutter, ganz gleich welches, niemals eiskalt füttern!

Niemals darf Dosenfutter eiskalt gefüttert werden. Hundefutter sollte grundsätzlich wenigstens zimmerwarm sein, also niemals gleich aus dem Kühlschrank füttern!

Auch in Halbfeucht- oder Trockenfuttermitteln werden ausschließlich hochwertige Bestandteile wie Fleischmehle, Knochenmehle, Fischmehle, Geflügelmehle, Milchprodukte, Soja, Hefe, Getreide und Gemüse verarbeitet.

Trockenfutter (Wassergehalt nur ca. 10%) sind besonders rationell und ökonomisch zu handhaben, sie lassen sich in Sekundenschnelle mit etwas warmem Wasser oder Knochen- bzw. Fleischbrühe zu einer warmen Mahlzeit zubereiten.

Alle Hundefertigfutter unterliegen strengen Bestimmungen, die Zusammensetzung entspricht dem Stand der wissenschaftlichen Erkenntnisse.

Aber: Achten Sie beim Kauf auf das Herstellungsdatum! Gut gelagerte Trokkenfutter sind mindestens 1½, Konserven 3 Jahre haltbar.

Müdigkeit und Langeweile – unbekannt!

Eben noch voller Tatendurst . . .

Fütterungsvorschläge

Sie können, wenn Sie die Abwechslung lieben, einen regelrechten Speiseplan für die ganze Woche aufstellen. Sie können Frühstück, Mittag- und Abendessen unterschiedlich »komponiert« servieren! Sie können aber auch Ihrem Hund mehrmals täglich die gleiche, allerdings immer ausgewogene Mischung anbieten.

Alle Nahrungsbestandteile in den richtigen Mengen

Ich habe z. B. schon Generationen von Boxern mit der gleichen guten Fertigfuttermischung aufgezogen; dadurch wurde viel Zeit gespart, die den Hunden dann zugute kam.

Eine selbstzubereitete Futtermischung für wachsende Hunde muß alle Bestandteile im richtigen Verhältnis enthalten:

Mindestens etwa die Hälfte, bis etwa zwei Drittel aus Fleisch (Fleischabfälle, Organe möglichst verschiedener Herkunft, also nicht nur Rindermuskelfleisch oder nur Schweineohren).
Die selbstzubereitete Mahlzeit kann aber anstelle von Fleisch auch aus Milchprodukten wie Quark bestehen. Quark enthält die gleichen Nährstoffe, Vitamine und Spurenelemente wie Milch und stellt außerdem eine für den Hund leichtverdauliche, preiswerte Form tierischen Eiweißes dar. Der Rest der notwendigen Energie kann von kohlenhydratreichen Futtermitteln geliefert werden.

Der Hund braucht täglich

Vitamine
Kalk
Mineralstoffe
Salz

Die Mischung muß mit Wirkstoffen angereichert werden. Über die genaue Höhe der notwendigen Vitaminzusätze bei *Ihrer* Futterzusammenstellung kann Ihnen der Tierarzt Auskunft geben;
meistens genügt es,
½ Kaffeelöffel frischen Lebertran und ca. 10 g Hefe unterzumischen, um den täglichen Vitaminbedarf zu decken.

Und das sollten Sie besonders beachten:

Bei einem gesunden, normal entwickelten Hund decken

1–2 Eßlöffel Knochenmehl oder Knochenschrot

oder 1 Eßlöffel eines Kalkpräparates (mit einem Verhältnis von Calcium zu Phosphor wie 2:1)

auf 1 kg gemischtes Fleisch den Tagesbedarf des erwachsenen Hundes.

Auch Kochsalz ist im Fleisch kaum vorhanden. Entgegen vielfacher Meinung muß daher, wenn keine anderen Salzquellen (ein Leberwurstbrot oder Käsebrot z. B. deckt den Tagesbedarf) vorhanden sind,

je 1 kg Fleisch etwa 3 g Kochsalz zugesetzt werden.

Kalkpräparate enthalten häufig Zusätze, z. B. Vitamine. Es ist nicht notwendig, die Wirkstoffzugabe im Welpenfutter gegenüber dem Erwachsenenfutter zu erhöhen, da der Junghund ja im Verhältnis zu seinem Körpergewicht größere Futtermengen zu sich nimmt.

Eine Tagesration für unseren 6 kg schweren, ca. acht Wochen alten Welpen könnte wie folgt aussehen:

I. Vorschlag

800 g mageres, gemischtes Fleisch (Kopffleisch, Pansen, Herz, Lunge), grob zerkleinert, vermischt mit 1 Prise Salz, 1 Eßl. Kalk und ½ Teel. Lebertran.

II. Vorschlag

300 g durchwachsenes, gemischtes Fleisch, grob zerkleinert, vermischt mit 100 g Futterflocken oder Reis und 50–100 g gekochtem Gemüse, 1 Prise Salz, 1 Eßl. Kalk und ½ Teel. Lebertran.

Rationsvorschläge die alles Wichtige enthalten!

III. Vorschlag

240 g eines guten, handelsüblichen Trockenfertigfutters, evtl. Welpenfutters.

IV. Vorschlag

150 g eines guten Trockenfertigfutters und 200 g durchwachsenes, gemischtes Fleisch, grob zerkleinert, oder Dosenfleisch.

Diese Rationsvorschläge sollen Ihnen helfen, den Speiseplan für Ihren Junghund festzulegen, die Sie nach und nach, wie in der Tabelle Futtermengenrichtwerte abzulesen ist, mit dem wachsenden Hund größer werden lassen.

Ganz besonders müssen Sie beachten:

1. Niemals bekommt der Hund eiskaltes Futter!

2. Immer muß dem Hund eine ausreichende Menge frisches Trinkwasser zur Verfügung stehen!

Wenn Sie Ihren Boxer stets hundegerecht ernähren, hat er die besten Voraussetzungen, gesund und munter heranzuwachsen und zufrieden alt und grau zu werden.

Zu dick?

Zu mager?

Ein gesunder Boxer ist niemals fett! Sie können, wenn Sie mit der flachen Hand über sein Fell streichen, darunter die Rippen gut fühlen. Schwere Ernährungsstörungen (Über- und Unterernährung) kommen vorwiegend von falscher Futterzusammenstellung.

Der Hund soll „Substanz" haben!

Gelegentlich muß man daher »Diät« leben. Ist Ihr Hund also doch einmal zu füllig geworden, ist eine vorwiegend eiweißreiche, fettarme Ration zu empfehlen. Fehlt Ihrem Hund dagegen »Substanz«, sind fett- und kohlehydratreiche Futtermittel geeignet. Natürlich geht das nicht über Nacht, also haben Sie Geduld und Konsequenz.

Übrigens ist in beiden Fällen zu überprüfen, ob der Hund auch ausreichend Bewegung hat. Wenn der Hund sein – im Grunde richtig bemessenes Futter nicht abarbeiten kann, wird er eben Speck ansetzen. Aber auch die vielgerühmte »Substanz« ist *nicht in erster Linie anzufüttern,* sondern, wenn die Nahrung ausreichend ist, *anzutrainieren:* Wenn alle Muskeln ausreichend trainiert sind, wird der Hund sich gut und kraftvoll bewegen und zeigen!

Natürlich hast Du völlig recht . . .

II.

Vorbeugen ist besser als heilen

Kraftvoll und fröhlich ist nur der gesunde Hund!

Infektionskrankheiten

Viele Infektionskrankheiten lassen sich ein Hundeleben lang vermeiden, wenn nach der Grundimmunisierung im Welpenalter, der Impfschutz regelmäßig aufgefrischt wird.

Parasiten

werden Ihrem Hund nie ernsthaft schaden, wenn Sie regelmäßig darauf achten, daß Ihr Boxer frei von Würmern, Flöhen, Läusen oder Zecken ist, bzw. Sie diese umgehend bekämpfen. Sie sollten übrigens eine Kotprobe des Hundes beim Tierarzt untersuchen lassen: Für die dabei festgestellten verschiedenen Arten von Wurmbefall ist jeweils das speziell darauf ausgerichtete Wurmmittel und dies in ausreichender Dosis zu verwenden.

Bedenken Sie auch, daß nach einer Entwurmung auch die gesamte Umgebung des Hundes: Liegeplatz, Fußboden, Zwingerboden etc., gründlich gereinigt und desinfiziert werden müssen, damit der Hund sich nicht erneut infiziert!

Ich genieße das Leben aus vollen Zügen

Aber auch andere Gesundheitsschäden lassen sich grundsätzlich durch etwas Überlegung und Vorbeugen verhüten oder zumindest wesentlich mildern. Dazu gehört eben auch die ausreichende Bewegung, ebenso wie das tägliche Bürsten, wobei die Haut des Hundes kräftig durchblutet wird und wieder ausreichend atmen kann.

Ansonsten ist der Boxer ein wahrhaft pflegeleichter Hund.

Vermeiden Sie Gefahren!

Haftpflichtversicherung unbedingt abschließen!

Ihr junger Hund sollte von Anfang an niemals Gelegenheit haben, Ihr Grundstück ohne Begleitung zu verlassen! Bei dem heutigen Verkehr wird er sonst früher oder später einen Unfall verursachen. Selbstverständlich gehört er auf der Straße an die Leine! Wenn Sie ihn nicht beaufsichtigen können, muß er ausbruchsicher im Zwinger oder einem »Kinderzimmer« aufbewahrt werden. Wichtig: Da *Sie* für jeden Schaden, den der Hund verursacht, geradestehen müssen, sollten Sie gleich beim Kauf eine *Haftpflichtversicherung* für ihn abschließen.

Hitze und Kälte

Denken Sie daran, daß Ihr Boxer – wie auch Sie selbst – übergroße Hitze und zu langen Aufenthalt in großer Kälte (noch dazu ohne ausreichende Bewegung) – nicht verträgt! Denken Sie daran, daß Hitze vor allem in Verbindung mit großer körperlicher Anstrengung, aber auch bei Erregung und Raumnot selbst bei gesunden Hunden zu tödlichen Kreislaufzusammenbrüchen führen kann.

Große Hitze ist gefährlich!

Bei Hitze und glühender Sonne kann z. B. Schutzdienst eine ungeheuere Belastung sein für Ihren Hund, der sich nicht, wie Sie, einmal leichter und einmal wärmer ankleiden kann. Stecken Sie ihn dann nach dem Schutzdienst auch noch in die enge Box oder nach einer ohnehin schon strapaziösen Ausstellung ins kochendheiße Auto, ist dies nicht nur unmenschlich und unüberlegt, sondern oft auch für den Hund tödlich!

Da der Hund nicht, wie der Mensch, schwitzen kann, er also nicht wie ein Mensch von kühlendem Schweiß überzogen wird, kann er, wenn es heiß ist, lediglich hecheln.

Hunde, die einen *Hitzschlag* bekommen, torkeln beim Laufen und sind nicht ganz bei Bewußtsein. Man muß also dem Hund sofort die Möglichkeit geben, sich im Schatten auszustrecken und sich in Ruhe dort abzukühlen und auszuruhen und ihn dort auch, vorsichtig, mit einem feuchten Tuch abreiben. Zur Erleichterung der Atmung bringt man einige Tropfen Essig oder Zitrone auf seine Zunge.

Unterwegs, beim Wandern und bei langen Autofahrten sollten Sie daran denken, daß der Hund – insbesondere bei großer Hitze – sich hin und wieder satt-trinken kann. Wenn es ihm auch nichts ausmacht,

Durst – der Hund weiß selbst wieviel Flüssigkeit er braucht!

einmal einige Tage lang nichts zu essen, trinken muß er immer. Ist also Ihr Hund unterwegs plötzlich aus nicht erfindlichen Gründen zunehmend rastlos, mit nichts zu beruhigen, wird sich häufig herausstellen, daß er lediglich ganz einfach – *Durst* hat. Sie werden erstaunt sein, welche Flüssigkeitsmengen Ihr Hund dann zu sich nimmt!

Kälte, Zugluft und Nässe sind Erzfeinde des Hundes!

Nieren-entzündung

Selbst wenn Ihr Boxer kein »Sofahund« ist, so kann er sich beispielsweise eine schwere *Nierenentzündung* holen, wenn Sie ihn bei kaltem, feuchten Wetter stundenlang frieren lassen! Ein von Regen, Schlamm oder Schnee durchgefeuchteter Hund sollte, heimgekommen, wenigstens abgerubbelt werden und keinesfalls etwa im kalten Keller auf dem Boden liegen, bis der größte Schmutz abgetrocknet ist.

Sinnvolles Körpertraining

Regelmäßig und maßvoll

Ein gesunder Hund braucht viel Bewegung! Sie können mit ihm spazierengehen, gut ist es auch, ihn dabei regelmäßig draußen ohne Leine allein oder mit anderen Hunden sich austoben zu lassen. Es ist auch schön, wenn man den Hund daran gewöhnt, *neben dem Fahrrad mitzulaufen.* Allerdings muß man ihn zunächst mit kurzen Strecken daran gewöhnen, nicht übertreiben! Langsam die Anforderungen steigern, Außentemperaturen (Hitze!) beachten! Wählen Sie die Strecke so, daß Sie von Zeit zu Zeit den Hund ableinen können.

Zieht er fröhlich große Kreise und läuft voraus, können Sie weiterfahren. Bleibt er zurück, sofort anhalten und Pause machen oder die Fahrt abbrechen!

Dasselbe gilt für das *Springen.* Der noch nicht voll ausgewachsene Hund sollte nicht zum häufigen Springen animiert werden, weil sein Körper noch nicht ausreichend gefestigt ist. Aber auch, wenn Sie einen ungeübten Hund bis zur Erschöpfung springen lassen, kann es zu Verletzungen kommen. Ungeübte Muskeln und Bänder reißen schnell! Auch hier gilt die gleiche Überlegung wie für den Menschen: Körperliche Bewegung ist notwendig, aber ihr Ausmaß muß *sorgfältig trainiert* und *aufgebaut* werden, wenn sie sinnvoll sein soll.

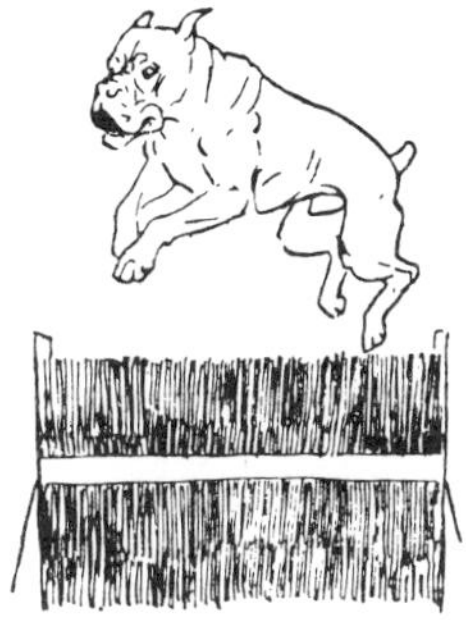

Sie sehen, die angeführten Gefahren für die Gesundheit Ihres Lieblings und viele mehr lassen sich vermeiden, wenn Sie nur ein bißchen nachdenken!

Lernen Sie beobachten:

Veränderungen im Verhalten zeigen Krankheiten frühzeitig an!

Änderung des Verhaltens:

Erste Alarmzeichen

Ein Hund ist ein Lebewesen nicht nur aus Fleisch, Blut, Knochen, Muskeln, er hat wie alle Lebewesen eine Seele und mit überaus fein empfindenden Gefühlen reich ausgestattet, er ist, wie der Mensch, anfällig gegen jede Unausgewogenheit und reagiert darauf sowohl mit körperlichen wie mit seelischen Schäden.

Daher gilt: Beobachten Sie Ihren Hund!

Jede *Veränderung* im Verhalten oder Aussehen Ihres Hundes kann Anzeichen einer mehr oder weniger ernsten Erkrankung sein. Gedrückte Stimmung oder starke Unruhe, gesträubtes Haar, Verweigerung des Fressens – ja sogar erhöhte Körpertemperatur können ebenso auch seine Reaktion auf Veränderungen in der Umwelt des Hundes sein.

Man kann so allerlei erleben . . .

Sie werden es schnell selbst herausfinden und erstaunt sein, wie empfindlich ein Hund reagieren kann, wenn es z. B. Streit in der Familie gibt oder Sie selbst traurig, krank oder gereizt sind. Manchmal klärt sich – wenn Sie einen *Rüden* haben – auch das Rätsel ganz harmlos auf: Es ist eine läufige Hündin in der Nachbarschaft, die ihn ganz und gar aus dem Häuschen geraten läßt! Aufpassen, daß der junge Mann nicht entweicht, er kann oft erhebliche Strecken zurücklegen, um zu der entsprechenden Dame zu gelangen – und Sie wissen u. U. nicht einmal, wo Sie ihn suchen sollen!

Das gleiche gilt bei *Hündinnen,* die bei Beginn Ihrer Läufigkeit gelegentlich eine Veränderung des Verhaltens zeigen und zum Ausreißen neigen. Einige Wochen nach beendeter Läufigkeit, obwohl sie mit keinem Rüden zusammen kamen, können Hündinnen ebenfalls seltsam werden:

Sie verweigern das Futter, wirken oft regelrecht leicht geistesgestört, irren unruhig im Haus umher, bauen Nester, und wenn sie dann auch noch irgendein Spielzeugtier als Kind adoptieren, ist es klar: Die Hündin hat sich eine Schwangerschaft eingebildet! Man muß sie viel bewegen, ihr das Spielzeug wegnehmen, das u. U. angeschwollene Gesäuge kühlen, und bald hat sich der Spuk gelegt.

Schnell merken:

Versuchen Sie, herauszufinden, warum sich Ihr Hund so seltsam verhält. Finden Sie keine Erklärung oder hält der Zustand über längere Zeit an, stellen Sie Ihren Hund einem Tierarzt vor. Im Anfangsstadium sind die meisten Krankheiten heilbar. *Auf zahlreiche Erkrankungen deuten ganz unterschiedliche Störungen hin. Ein und dieselbe Krankheit kann sich bei den einzelnen Hunden jeweils ganz individuell äußern.*

Da stimmt was nicht!

Rechtzeitig erkennen, wenn etwas nicht in Ordnung ist!

Ein hochgezogener Rücken, gespannter Gang und Schmerzäußerungen können z. B. sowohl von einer Erkrankung im Rückenbereich der Knochen, Nerven oder Muskeln herrühren, wie auch Anzeichen einer Nierenentzündung sein.

Beachten Sie auch: Veränderungen des Geruchs, der nichts mit dem normalen Hundegeruch zu tun hat: Unangenehm riechen vereiterte Gehörgänge; ebenso zeigt ein penetranter Geruch aus dem Fang an, daß dort etwas nicht in Ordnung ist: Zahnstein, vereiterte Zahnwurzeln, Fisteln oder Tumore etc. Zum Tierarzt!

Was sind die Alarmzeichen?

Ebenso sind z. B. auch ständiges Speicheln, chronischer Tränenfluß, Nasenausfluß (einseitig und beidseitig), Ausfluß aus der Scheide, erhöhtes Durstgefühl, roter Urin (Beimengung von Blut), Lahmen, aufgeblähter Leib, Zeichen für Erkrankungen, die unbedingt in die Hand des Tierarztes gehören!

Hüstelt ein Hund dauernd leise vor sich hin (es hört sich etwa wie ein Räuspern an) kann es ein Zeichen einer Rachenentzündungsein.

Kratzt er sich nachhaltig und leise jaulend am Ohr, oder schüttelt er den Kopf ausdauernd, hat er eine Entzündung oder einen Fremdkörper im Gehörgang.

Wandert er unruhig im Zimmer hin und her, wechselt tief seufzend immer wieder seinen Liegeplatz, ohne jedoch zur Ruhe zu kommen, ist es vielleicht ein Zeichen für Magenschmerzen.

Gelegentliches Erbrechen, insbesondere, wenn der Hund frisch gefressenes Gras erbricht, ist kein Grund zur Besorgnis, so reinigt der Hund gern und häufig seinen Magen.

Häufiges, unstillbares Erbrechen aber, wobei schließlich nur noch Schleim erbrochen wird, gehört schleunigst in die Hand des Tierarztes.

Der eine
blickt
abgeklärt
in die Ferne . . .

und hier
platzt jemand
gleich
vor
Neugierde!

Nur ein Tierarzt kann die Art der Erkrankung feststellen und eine entsprechende Behandlung einleiten.

Bei dramatischen Veränderungen im Verhalten Ihres Hundes: auffällige Teilnahmslosigkeit, Bewußtlosigkeit, schwere Atemnot, Aufblähen des Leibes oder ähnlichem, werden Sie ohnehin umgehend einen Tierarzt zu Rate ziehen.

Wichtig:

Bevor Sie Ihren Tierarzt aufsuchen, sollten Sie eine Reihe von Dingen tun:

Der Gang zum Tierarzt

Den Tierarzt anrufen, feststellen, ob er zuhause ist. Ihm die Krankheitserscheinungen schildern; eventuell wird er Sie an einen anderen Kollegen überweisen, wenn er z. B. eine Röntgenaufnahme für nötig hält, selbst aber nicht röntgt.

Was müssen Sie dabei beachten?

Sie sollten *vorher* alles auf einen Zettel schreiben, was Sie beim Tierarzt sagen und fragen wollen. *Seit wann, wie* Sie die Veränderungen beobachteten, *ob schon früher* so etwas aufgetreten ist, usw. ...

Am besten, Sie bringen Ihren Hund selbst zum Tierarzt. Nur wenn dies wirklich nicht möglich ist, sollte auf jeden Fall aber eine Person den Hund begleiten, die über die jetzigen und evtl. früheren Beschwerden des Tieres Auskunft geben kann und zu der das Tier Vertrauen hat.

Worüber hier nachgedacht wird, soll niemand erfahren!

Ersparen Sie Ihrem Hund unnötige Aufregungen, wenn er sich ohnehin nicht wohl fühlt: Sie können ihm ja nicht erklären, daß der Besuch beim Tierarzt für ihn gut sein wird, er wird ohnehin leicht durch Untersuchung und Behandlung verunsichert werden. Bleiben Sie bei ihm, lassen Sie sich vom Tierarzt zeigen, wie Sie den Hund richtig halten und beruhigen können, damit der Hund nicht noch zusätzlich in Streß oder gar Panik verfällt.

Es gibt übrigens auch für Hunde Fachtierärzte und Spezialkliniken.

Sollte Ihr Haustierarzt Ihnen empfehlen, einen Spezialisten aufzusuchen, z. B. einen Knochenchirurgen, folgen Sie seinem Rat, auch wenn Sie vielleicht die weite Fahrt scheuen. Oft wird Ihr Tierarzt die Weiterbehandlung übernehmen können, und es ist immer besser, von Anfang an bestmöglichst zu behandeln.

Ich wünsche Ihnen, daß Ihr »Wastel« dank Ihrer Fürsorge und Vorsicht den Tierarzt nur bei den Wiederholungsimpfungen (die Sie bitte niemals vergessen sollten!) zu Gesicht bekommt.

III.

»Erste Hilfe«

Was tut man, wenn . . .

Es gibt im Laufe eines Hundelebens einige, oft akut auftretende Probleme, *deren Folgen sehr gemildert werden, wenn sich der Hundehalter bereits vorher informiert hat, was er in diesem oder jenem Fall tun kann – und muß.* Diese knappe Übersicht beschränkt sich daher auf wenige Problempunkte. Wenn man sich ausführlicher informieren will, gibt es zahlreiche Bücher über die Gesunderhaltung des Hundes. Damit Sie es im Bedarfsfalle schnell nachlesen können, sind einige dieser Vorkommnisse alphabetisch aufgeführt.

Allergien

Boxer reagieren häufig allergisch auf beispielsweise Insektenstiche oder Pflanzenteile. Gelegentlich vertragen sie auch ganz unerwartet eine Nahrung nicht mehr. Sie sind plötzlich mit zahllosen Pusteln bedeckt, unter Umständen schwillt der Kopf unförmig an. Meist klingt die Reaktion in wenigen Stunden ab. Dauert es länger oder tritt wiederholt auf oder stellen sich Atembeschwerden ein, muß der Tierarzt helfen.

Beißereien

Umsichtig handeln, wenn Ihr Hund „außer sich" gerät

Vorsicht! Auch der friedlichste Hund kann u. U. für alle völlig unerwartet um sich beißen: Wenn der Hund etwa bei einem Unfall oder einer Beißerei vor Angst, Wut oder Schmerz »außer sich gerät«, ist umsichtiges Handeln geboten. Bei einem Unfall oder einer Beißerei müssen Sie damit rechnen, daß *auch der sanfteste Hund um sich beißt; vor Schmerzen oder Wut kennt er gelegentlich selbst seine Freunde nicht mehr.*

Am besten versucht man, einer Beißerei von vornherein aus dem Weg zu gehen: Bei der Begegnung mit unbekannten Hunden leint man seinen Hund vorsichtshalber an (hoffentlich tut der begegnende Hundefreund dies auch mit seinem Hund, notfalls bittet man ihn mit Handzeichen darum!). Auch vermeidet man tunlichst Berührungen mit einem Hund, der sich bereits früher als »Todfeind« herausgestellt hat.

Hündinnen untereinander sind oft besonders feindselig

Während die Begegnung zwischen einem Rüden und einer Hündin überwiegend mit einem interessierten, eingehenden Beriechen der Hunde abgetan ist, *können insbesondere Hündinnen ohne jeden ersichtlichen Grund sehr große Feindseligkeiten gegeneinander entwickeln,* und man tut gut daran, nicht unbedingt auszuprobieren, ob sich die beiden vertragen oder nicht . . ., denn zwei ineinander verbissene Hündinnen zu trennen, ist wirklich eine - sehr aufregende Sache.

Beißerei – was tun?

Ist es aber doch passiert, läßt sich eine Beißerei am besten auseinanderbringen, wenn pro Hund eine Person jeweils dessen Hinterbeine packt und den Hund hochhebt. Es ist nicht wichtig, daß jeder seinen eigenen Hund ergreift.

Die geschickteste und kräftigste Person sollte den stärksten Hund nehmen. Wenn der Hund – und dies sollte sehr nachhaltig geschehen – den Boden unter den Füßen verliert, kommt er meist schnell wieder zur Besinnung! Schwierig ist es, als Einzelner zwei oder mehrere Hunde zu trennen. Sie müssen abwarten und versuchen, jeweils dem überlegenen Kämpfer den Boden unter den Füßen zu entziehen. Niemals nach dem Halsband oder Nackenfell greifen! Wenn Sie selbst gebissen werden, können Sie gar nicht mehr helfen. Bißverletzungen, sowohl beim Mensch wie beim Hund, gehören schnellstens in ärztliche Behandlung. Man muß, da Hundezähne nie keimfrei sind und sehr häßliche Quetsch-Riß-Wunden verursachen, immer mit Komplikationen rechnen.

Bewußtlosigkeit

Schnellstens zum Tierarzt. Nicht versuchen, dem Tier etwas einzuflößen. Hat der Hund erbrochen, den Fang sofort vom Erbrochenen befreien, um zu verhindern, daß der Hund davon einatmet.

Blutungen

Blutungen richtig abbinden

Blutende Gliedmaßen oberhalb der Verletzung so fest wie möglich abbinden mit Binden aus dem Verbandskasten oder z. B. mit Bindfaden, Krawatte, Damenstrumpf, Gürtel oder aneinandergeknoteten Taschentüchern. Sollte es aus einem Gefäß am Körper bluten, müssen Sie versuchen, durch Fingerdruck bzw. festes Pressen mit einem Taschentuch o. ä. die Blutung zum Stillstand zu bringen. Besonders heftig bluten verletzte Pfoten, also Vorsicht, wenn Glasscherben herumliegen! Verbände nützen in den meisten Fällen nichts. Danach schnellstens zum Tierarzt.

Vorsicht!

Ihre *Medikamente gegen Durchfall sind u. U. für den Hund gefährlich!*

Durchfall, Erbrechen

Ist die Körpertemperatur nicht erhöht, hungern lassen, Flüssigkeitszufuhr kurzfristig einschränken. Vorsicht mit hierbei für den Menschen verwendeten Medikamenten, die für Hunde oft katastrophale Folgen haben. Man kann aber dem Hund zur Entgiftung des Darmes Kohlekompretten verabfolgen, die man ihm hinten in den Schlund schiebt, so daß er sie nicht wieder ausspucken kann. Alle länger anhaltenden

Verdauungsstörungen gehören zum Tierarzt! Besonders vorsichtig muß man bei Welpen sein, die überaus empfindlich auf den übergroßen Flüssigkeitsverlust reagieren, hier sollte der Tierarzt unverzüglich befragt werden.

Gift

Sofort feststellen:

Welches Gift hat der Hund gefressen

Man kann Vergiftungen durch eine einfache Erziehungsmaßnahme vorbeugen, wenn man dem Hund von klein auf abgewöhnt, daß er allerlei Dinge, die unterwegs herumliegen, auffrißt. Wenigstens kann man aber seinen Hund soweit erziehen, daß er auf Befehl – wenn man ihn rechtzeitig ertappt – was er unerlaubt gerade im Fang hat, wieder ausspuckt. Man kann seinen Hund, wenn man dies beizeiten einübt, ohne Schwierigkeiten soweit bringen, daß er diesen Befehl auch dann ausführt, wenn Sie ihm diese Anweisung aus einiger Entfernung zurufen.

Bei allen Vergiftungen muß die erste Maßnahme immer sein: schnellste Entfernung des Giftes aus dem Körper.

Am besten: Gleich zum Tierarzt!

Hat der Hund Gift gefressen, so ist sofortiges Erbrechen der beste Weg, das Gift wieder loszuwerden. Auch hier ist schnellster Transport zum Tierarzt die beste erste Hilfe. Er kann durch Medikamente Erbrechen bewirken und den ganzen Magen-Darm-Kanal durchspülen. Ist das Gift bekannt (nehmen Sie, wenn möglich eine Probe oder die Packung zum Tierarzt mit!),

kann er ein Gegengift anwenden. Oft sind auch noch weitere, z. B. kreislaufstabilisierende Maßnahmen notwendig.

Alle Hausmittelchen, die man dem Hund einzuflößen versucht, können die Sache häufig verschlimmern, und die »Finger-in-den-Hals-Methode« gelingt in den wenigsten Fällen. Außerdem hat sich bewährt, dem Hund (gewaltsam!) Öl einzuflößen (Speiseöl, Rizinusöl), um ihn zum Erbrechen zu bringen. Aber nicht bei allen Vergiftungen kann man Öl, ohne dem Hund zu schaden, verwenden!

Also: Bei allen Vergiftungen ohne Zeitverlust, nach telefonischer Rückfrage, den Tierarzt aufsuchen.

Hitzschlag

Hitzschlag kann sehr schnell tödliche Folgen haben!

Denken Sie daran, Ihr sorgfältig im Schatten abgestelltes Auto kann schon kurze Zeit später in der prallsten Sonne stehen. Dann hilft auch der geöffnete Fensterspalt nichts. Zumal der Hund mit zunehmender Hitze unruhiger wird und in – verständliche – Panik gerät, zu toben beginnt und dadurch den Zusammenbruch noch beschleunigt. Sofort den Hund in den Schatten (ins Haus, in den Keller oder Baumschatten) bringen. Dann, mit den Gliedmaßen beginnend, das Fell benässen und den Hund nach und nach vorsichtig abkühlen! Tierarzt fragen! Auch nach erfolgter Behandlung sollte der Hund ruhig im Schatten verbleiben, bis er sich erholt hat.

Insektenstiche

Kühlen! Sollte der Hund sehr stark reagieren, z. B. nach Stichen im Kopfbereich, Atmungsschwierigkeiten bekommen, Tierarzt aufsuchen.

Knochenbrüche

Richtig schienen!

Eventuell an der Bruchstelle provisorisch gut polstern (mit Kleidungsstücken umwickeln) und danach mit zwei Holzstücken z. B. schienen, diese nochmals umwickeln. Gelingt es, den Hund zu beruhigen und ruhig zu stellen, ist der Transport zum Tierarzt für den Hund weniger schmerzhaft.

Kreislaufschwäche

Kaffee, Tee und gleichzeitig Baldrian!

Als Folge von Erkrankung, Aufregung, Hitze u. v. a. m.: Man kann die Zeit, bis der Tierarzt erreichbar ist, überbrücken, indem man dem Hund Tee oder Kaffee einflößt. Man kann der Flüssigkeit etwas Baldrian hinzufügen, dann läßt sich gleichzeitig das vegetative Nervensystem etwas beruhigen.

Transport

Am schonendsten wird der verletzte Hund auf einer Decke von zwei Personen wie auf einer Hängematte getragen. Bei Bewußtlosigkeit Hunden zur Erleichterung der Atmung und um Ersticken zu verhindern, die Zunge hervorziehen.

Verätzungen

Z. B. des Auges mit Wasser (dabei das Unterlid etwas abziehen!) mit immer neuem, klarem Wasser spülen, spülen und noch einmal spülen! Dann zum Tierarzt.

Zecken

Im Sommer ernste Plage und nicht ungefährlich!

Einzelne Zecken lassen sich, nachdem man sie mit Öl betupft hat, um ihre Atmung zu behindern, vorsichtig herausdrehen, bitte haben Sie Geduld, Zecken reagieren langsam. Sie brauchen manchmal eine ¾ Stunde, bis sie merken, daß sie keine Luft mehr bekommen. Bei starkem Befall wird eine Behandlung mit geeigneten Insektiziden notwendig sein. Bei gewissen Zeckenarten muß auch die Umgebung, wie bei der Flohvernichtung z. B., bei der Behandlung mit einbezogen werden. Zecken können Krankheiten übertragen. Fragen Sie Ihren Tierarzt.

Hat man kein Öl o. ä. zur Hand, kann man auch bei einiger Übung die Zecke – rechtsherum – vollständig herausdrehen. Niemals darf sie aber einfach ausgerissen werden. Wenn der Kopf der Zecke in der Haut des Hundes bleibt, eitert er schließlich nach und nach heraus und es kann eine ziemliche Eiterstelle entstehen.

Die sogenannten Zeckenhalsbänder verträgt nicht jeder Hund, man sollte vorher den Tierarzt fragen!

IV.

Die Hunde-Hausapotheke

Hausapotheke immer griffbereit halten und nach Verbrauch sofort ergänzen!

Viel kostbare Zeit vergeht, wenn Sie im Notfall erst lange suchen und überlegen müssen, wo ist nun was? Am besten, Sie richten einen festen Platz ein, wo die wichtigsten Utensilien für den Hund beisammen sind. Ansonsten müssen Sie eben, falls Sie sich nicht rechtzeitig eingerichtet haben, erst einmal alles aus Ihrer Hausapotheke nehmen und dann später dort ersetzen.

Was braucht man nun alles?

Fieberthermometer

Die normale Körper-Innentemperatur des Hundes beträgt beim Hund 37,7 bis 38,7°. Sie messen, mit eingefettetem Thermometer »rektal«, wobei das Thermometer etwa bis zur Hälfte in den Hundepopo eingeführt wird.

Pinzette zur Entfernung von Splittern etc.

Schere, besser mit abgerundeten, leicht gebogenen Klingen, damit Sie den Hund nicht verletzen können.

Verbandsmaterial. Leukoplast o. ä., Mullbinden, elastische Binden, Verbandsmull, Gaze, Watte.

Gummiklistierbällchen, damit Sie kleine Seifenwassereinläufe machen können. Außerdem eignet sich solch ein Gummiklistierbällchen hervorragend, um dem Hund Tee, Medizin o. ä. einzuflößen. Man kann damit viel besser, als mit einem Löffel, wo leicht etwas verschüttet wird, die Flüssigkeit in die Backentasche des Hundes einbringen. Auf diese Weise kann sich der Hund auch niemals verschlucken.

Medikamente

Bei allen Medikamenten: Verfalldatum beachten

Lassen Sie sich unbedingt vom Tierarzt beraten. Vielfach werden zwar Medikamente aus der Human-Medizin verwendet, aber viele eignen sich nicht für den Hund.

Angebrochene Flaschen und Salben sind u. U. leicht verderblich!

Im Haus haben sollte man aber: Rizinusöl, Desinfektionsmittel (z. B. Sagrotan), Kohlekompretten bei Durchfall, Baldrian-Dispert-Dragees zur Beruhigung, Tabletten bei Schmerzen oder Koliken, Magentabletten nach Angabe des Tierarztes bei evtl. Magenstörungen.

V.

Und zum guten Schluß: wenn Ihr Boxer dann alt wird . . .

Ihr Boxer wird Sie immer nur eine relativ kurze Zeit im Leben begleiten. Wenn ein Hund zwölf oder dreizehn Jahre alt wird, hat er bereits ein bemerkenswertes Hundealter erreicht. Manche Hunde, insbesondere die kleineren Rassen, erreichen ein Alter von fünfzehn oder sechzehn Jahren. Größere Hunde haben häufig eine geringere Lebenserwartung.

Besonders Boxer bekommen ausgesprochen liebenswerte Altersgesichter: Das Gesicht wird allmählich grau, es schwindet langsam die Kopfmuskulatur, die Knochen treten deutlicher hervor. Auch läßt die Spielfreudigkeit nach, die Stoffwechselvorgänge verlangsamen sich, und man muß darauf achten, daß jetzt nicht unliebsamer Speck angesetzt wird.

Aber, ein Hund, wenn er nun sichtbare Zeichen des Alterns zeigt, ist zugleich auch in einem solchen Maße mit seinen Menschen verwachsen und diese mit ihm. Es ist ganz selbstverständlich, daß man nun auch gern Rücksicht nimmt und die Fütterung, die tägliche Bewegung, Körperpflege und die gesamte Haltung des Hundes seinem Zustand anpaßt.

Bei guter, sorgfältiger Pflege wird ein alter Hund niemals zur Last, er bewahrt eine erstaunliche Lebenskraft, ja, seine Anhänglichkeit, seine Aufmerksamkeit dem Menschen gegenüber nimmt immer mehr zu.

Er versteht, so meint man, tatsächlich jedes Wort seiner Familie, er kennt die Bedeutung jeder kleinsten Bewegung, liest Freude oder Leid, Ärger oder Aufregung von den Gesichtern ab und nimmt Teil an allem.

Manchmal tut es dem alternden Hund gut, wenn ein jüngerer Hund ins Haus kommt; aber es kann auch sein, daß er sehr darunter leidet. Auch hier muß man liebevoll überlegen und auch mit dem Tierarzt einmal besprechen, was dieser für günstig hält.

Nur, wer selbst einmal einen geliebten alten Gefährten verloren hat, weiß, welcher große Verlust dies oft für die ganze Familie sein kann. Dennoch, seien Sie barmherzig, ersparen Sie dem Hund schreckliches

Leiden. Nicht immer geht ein Hundeleben still und von selbst zu Ende.

Wenn aber wirklich nicht mehr zu helfen ist, und der Tierarzt muß die letzte Stunde einleiten, *lassen Sie den Hund in Ihren Armen, warm, geborgen und friedlich einschlafen.*

Man muß auch darüber sprechen –

auch wenn Ihr Wastl vielleicht gerade in diesem Augenblick fröhlich und quietschvergnügt, mit blitzenden Augen und unendlicher Neugierde dabei ist, Sie, die Familie und sein neues Heim auf seine ganz einzigartige Weise zu ergründen und zu erobern . . .

Es werden wunderschöne Jahre werden, wenn Sie es richtig anfangen!

Weiterführende Literatur

Friederun Stockmann: Ein Leben mit Boxern, 371 Seiten, viele wunderschöne Boxer-Zeichnungen und seltene Boxer-Fotos von F. Stockmann. Anfangsjahre der Boxerzucht in Deutschland bis hin zum modernen Boxer. Exakter Züchterbericht: Nahezu alle heutigen Boxer finden in ihren Ahnentafeln Hinweise auf die Boxer des Zwingers vom Dom! Dies Buch gehört in die Hand jedes Boxer-Freundes: Es enthält neben dem historischen Teil, der bis in die Zeit nach dem Kriege reicht, auch viele praktische Hinweise sowohl für Züchter wie auch für Hundebesitzer.

Brearley/Nicholas: The Book of The Boxer, (in englischer Sprache)

M. G. Denlinger, Boxer, The Complete, (in englischer Sprache)

J. F. Gordon: Boxer, All about the, (in englischer Sprache)

Gottfried Uhlich, vormals Leo Helbig u. F. Stockmann: Der deutsche Boxer, hrsg. v. Boxer-Club

Leo Helbig: Der Boxer, Abstammung, Aufzucht, Haltung

Laeuger-Gasser: Dir anvertraut (Boxer-Bildband). Vom Geben und Nehmen im Umgang mit Hunden.

Dr. med vet. G. Ludwig: Studien zur Zuchtgeschichte des deutschen Boxerhundes. Wissenschaftliche Arbeit, wichtiges Quellenmaterial.

Frank U. Piech: Der Boxer, Aufzucht, Haltung, Pflege, Ausbildung.

Elizabeth Sommerfield: The Boxer, (in englischer Sprache).

Boxerstammbuch I + II (Jahre 1904 – 1907)

Boxerstammbuch III (Jahr 1910).

Boxerstammbuch IV + V (Jahr 1912).

Boxerstammbuch VI + VII (Jahr 1917).

Boxer-Broschüre der Jahre 1906, 1920, 1926.

Horst Volkmann: Der Boxer, 100 S., viele Abb. Praktische Ratschläge und nützliche Tips.

St. Volpe: Boxer, This is the, (in englischer Sprache).